Ottlilie Wildermuth

Aus Schloss und Hütte

Erzählungen für Kinder von 8 bis 12 Jahren

Ottlilie Wildermuth

Aus Schloss und Hütte

Erzählungen für Kinder von 8 bis 12 Jahren

ISBN/EAN: 9783955631628

Auflage: 1

Erscheinungsjahr: 2013

Erscheinungsort: Bremen, Deutschland

@ Leseklassiker in Access Verlag GmbH, Fahrenheitstr. 1, 28359 Bremen.
Alle Rechte beim Verlag und bei den jeweiligen Lizenzgebern.

Leseklassiker

Bärbele's Weihnachten.

Schnellpressendruck von Aug. Wörner, vormals J. G. Sprandel, in Stuttgart.

Aus

Schloß und Hütte.

Erzählungen für Kinder von 8 bis 12 Jahren.

Von

Ottilie Wildermuth.

Mit sechs Stahlstichen nach Originalzeichnungen

von

C. Kolb.

Zweite durchgesehene Auflage.

Stuttgart.
Verlag von Adolph Krabbe.

Schnellpressendruck von Aug. Wörner, vormals J. G. Sprandel, in Stuttgart.

Vorwort.

Noch einmal will ich einen Ausflug wagen in die Kinderwelt und versuchen, ob ich nicht zu alt geworden bin für die fröhliche Schaar. Denn nicht jedem ist es vergönnt, wie dem seligen Christoph Schmied, jung zu bleiben mit den Jungen bis in's höchste Lebensalter.

Ich habe zwei kleine Märchen mit eingeschmuggelt, die fast zu kindisch sein werden für die eigentlichen jungen Leser meines Buchs. Sie sind in meinen fröhlichen Mädchentagen gewachsen, wo ich so gern einen Kreis kleiner Zuhörer um mich versammelt habe. Auch unter den Gesetzten und Verständigen meiner jungen Leser werden wohl Viele sein, die kleinen Geschwistern manchmal etwas vorerzählen sollen; dazu seien ihnen die Märchen gegeben.

„Ein Buch ist ein Freund, darum wähle dir gute," sagt ein Sprichwort; viele dieser Freunde, mit denen man sich eine Weile ergötzt und unterhält, werden leicht verlassen und vergessen; mir sind

manche der Bücher aus meiner Jugendzeit wirklich gute Freunde ge=
blieben, an die ich heute noch mit Freude denke; mein liebster Wunsch
wäre erfüllt, wenn auch nur Eine meiner Geschichten Einigen meiner
Leser so lieb und eigen würde.

Tübingen im Mai 1861.

Ottilie Wildermuth.

Inhalt.

		Seite
I.	Bärbele's Weihnachten. Mit Bild.	1
II.	Kann sein, 's ist auch so recht. Mit Bild.	25
III.	Brüderchen und Schwesterchen. Mit Bild.	53
IV.	Das Bäumlein im Walde. Mit Bild.	101
V.	Zwei Märchen für die Kleinsten	123
	1) Vom Hirschlein mit den Goldhörnern	125
	2) Das Puppenland	130
VI.	Krieg und Frieden. Mit Bild.	141
VII.	Emma's Pilgerfahrt. Mit Bild.	171
VIII.	Die Wasser im Jahre 1824, oder: Irret euch nicht, Gott läßt sich nicht spotten	237
IX.	Balthasars Aepfelbäume	251

Bärbele's Weihnachten.

Es ist der heilige Weihnachtsabend. Da herrscht in der Stadt eine emsige, stille Geschäftigkeit in den Häusern und auf den Straßen: die Vorboten der fröhlichen Bescheerung. Man sieht Dienstboten eifrig dahertrippeln, die noch etwas Vergessenes oder spät Gefertigtes auf den Weihnachtstisch holen müssen, bunte Wachslichter oder Zucker= waaren an den Christbaum; Schusterjungen tragen ein paar glänzende nagelneue Stiefeln, der Sattler bringt das neubeschlagene Wiegen= pferd, die Putzjungfer ein rosenrothes Hütchen, — alles noch zur Verherrlichung des Festes.

Oben, in der großen Stube, wo das Licht so verheißungsvoll durch die Gardinen schimmert, da waltet die Mutter als die Stell= vertreterin des lieben Christkindes; sie ordnet und rüstet und bereitet und die Kinder sitzen mit mühsam bezähmter Ungeduld in der Kin= derstube, um auf den glückseligen Augenblick zu warten, wo der Ruf ertönt und ihnen der Lichtglanz entgegenströmt.

Auf dem Dorfe wird, in Schwaben wenigstens, der Christabend nicht so umständlich gefeiert: er gleicht dort mehr jener wunderbaren Nacht, wo in tiefer Stille im armen Stalle der Glanz der hei= ligen Weihnacht aufging, wo nur schlichte Hirten sich sammelten um die Krippe und hoch oben vom Himmel der selige Festchor erklang.

Sobald es dunkel wird, werden Kunkeln und Spinnräder, alles Arbeitsgeräthe bei Seite gestellt; „seid still, Kinder, 's ist der heilige Abend," ermahnt man die Kleinen in jedem ordentlichen Haus, der Vater liest wohl in der Bibel oder man plaudert zusammen von alten Zeiten und geht bei guter Zeit zur Ruh.

Die einfache Bescheerung macht den Müttern auf dem Dorfe wenig Sorge und Müh. Ein Weihnachtsbaum wird meist nur den kleinsten Kindern angezündet; man bescheert da in der Stille der Nacht, so daß die Kinder früh Morgens ihre kleinen Gaben am Bett finden; ein Paar Aepfel und Nüsse, wenn's hoch kommt, ein Lebkuchenherz! nur wer so glücklich ist, einen wohlhabenden Pathen oder Pathin zu haben, darf am Morgen des Weihnachtsfestes einen Besuch bei ihnen machen mit der Frage: „Guten Morgen Dote und Göderich, was hat's Christkind gebracht?" Gibt es dann ein Tellerchen mit Backwerk, ein Halstüchlein oder eine neue Weste, so ist das schon ein unerhörter Reichthum.

Es war ein klarer, kalter Winterabend, und die Sterne spiegelten sich im Neckarfluß, an dessen Ufer der Fährmann, im Dorf der Fergenhannes genannt, auf- und abging, um sich die Kälte zu vertreiben, bis die Stunde schlug, wo er seine Fähre verlassen durfte. Neben ihm trippelte Bärbele, sein sechsjähriges Töchterlein, ihre erstarrten Händchen in die Schürze gewickelt; sie wollte durchaus nicht gelten lassen, daß sie fror, weil sie so gern beim Vater an der Fähre blieb, um mit überzufahren, wenn Leute kamen.

Vom Dorfe her hörte man noch die Pumpe der Brunnen, das

Brüllen des Viehs und von dem nahen Hügel fuhren mit lautem Geschrei die Knaben blitzschnell auf ihren Bergschlitten herab.

Jetzt aber erscholl die Betglocke vom Thurm. „Bet, Bärbele!" sagte der Vater, indem er seine wollene Mütze abnahm und die Hände faltete; auch Bärbele legte die Händchen zusammen und sprach andächtig den Vers, den sie die Mutter zur Betglocke gelehrt hatte:

> Lieber Mensch, was mag bedeuten
> Dieses späte Glockenläuten?
> Das bedeutet abermal
> Deines Lebens Ziel und Zahl;
> Wie der Tag hat abgenommen,
> So wird auch der Tod bald kommen.
> Lieber Mensch, so schicke Dich,
> Daß du sterbest seliglich.

Die Knaben drüben waren beim ersten Schall der Betglocke rasch mit ihren Schlitten abgezogen, der Ferge trug seine Ruderstangen in das kleine steinerne Häuschen, das von einem riesigen Wachholder beschattet am Ufer stand, und warf noch einen langen, aufmerksamen Blick über den mondbeschienenen Fluß bis auf den Fußpfad, der vom jenseitigen Ufer an's Wasser führte. Drüben war alles ruhig, nur an den Fenstern des Schlößchens, das nicht fern vom Ufer jenseits stand, sah man, seit langer Zeit zum Erstenmal wieder, Licht. Der Ferg kettete die Schiffe fest an den Pflock und schickte sich mit Bärbele zum Heimgehen an.

„Aber, was ich weiß, Vater!" sagte die Kleine. „So? was weißt?" — „Ich darf heut Nacht aufbleiben bis man's Kindle wiegt!" (Das Kindlein wiegen nennt man die Sitte, die sich in vielen schwäbischen Dörfern erhalten hat, wo die Schulknaben um Mitternacht in der Nacht vor dem Christfest einen Weihnachtschoral vom Kirchthurme singen.) „Du?" sagte der Vater, „o Du wirst schläfrig." — „Gewiß nicht," versicherte die Kleine, indem sie fröhlich an seiner Hand hüpfte, „die Mutter hat mir's versprochen; aber der Base ihr Christoph, der hat's gut, der darf selber mitsingen! ich möcht' auch ein Bube sein, dann könnt ich auch einmal Ferg werden." — „Da wärst was Rechts," sagte der Vater, der wie die meisten Väter seinem Kinde einen glücklicheren Beruf wünschte, als ihm der seinige erschien.

„Ei, das ist nett, so im Schiff liegen, wenn die warme Sonne scheint, und immer wieder andere Leute herüber und hinüber führen, oder gar das große Wagenschiff, mit ganzen Wagen oder Chaisen!"

Unter dem Geplauder der Kleinen waren sie an dem Wohnhäuschen des Fergen angekommen, das ganz vorn, noch etwas abseits vom Dorfe lag. Durch die enge, geschwärzte Flur, die zugleich Küche war, trat man in die niedere Stube. Annemarie, des Fergen Weib, und Christine, die Wittwe, die in dem Dachkämmerlein des Häuschens zur Miethe wohnte und der Kürze halber Base genannt wurde, saßen am Ofen beim Scheine des Oellämpchens beisammen, die Spinnräder waren beiseite gestellt, sie plauderten angelegentlich von all den überstandenen Sorgen und Trübsalen ihres Lebens, während Christoph, der Sohn der Base, ein etwas unmüßiger Junge, sich in der Ecke der Stube damit unterhielt, der Katze den Pelz zu streicheln bis es Funken gab.

„Guten Abend beisammen," sagte der Ferg, indem er eintrat und seinen dicken, groben Rock mit einem alten gestrickten Wamms vertauschte, denn Schlafrock und Pantoffeln sind auf dem Dorf noch nicht Mode, zumal in der Hütte eines armen Fergen.

„Du kommst wieder zuletzt," sagte Annemarie, „der andre Ferg ist schon lang daheim." — „Warum sollten wir selbander erfrieren?" sagte gutmüthig Hannes, „es kommen heut ja wenig Leute; hab' ihn heimgehen lassen, ein andermal ist's an mir." — „Ja an Dich kommt's nie," murmelte das Weib, „du bist nur zu gut."

„Nichts Neues passirt, Hausherr?" fragte die gesprächige Base.— „Passirt alleweil nichts," sagte gleichmüthig der Ferg, „doch ja, Verwalters von drüben sind ein paarmal hin= und hergefahren mit allerlei Sachen; morgen kommt richtig die neue Herrschaft." — „Ein absonderliches Gelüsten, daß sie herziehen so mitten im Winter," meinte Annemarie, „und auch nicht recht schicklich, an einem so hohen Fest so ein Gethu anzustellen."

„Drum hat der junge Herr alles neu herrichten lassen," berichtete Bärbele, „Verwalters Liese hat mir's erzählt." — „Ja die weiß alles, der kleine Fürwitz," lachte wohlgefällig der Ferge, die pappelt wie ein Altes." — „So schöne Tapeten seien da," erzählte Bärbele weiter, „und goldige Kronleuchter und Teppiche, o, ich möcht's nur sehen! und das alles kriegt die junge Frau zum Christtag. Mich läßt Verwalters Liese vielleicht einmal hineinsehen, wenn sie wieder verreist sind!" und die Kleine hüpfte wieder bei dem bloßen Gedanken an die Herrlichkeit, die sie möglicherweise noch sehen dürfe.

Annemarie brachte die Kartoffeln und Suppe; von einem Festmahl am heiligen Abend wußte man nichts, erst am Christfest wurden süße Birnschnitze gespeist; die Base wurde zu Tisch geladen, was sie erst nach vielen Umständen annahm und sich zu jeder Kartoffel noch besonders nöthigen ließ. Christoph war nicht so umständlich, der langte tapfer zu und ließ sich's gehörig schmecken. Bärbele war viel bälder fertig und zupfte ihn ungeduldig am Wamms: „Singt Ihr noch nicht?" fragte sie leis. „Ist noch z'bald," sagte Christoph kurz. „Komm, wir wollen 'nausgehen und ein Bisle horchen, ob die andern Buben noch nicht kommen!" bat Bärbele und Christoph ließ sich endlich dazu bewegen, obgleich er lieber am warmen Ofen sitzen geblieben wäre; es freute ihn, daß ihn das kleine Mädchen so mit Respekt betrachtete, seit sie wußte, daß er vom Thurm singen dürfe.

Als die Kinder fort waren, holte Annemarie aus der Schieblade ihrer einzigen Kommode die schönen rothen Aepfel, das große buntverzierte Lebkuchenherz und die Nüsse, die zu Bärbele's Bescheerung bestimmt waren, und ordnete sie auf dem weißen, blaubemalten Porzellanteller, dem schönsten Stück ihres einfachen Geräthes. „Ist fast zu hoffärtig für uns," meinte Hannes, „so ein Staatslebkuchen wäre ja für den Spezial (Dekan) recht." — „Ach was," entschuldigte Annemarie, „das arme Kind hat ja nicht einmal eine Dote, wie die Kinder andrer Leute, da müssen die Eltern ein Uebriges thun." — „Ja, so ein Tröpflein, das die Nothtaufe erhalten, dauert mich nachher immer," sagte die Base, „wenn es dann sein Lebtag ohne Döte und Dote herumlaufen muß." (Döte und Dote, die Taufpathen, sind nämlich auf dem Dorf in Schwaben gar eine wichtige Person für ihre Pathchen; arme Leute wählen gewöhnlich wohlhabende Pathen, und auch dem Aermsten wird fast nie diese Bitte abgeschlagen. Außer der reichlicheren Weihnachtsgabe erhält das Pathchen an der

Konfirmation einen Theil des Anzugs, manchmal gar ein silberbeschlagenes Gebetbuch vom Herrn Döte oder der Frau Dote und wird da zu Gast geladen; auch in späteren Jahren nimmt sich manchmal eine gute Dote noch mütterlich eines verwaisten Kindes an.)

„Nun, was das betrifft," entgegnete Annemarie mit einigem Stolz, „so hätte unser Bärbele eigentlich eine fürnehme Dote, nur daß sie nicht da ist." — „Ja, das ist eben gerade die Hauptsache, Hausfrau," meinte die Base, „aber wie ist's denn selbigsmal zugegangen mit Bärbele's Taufe? ich hab nur so die Leute davon sagen hören, ich war ja dazumal noch nicht hier."

„Der Hannes weißt's besser als ich," sagte Annemarie, „ich war dazumal so schwach, daß ich kaum aufsehen konnte." Hannes war nicht sehr aufgelegt zum Plaudern, am Ende aber ließ er sich doch von der neugierigen Base bewegen, mit seiner Geschichte herauszurücken.

„Heute sind's gerade sechs Jahr," hub er an, „es war fast eine Nacht wie diese im Vollmond, schier so hell wie am Tag, ich mußte draußen am Neckar sein, da der andere Ferg krank lag, und ich that's bitter ungern, denn das Bärbele war eben geboren worden und mein Weib lag gar schwach und krank daheim; ich wollt' aber doch aushalten bis zum Betglockenläuten und schaute als so hinüber auf die andere Seite, wo das Schlößlein steht, in dem selbigsmal die alte gnädige Frau noch gelebt hat, und hab weiter an nichts gedacht, als an mein Weib daheim. Da hör' ich auf einmal einen hellen Schrei vom andern Ufer drüben und seh ein Weibsbild dem Wasser zuspringen und ein paar Mannspersonen mit Schreien und Johlen ihr nach. Da schrei ich aus aller Macht hinüber, „ich komm'," und stoß ab, so schnell ich kann; die Kerle drüben springen davon

und ich komm noch eben recht, daß ich das arme erschrockene Jungferle, das ganz bis zum Wasser hergesprungen war, in's Schiff tragen und herüberführen kann. Es war ein junges Fräule und so erschrocken, daß sie lang schier gar nicht schnaufen, geschweige denn reden konnte."
— „Eine schöne Jungfer?" fragte Christine. „Darauf hab' ich nicht geguckt," sagte Hannes trocken, Annemarie aber versicherte: „Bildschön, Base, bildschön! sie hatte so schöne rothe Bäcklein und ein feines himmelblaues Kleid und so goldiges helles Haar mit lauter Locken und einen Pelz! die Königin kann es nicht fürnehmer haben."
— „So, ich hab' geglaubt, Du habest vor Schwäche nichts gesehen?" sagte Hannes mit komischer Verwunderung. „Ach was! erzähl's nur weiter," rief Annemarie.

„Also wie wir herüberkamen," fuhr Hannes fort, „erzählt sie mir nach und nach, daß sie auf Besuch sei im Schloß drüben, und weil der Mond so schön gescheint habe, so habe sie und noch so ein Fräulein drüben ein Bischen lustwandeln wollen. Die vornehmen Leute haben oft so gespäßige Gelüste, statt daß sie froh sein sollten in ihrer warmen Stube. Also, wie die Zwei da rumspazieren, kommen ein paar rauschige (betrunkene) Bursche daher, die sie erschrecken und ängstigen mit ihrem wüsten Geschrei. Die verzagten Jungferlein springen aus einander und wissen nicht wohin: die Eine dem Schloß zu, die Andre gegen den Neckar, wo ich sie dann geholt habe. Wie wir hüben am Ufer waren und die Bursche drüben fort, wollte sie, ich sollte sie gleich wieder hinüberführen und bis an's Schloß begleiten, sie wolle mir ein gutes Trinkgeld geben. Aber es läutete Betglocke, und eine Nachbarin kam heraus und rief mir, ich solle gleich heimkommen, mein Kindlein daheim sei so schwach und werde sterben.

Da wußt' ich nicht, was mit dem Jungferle anfangen, es war Niemand um den Weg, der sie hätte hinüberführen können, und Jeden laß ich auch nicht an mein Schiff. So sagt' ich ihr, sie soll derweil mit mir in mein Haus kommen, sobald ich daheim wegkönne, woll' ich sie wieder heimbringen, und sie ging gutwillig mit, weil sie wohl mußte. Wie ich heimkomm', ist das Tröpfle, das Bärbele so schwach, wie ein Lichtlein am Auslöschen, und mein Weib weinte, daß es ohne die heilige Taufe sterben sollte. Ich laß das Jungferle am Ofen sitzen und spring' zum Herrn Pfarrer, der auch gleich mit mir kam, wie er ging und stand. Er konnte nicht mehr die heiligen Gefäße mitnehmen, ich brachte eben Wasser in unsrem Krug. Das Jungferle hatte das Kindlein auf dem Arm und weinte. „Wollen Sie Taufzeugin sein?" fragte der Herr Pfarrer, der sich wohl auch verwunderte, wie eine so fürnehme Jungfer in unser armseliges Häuslein komme. „In Gottes Namen ja," sagt sie und stellt sich mit dem Kindlein vor ihn. „Wie soll das Kindlein heißen?" fragt er wieder. „Barbara," rief mein Weib, ihre Mutter selig hat so geheißen. — „Amalie," sagt das Fräulein leise, und der Herr Pfarrer tauft es, Barbara Amalie; dann hat er so schön und andächtig dazu gebetet und das Kindlein, ob es zum Leben oder zum Tode bestimmt sei, dem Herrn so getreulich empfohlen, daß unsere Herzen ganz getröstet wurden.

Kaum war der Herr Pfarrer fort, so rufen mir die Nachbarsleute: am Ufer drüben laufe man mit Fackeln und Laternen herum und schreie herüber, es scheine, daß sie Jemand suchen. „Ach, da sucht man mich!" rief das Fräulein, legte das Kindlein in die Wiege, das sie seither auf den Armen gewiegt hatte und sprang dem Neckar zu, so geschwind, daß ich kaum nachkam. Als ich sie hinübergeführt, waren drüben Bediente vom Schloß und Mägde und Frauenzimmer, und es war ein Gefrage und Geküß, daß man meinte, sie sei eben von den Todten auferstanden; ich aber fuhr in der Stille wieder herüber, mich trieb's zu meinem Kindlein, ich fürchtete, ich treffe es todt. Aber es war noch am Leben und der liebe Gott hat es uns erhalten bis auf den heutigen Tag."

„Und die vornehme Dote hat ihm gar nichts gegeben?" fragte Christine.

„Ein goldnes Kreuzlein mit blauen Steinen, das sie an einem schwarzen Sammtbändelein um den Hals trug, hat sie ihm auf's Kissen gelegt," sagte Annemarie, „und die alte gnädige Frau von drüben hat meinem Mann einen Thaler Trinkgeld geschickt, und mir eine Flasche alten Wein; die Fräulein Dote aber hat nichts mehr von sich hören lassen."

„Das war aber doch nicht schön," meinte Christine, „wenn's auch nur eine Nothtaufe war, die Dote ist sie doch immerhin."

„Es ist ihr nicht so übel zu nehmen," sagte entschuldigend Annemarie, „wahrscheinlich ist sie bald heimgereist und vielleicht weit fort; die alte Frau ist gleich nachher gestorben, der junge Herr in die Fremde gereist, da ist sie wohl nicht wieder in die Gegend gekommen; für uns war es doch ein guter Abend: das große Trinkgeld, und auch das Kind hat ja ein schönes Andenken. Und wie das schwächliche Kindlein so gediehen ist, habe ich oft denken müssen, das Fräulein habe ihm doch Glück gebracht, weil sie so gar schön und holdselig war und so andächtig gebetet hat unter der Taufe."

Annemarie hatte unter dem Reden ihre kleine Bescheerung versteckt, denn Bärbele und Christoph waren ziemlich erfroren wieder hereingekommen und horchten aufmerksam ihrer Rede zu. Bärbele hörte gar zu gern von der unbekannten Dote erzählen und es war ein Fest für sie, wenn sie das goldne Kreuzchen sehen oder gar einmal anziehen durfte. Sie hatte keine Feenmärchen gehört und gelesen, aber wunderbar wie eine Fee erschien das holdselige Fräulein im himmelblauen Kleid in ihren Träumen, und sie meinte oft, die Dote müsse doch einmal wieder kommen.

Hannes war sehr müd und schläfrig und legte sich bald zu Bette, die Frauen aber hatten den Kindern versprochen, auf zu bleiben bis man das Kindlein wiege; so suchten sie sich und die Kinder wach zu erhalten mit allerlei Geschichten und Gesprächen; Bärbele hatte viel schöne Weihnachtreimlein von der Mutter gelernt, und war stolz, daß sie fast noch mehr wußte als der große Christoph; am Ende aber schlummerte sie doch ein auf dem Schemel zu Füßen der Mutter, die wie die Christine auf dem Stuhl eingeschlafen war; Christoph hatte sich hinausgeschlichen, um sich mit den andern Knaben in der Schule zu versammeln, bis es Zeit sein würde, auf den Kirchthurm zu steigen.

Bärbele wachte auf, als es still, ganz still in der Stube war; die Mutter und Christine schliefen noch, das Aempelein war erloschen, nur das klare Mondlicht erhellte das Stüblein. Sie schlich leise hinaus und blickte hinauf zum Thurm, wo man einige Lichtlein funkeln sah. In dem Augenblick schlug die Glocke zwölf und von oben erklang von all den hellen Kinderstimmen das Wiegenlied des göttlichen Kindes: „Ehre sei Gott in der Höhe, der Herr ist geboren!"

Das klang dem Kinde so wunderbar, wahrhaftig wie eine

Stimme vom Himmel, sie dachte nicht mehr an die vornehme Pathe, nicht an alle Herrlichkeit der Welt, die nicht für sie bestimmt war; es war ihr, als habe sie einen Strahl von dem Glanz des Himmels gesehen und tief, tief drückte sich das heilige Gefühl der Weihnacht in ihre junge Seele.

Der Morgen des heiligen Christfests war angebrochen, ein klarer, frischer Wintermorgen; wie Tausende von Brillanten schimmerte der Schnee im Sonnenschein. Im Dorf herrschte die feierliche Stille, die auf dem Lande so schön den Sonntag vor den Arbeitstagen auszeichnet. In den Häusern rüstete man sich zum Kirchgang; nur Kinder sah man auf den Straßen, die blaugefrornen Gesichtchen glänzend von der Freude des Morgens, da und dort biß eins in den köstlichen Lebkuchen; aus Häusern, wo man reichlicher bescheerte, kamen kleine Mädchen mit rosenrothen Schürzchen und einer neuen Puppe auf dem Arm, dicke Buben, die in eine hölzerne Trompete bliesen, und die Andern sammelten sich um die Glücklichen und staunten die neuen Schätze an.

Bärbele hatte keine Puppe und kein neues Schürzchen; mit dem verzierten Herzlebkuchen hatte die Mutter all ihre Mittel erschöpft; aber ihr Winterkleidchen, aus einem alten Rock der Mutter verfertigt, war sauber und warm, ihr blondes Haar war schön glänzend und glatt gekämmt und in Zöpfchen geflochten, die zu ihrem großen Stolz hinten gerade wie Wegzeiger hinausstanden, sie war so vergnügt wie die Andern und stellte sich mit dem schönen Lebkuchen, den sie gar nicht wagte anzubeißen, stolz unter die kleine Schaar.

Aber als die Kinder zusammenstanden und sich erzählten, bis wenn sie zu dem Döte oder der Dote bestellt seien, als nach der Kirche da und dort eines mit strahlendem Gesicht reich beladen mit den Geschenken einherzog, die kleinen Geschwister neugierig und jubelnd hinterdrein: da ward dem Bärbele doch das kleine Herzchen schwer, und sie schlich sich betrübt zur Mutter um zum hundertstenmal zu fragen, warum denn sie keine Dote habe. Um sie zu trösten, band ihr die Mutter das schöne goldene Kreuzchen um und versicherte sie, das sei eigentlich mehr werth, als alles, was die andern Kinder von ihren Pathen bekommen; nun war die Kleine wieder vollkommen glücklich und hob ihr Köpflein so hoch sie vermocht, nur damit Jedermann den neuen Schmuck an ihrem Hälschen sehen und bewundern konnte.

Nachmittags war im Dorf große Bewegung und die Straße stand voll Leute; der gnädige Herr vom Schlößlein drüben sollte mit seiner neuen Frau und vielen Gästen auf Schlitten durch's Dorf kommen, sie hatten geglaubt, der Neckar werde fest genug gefroren sein, um die Fahrt auf Schlitten hinüber wagen zu können; dem war aber nicht so, und die Fergen hielten das große Wagenschiff bereit, um die Schlitten hinüber zu fördern.

Ein großer Schlitten war im Dorf eine seltene Erscheinung, da gewöhnlich hier der Neckar den Schlittenfahrten ein Ziel setzte; drum war Alt und Jung in Bewegung, da man auch neugierig war, den jungen Herrn Baron wieder zu sehen.

Die Voreltern des Barons hatten freilich eine größere Bedeutung für die Dorfbewohner gehabt, ihnen hatte das Dorf mit einigen andern der Gegend zu eigen gehört; jetzt hatte der junge Baron nur noch einige Rechte, den Besitz des Schlößchens und der schönen

Güter, die dazu gehörten; aber er war doch immer noch eine wichtige Person für die Bauern, die ihn hatten unter sich aufwachsen sehen; die alte gnädige Frau war sehr gut gegen die Armen gewesen, und man freute sich, das lang verschlossene Herrenhaus endlich wieder geöffnet zu sehen.

„Sie kommen, sie kommen!" schrieen athemlos ein paar Knaben, die vor's Dorf hinaus, der Schlittenfahrt entgegengegangen waren und nun mit den Pferden in die Wette hereinsprangen.

Unter lustigem Schellengeklingel, mit muthigen Rossen bespannt, fuhren drei elegante Schlitten mit Tiger= und Bärenfällen bedeckt durch's Dorf; man erkannte den jungen Herrn an der freundlichen Höflichkeit, mit der er ringsum grüßte; auch die Dame neben ihm in dem weißen Pelz, dem blauen Sammthut mit wehenden Federn verneigte sich freundlich, ihr Gesicht aber konnte man nicht recht sehen, da sie es mit einem feinen blauen Schleier vor dem Wind geschützt hatte.

Am Neckarufer gab es zum großen Vergnügen der Zuschauer einen langen Aufenthalt; ein Theil der Herrn und Damen wollten aussteigen und sich im Kahn übersetzen lassen, während man die Schlitten langsam auf dem Wagenschiff überfuhr.

Während die Andern mühselig und langsam aus ihren Umhüllungen krochen, schlüpfte die junge Baronesse gewandt aus dem warmen Fußsack und hüpfte aus dem Wagen; die Bewunderung der Kinder, die mit aufgesperrten Mäulern zusahen, wurde durch die zierlichen Atlasstiefelchen, mit weißem Pelz besetzt, auf's Höchste gesteigert.

Der Fergenhannes hatte seinen besten Sonntagsstaat angelegt,

Bärbele's Weihnachten.

den dreispitzigen Hut statt der Pudelmütze aufgesetzt und stand bereit, seine vornehmen Kunden überzufahren. Der Wind wehte den Schleier zurück von dem schönen, blühenden Gesicht der Dame, und dem sonst so schweigsamen Fergen entschlüpfte ein Ausruf der Ueberraschung.

Die Dame beachtete es nicht, sie blieb einen Augenblick stehen, eh sie das Schiff betrat und blickte nachdenklich über den Fluß hinüber. „Da drüben bin ich einmal in großer Angst gestanden," sagte sie lächelnd zu ihrem Gemahl, „ich habe Dir's schon einmal erzählt, es war am Weihnachtsabend. Ich war immer ängstlich und leicht zu erschrecken."

„Drum brauchst du guten Schutz," sagte zärtlich der Baron und half ihr sorgsam in das Schiff.

Dem Christoph hatte der Ferg erlaubt, daß er rudern helfen durfte; Bärbele hatte sich ihr Vorrecht als des Fährmanns Töchterlein nicht nehmen lassen: sie saß in ihrem Feststaat am Schnabel des Schiffs, und schaute, halb in Angst, halb in Freude mit ihren großen runden Augen nach der schönen Dame, die ihr wie ein leibhafter Engel vom Himmel vorkam.

Jetzt blickte auch die Dame auf das Kind und rief verwundert: „Das ist ja mein blaues Kreuzchen, das ich so gern als Kind und als Mädchen getragen! Kind! woher hast du das?"

„Von meiner Dote?" sagte Bärbele sehr bestimmt, in geheimer Angst, man wolle ihr ihr Kleinod nehmen.

„Was ist eine Dote?" fragte die Dame, der diese Benennung fremd war, die aber eine plötzliche Erinnerung überflog. „Eine Dote ist eine, wo einem ein schönes Christkindle (Weihnachtsgeschenk) gibt!" rief Christoph herzhaft herüber, erschrak aber wieder über seine eigene Keckheit.

Bärbele hatte die Mutter von frühsten Jahren an so oft und viel gefragt: „was ist eine Dote?" daß sie die Antwort auswendig wußte und jetzt wie ein Sprüchlein andächtig hersagte: „Meine Dote hat in der heiligen Taufe für mich versprochen, daß ich dem lieben Gott wolle treu sein, sie hat auch versprochen, daß sie sich an Seel' und Leib um mich annehmen wolle."

„Hat sie das?" fragte die Dame, der nun wieder die volle Erinnerung an jenen Weihnachtsabend erwachte, während der Ferg, der sie gleich erkannt, vom Ufer stieß, halb verlegen, halb verwundert über sein keckes kleines Mädchen.

„Und wie heißt denn deine Dote, mein Kind?" fragte nun die Baronesse wieder, indem sie sich liebevoll zu der Kleinen niederbeugte.

„Amalie," erwiederte Bärbele bestimmt, „und sie ist ein vornehmes Fräulein und ich heiße Barbara Amalie."

„Und Ihr habt mich geführt!" rief die Dame, sich rasch zu dem Fergen wendend, „und das ist das schwache Kindlein, das ich in der niedern Stube über die Taufe hielt in jener Nacht, die mir nachher immer wie ein Traum vorkam."

„Wenn war denn das?" fragte der junge Baron, der nicht recht begriff, wovon die Rede sei. „O, du warst damals schon auf der Reise und ich war noch bei Deiner Mutter," sagte die junge Frau, und während der Ferg unter dem Rudern dem gnädigen Herrn die einfache Geschichte jener Nacht erzählte, hatte sie das Kind zu sich auf die Bank gesetzt und streichelte seine frischen kalten Wangen, und sagte ihm, daß sie die Dote Amalie sei, was dem Bärbele nun das Wunderbarste von Allem erschien.

Sie waren am Ufer angekommen und Hannes wollte eilig abstoßen, um die Andern herüberzuholen; Bärbele wäre gern wie ein Fischlein geschwind hinübergeschwommen, um der Mutter die merkwürdige Geschichte zu verkünden, die Baronesse sagte nur noch im Aussteigen: „Bärbele, liebes Kind, willst Du diesen Nachmittag mit Deiner Mutter zu uns herüberkommen? Bitte, komm gewiß, ganz gewiß!" und sie ging mit ihrem Gemahl zu Fuß voraus, da die Schlitten noch nicht übergeschifft waren.

Bärbele aber, sobald der Vater am andern Ufer angefahren war, wollte nichts mehr sehen von Damen und Herrn; sie sprang, so schnell ihre Füßchen gehen wollten, zur Mutter und schrie ganz athemlos, „Mutter, Mutter! die Dote, die Dote Amalie, — und sie ist so arg schön, — und sie ist die neue gnädig Frau, und wir sollen zu ihr kommen!" Annemarie hatte nur zu thun, bis sie das Kind beruhigte und nach und nach die Sache erfuhr; da war's ihr denn freilich auch fast so merkwürdig wie ihrem Bärbele.

Ja es war so. Die neue gnädige Frau war die unbekannte Dote, die damals als ganz junges Fräulein in die arme Fergenhütte gekommen war. Die Zeit und ein rascher Wechsel von Erlebnissen hatte sie ganz das kleine Pathchen vergessen lassen, das sie auch schon für sterbend gehalten, als sie es damals auf den Armen hielt; nun aber wollte sie die Versäumniß gut machen.

Es war beinahe Abend, als endlich Frau Annemarie sich ein Herz gefaßt hatte und im allerschönsten Putz mit ihrem Bärbele am Schloß drüben ankam, der Vater hatte sie nur bis an's Ufer begleitet. Mit Herzklopfen stiegen sie die neuen Treppen hinauf und betraten das schöne Vorzimmer, in dem sie die Kammerjungfer warten hieß. Sie durften nicht lange warten; bald kam die junge Frau Baronin selbst, die nun, ohne die vielen warmen Hüllen, dem Bärbele erst recht wie ein Engel vorkam. Sie bot der schüchternen Annemarie herzlich die Hand, freute sich, daß sie wieder so gesund und rüstig sei, und erzählte ihr die Ursache, warum sie so lange nicht mehr in die Gegend gekommen sei, so daß die gute Frau ganz zutraulich wurde.

„Aber ich muß anzünden!" rief plötzlich die Dame und eilte rasch davon; — nach einer Weile klang ein silbernes Glöckchen und Bärbele und ihre Mutter wurden von der Kammerfrau in den großen Saal geführt.

Ach was für eine Herrlichkeit ging da dem armen Kinde auf! Zur andern Thüre waren all die Herrn und Damen eingetreten, aber Bärbele scheute sich nicht vor ihnen, sie meinte fast, sie sei geradewegs in den Himmel hineingekommen, da kam es auf ein paar Engel mehr oder weniger nicht mehr an.

Der große Saal war ganz neu und prächtig gemalt und von der Mitte der Decke hing ein krystallener Kronleuchter mit vielen hellen Kerzen, auf den Tischen unten brannten wieder viele Lichter in silbernen Leuchtern, und grüne Tannenbäume, die in der Eile noch vom Walde gebracht worden waren. Dazwischen stand prächtiges Zuckerwerk und allerlei reiche und zierliche Geschenke, und die Lichter und die Geschenke und all das schöne neue Geräth im Saal flimmerte und funkelte zusammen, daß es Bärbele war wie im Traum und auch Frau Annemarie nichts konnte, als ihre Hände zusammenschlagen.

„Sieh, Kind, das ist Deine Bescheerung," sagte die Dame vom Schloß und führte Bärbele an einen eigenen Tisch, der mit gar herrlichen Dingen besetzt war; „komm, nimm, das ist alles Dein," sagte sie ermuthigend, „Deine Pathe ist Dir ja von lange her das Weihnachtsgeschenk schuldig geblieben." Bärbele nahte zagend mit gefalteten Händchen. Von der Mutter war sie gelehrt worden, eh sie daheim ihre kleine Bescheerung in Empfang nahm, vorher ein Weihnachtsverslein zu beten, darum legte sie auch jetzt die Hände zusammen und betete, was ihr eben im Anblick dieser Pracht einfiel:

> Der Sohn des Vaters, Gott von Art,
> Ein Gast in der Welt hie ward;
> Er führt uns aus dem Jammerthal
> Und macht uns zu Erben in sein'm Saal.

Die Herren und Damen, die auf das Bauernmägdlein wie auf ein ergötzliches Schauspiel gesehen hatten, fühlten ihr Herz seltsam bewegt von des Kindes frommen Worten, und die Dote fürchtete fast, ob sie mit ihren reichen Geschenken nicht des Kindes einfachen Sinn verderben könnte.

Sie hatte freilich nicht darauf gerechnet, daß sie heute noch einem Pathchen bescheeren werde, aber sie hatte ein gutes, freundliches Gemüth und wußte, daß sie überall Kinder treffe, denen sie Freude machen könne; darum hatte sie allerlei niedliche Kleinigkeiten mitgenommen, die jetzt lauter Wunder waren für Bärbele, dazu guten warmen Kleiderstoff und als Königin über allem saß eine prächtige Puppe, ihre eigne Puppe noch, die sie von den Kinderjahren her aufbewahrt hatte und die nun dem neuentdeckten Pathchen geopfert wurde.

Bärbele brauchte eine gute Weile, bis ihre Schüchternheit und Ueberraschung sie zu Worte kommen ließ, bis sie wagte, so prächtige Dinge als ihr Eigenthum anzusehen; allmählig aber wachte ihre ganze Lebhaftigkeit auf, sie vergaß alles um sich her und brach zum großen Ergötzen ihrer Dote in lauten Jubel aus über jedes kleine Stückchen. „Lueg, Mutter, lueg!" rief sie immer wieder, „aber wie schön! aber das ist noch schöner! das ist am allerschönsten!" Freilich verstand sie den Gebrauch all der schönen Dinge nicht so recht, hielt das zierliche Häubchen für einen Halskragen, die gehäkelten Schuhe für Handschuh und das feine weiße Taschentüchlein für ein Halstuch; aber die Puppe, die prächtige Puppe! die konnte sie gar nicht genug mit ihren verklärten Augen anstaunen.

„Und das hat Dir Alles die gnädige Frau Dote gegeben," ermahnte sie die Mutter. — „Ja," sagte ihr Bärbele halblaut in's Ohr, „aber ich weiß noch was, der liebe Gott ist eigentlich schuld dran, ich habe schon oft hehlingen (heimlich) gebetet, er soll machen, daß auch meine schöne Dote wieder komme." Gerührt hörte es die Dote und gelobte sich im Stillen, auch durch zu viele Güte nicht den frommen, einfältigen Sinn des Kindes zu verwirren.

Als ein Wunder des Dorfs war Bärbele mit ihren Schätzen vom Schloß zurückgekommen, hatte aber all ihren kleinen Kamerädlein reichlich ausgetheilt und besonders ihren großen Kameraden Christoph nicht vergessen.

So wunderbar und herrlich ist es nun freilich nicht immer zu=
gegangen; die vornehme Pathe lernte Maß halten in ihrer Güte.
Aber sie hat sich getreulich des Kindes angenommen und ohne ihr
die bescheidene Heimath und den Stand zu entleiden, in den sie Gott
gesetzt, hat sie ihr Vieles noch mitgetheilt, was ihren Geist aufhellte
und ihr das Leben bereicherte, und was sie geschickt machte, Vielen
mit ihren Kräften zu dienen.

Bärbele wurde die freundliche, geduldige Gespielin der kleinen
Barone und Baronessinnen, die treue befreundete Dienerin ihrer
gütigen Pathe, auf die sie sich verlassen konnte in allen Dingen.

Viele Jahre sind nun seit jenem Weihnachtsabend vergangen;
der Fergenhannes und seine gute Annemarie ruhen im Grabe, die
Baronin Amalie auch, und ihre Kinder sind in fernen Landen. Das
Schloß aber wird schön und sorgfältig im Stande gehalten von der
stattlichen Frau Verwalterin, die einmal das kleine Bärbele war.
Bärbele ist Wittwe und haust mit ihrem Töchterlein Amalie in
einem untern Zimmer des Schlosses, die schönen Zimmer hütet sie
und hält sie in Ehren auf die Zeit, wo die Herrschaft wieder ein=
mal einziehen wird.

Die Frau Verwalterin ist weit umher geehrt und gesucht wegen
ihrer Herzensgüte und wegen des klugen und verständigen Raths,
den Arm und Reich bei ihr findet. Am Abend spaziert sie oft hin=
unter zur Fähre und plaudert da ein halb Stündchen mit dem
Fergen; er heißt nicht mehr Fergenhannes, aber Fergenstoffel und ist
Bärbele's alter Kamerad Christoph.

Wenn Weihnachten kommt, so erzählt sie wohl ihrer Tochter manchmal von jenem wunderbaren Christfest, wo die fremde Dote gekommen und ihr so viel Herrliches bescheert, aber sie schüttelt mit wehmüthigem Lächeln den Kopf dazu und sagt: „Das ist nun Alles lange vorüber;" wenn aber in der heiligen Weihnacht um die Mitternachtstunde der Gesang vom Thurme tönt: „Ehre sei Gott in der Höhe, der Herr ist geboren!" so schaut sie mit freudig leuchtendem Blick gen Himmel und sagt: „Das geht nicht vorüber, und die schönste Weihnacht ist uns noch aufgehoben."

Kann sein, 's ist auch so recht.

In der Vorstadt der Stadt K. stand ein kleines Haus mit einer freundlichen Werkstatt, worin der Schreinermeister Müller vom Morgen bis zum Abend geschäftig war. Es war ein nettes Häuschen, und Frau Grethe, sein Weib, sorgte, daß die Fenster schön hell blieben, und das kleine Gärtchen neben dem Hause durch's ganze Jahr in schönem Blumenschmucke stand.

Müllers waren noch junge Leute, doch war auch schon manches Leid durch das Häuschen gegangen: schon dreimal hatte der Schreiner einen kleinen Sarg fertigen müssen, in dem man ihm ein Kindlein forttrug. Wilhelm ein aufgeweckter Knabe und zwei kleine Mädchen, Katharine und Margarethe, waren ihnen noch geblieben. Müllers Haus war ein stilles und friedfertiges, die Nachbarn wußten zu Lieb' und zu Leid wenig von ihnen zu sagen. Mit Müller Streit zu bekommen, wäre wahrhaftig schwer gewesen: er war die zufriedenste Seele auf der Welt. „Wer weiß, ob's nicht auch so recht ist?" war seine gewöhnliche Redensart bei Allem, was dem Anscheine nach schief oder unglücklich ging, und sein Weib, das mehr ängstlicher, sorgenvoller Natur war, wurde bei aller Liebe oft ungeduldig, wenn er so gar gelassen blieb, auch da, wo sie dachte, etwas Mißliches hätte sich noch abändern lassen. Solche Gelassenheit ist eine Tugend; sie kann aber auch zum Fehler werden, wenn man darüber versäumt, sich, so wie es nun einmal in der Welt nöthig ist, um sein Fortkommen zu bemühen.

„Wilhelm, gehst Du nicht heut' in den Wald?" fragte Grethe, „es wird am Eingang ein schöner Nußbaum verkauft; vielleicht könntest Du billig dazu kommen."

„Warum nicht?" sagte der Schreiner gelassen und aß gemächlich seine Morgensuppe weiter.

„Du mußt Dich ein Bischen tummeln," trieb Frau Grethe, „sonst kommst Du zu spät; soll ich Dir Deinen Rock holen?"

„Wird nichts schaden," meinte der Schreiner mit unerschütterlicher Ruhe, stopfte sein Pfeiflein, zog den Rock an, guckte in den Kalender, nahm seinen Zollstab, schaute noch in die Werkstatt, eh' er sie schloß, alles so gemächlich und stet, daß Grethe fast verging vor Ungeduld und wie ein Hündlein unruhig hin und her sprang. Endlich und endlich war er auf dem Wege, und Grethe sah ihm erleichtert nach, — da erschien er auf einmal wieder auf der Schwelle.

„Ei, ei, Mann, aber was thust Du wieder da?"

„Mein Nastuch!" sagte der Schreiner ruhig.

„Ei, daß Dich! hättest nicht auch Deine Nase einmal ohne Schnupftuch putzen können?"

„Muß Alles säuberlich sein," sagte der Mann und zog endlich ab.

Nach einer Stunde kam er wieder, klopfte die Pfeife aus, bürstete den Hut ab, hängte den Rock an den Nagel; Grethe sprang immer ungeduldiger um ihn herum. „Nun, was ist's?" fragte sie endlich, „hast den Baum?"

„Der Thorschreiner hat ihn," sagte Wilhelm geruhig und schickte sich an, in die Werkstatt zu gehen.

„Aber nein! Du bist gewiß wieder zu spät gekommen! gelt, so ist's?"

„Kann sein, 's ist auch so recht," sagte der Schreiner und ging an sein Geschäft.

War er d'ran, so konnte er so viel leisten als irgend ein Anderer; wenn er vielleicht weniger flink war, so machte er um so steter fort.

„Hör', gestern ist der Oberamtmann vorbeigegangen," sagte ihm Grethe ein andermal; „er hat mich gefragt, ob Du so neumodische Möbel mit krummen Füßen machen könnest."

„Warum nicht?" sagte der Meister.

„Ich hab's gleich gedacht, daß Du's wohl könnest," sagte Grethe; „jetzt solltest Du aber hinauf gehen zum Herrn Oberamtmann und es sagen, er wird die Aussteuer für seine Tochter bestellen."

„Mit dem Herumlaufen ist nichts gethan," meinte der Schreiner; „wenn sie das Zutrauen zu mir haben, so werden sie schon selber kommen."

„Du weißt nicht," sagte die besorgte Grethe, „wie man sich wirklich um seine Nahrung wehren muß! Der Thorschreiner hat schon gestern ein Spuckkästchen zum Präsent hinauf geschickt, um sich zu empfehlen; gib Acht, der schnappt Dir die Kundschaft wieder weg."

„Kann nichts machen," sagte Müller ergeben, „kann sein, 's ist auch so recht."

Da kam denn Grethe oft in rechten Jammer und konnte sich nicht enthalten, einer Nachbarin zu klagen, wie sie eben doch nicht recht vorwärts kommen können, trotz ihres Mannes Fleiß, weil er nicht verstehe, sich zu rühren.

„Schreinerin, versündig' Sie sich nicht!" sagte die Nachbarsfrau, „kein rechtschaffeuerer Mann als der Ihre, so fleißig beim Geschäft, so still und friedfertig, so ein guter Vater zu seinen Kindern und ein christlicher, frommer Mann! Das stete Wesen muß Sie ihm lassen, ‚Jedes trage des Andern Last' steht in der Bibel; das ist noch lang kein Kreuz; man muß sich hüten vor unnöthigen Klagen, sonst schickt uns unser Herrgott erst ein rechtes Kreuz zu. Der kleine Wilhelm wird vifer (lebhafter) als sein Vater."

Der kleine Wilhelm war wirklich ein ordentlicher Junge. Er lernte fleißig, obgleich sein Lehrer meinte, einen ausgezeichneten Lernkopf habe er gerade nicht, es sei mehr Fleiß als Talent; er hütete die Schwesterlein, wenn die Mutter zu arbeiten hatte, und konnte in freien Stunden dem Vater zur Hand gehen. Sein Sinn aber stand eigentlich nicht nach dem Schreinerhandwerke; — nicht daß er begehrt hätte, ein vornehmer Herr zu werden, — nein, Wilhelm hatte ein genügsames Gemüth, aber er hatte sich in den Kopf gesetzt, er möchte Steinhauer werden. Der Vater hatte einmal die Schreinerarbeit an einem großen, neuen Hause übernommen; Wilhelm half hie und da und war überhaupt gern auf dem Bauplatze, wie denn so ein neues Haus, wo alle Thüren und Thore noch offen sind, immer ein lustiger Tummelplatz für Kinder ist. Alles war schön und gut an dem neue Gebäude, aber am schönsten erschien ihm doch ein fein und kunstreich ausgehauenes Portal, das ein fremder Steinhauermeister gefertigt hatte. Seitdem ging Wilhelm fortwährend mit dem Gedanken um, einmal Steinhauer zu werden. Der Vater wollte es ihm ausreden: „Maurerei ist ein unsicheres Handwerk, hat eben im Sommer zu schaffen, das gibt im Winter leichtsinnige Leute; ungesund ist's auch, und Du könntest lang Steine hauen, bis es einmal an Dich käme, so künstliche Sachen auszuhauen, Du einfältiger Bub'!" Wilhelm aber probirte es oft in der Stille, besonders gern zeichnete er die Grabsteine ab, die auf dem Kirchhofe der kleinen Stadt standen; es kam ihm gar zu schön vor, nach dem Tode noch seinen Namen so in Stein gehauen zu haben. Der Vater hatte auf die kleinen Gräber der Geschwister hölzerne Kreuze gemacht, aber die fielen jetzt schon zusammen.

Das wirkliche Kreuz, vor dem die Nachbarin der Frau Grethe bang gemacht hatte, suchte bald und unversehens das friedliche Häuschen heim. Ein schweres Nervenfieber brach in der Stadt aus, der Schreiner und sein Weib wurden fast zugleich davon befallen. Das war eine große und schwere Noth. Arme Leute können keine Krankenwärterin halten, auch war in der schwer heimgesuchten Stadt eine solche kaum mehr um theures Geld zu finden; die gute Nachbarin war selbst krank, andere Weiber, die ab und zu gingen, trugen mehr aus dem Hause fort, als sie brachten. Wilhelm that sein Möglichstes, die Eltern zu pflegen und die Schwestern zu hüten; aber er war solcher Sorgen ungewohnt, und oft schlich er sich hinter's Haus in das kleine Gärtchen, um sich recht auszuweinen, weil er ganz rathlos war. Grethe jammerte und seufzte viel, der Vater aber sagte nur manchmal mit einem müden Lächeln zu Wilhelm: „kann sein, 's ist auch so recht." Seine Ruhe lag nicht allein in seiner Gemüthsart, er hatte wirklich gelernt, von Herzen sein Anliegen auf den Herrn zu

werfen, und er betete viel in der Stille, da er wohl ahnte, daß noch
Leid genug über sein Haus kommen würde.

Und so war's auch, — ein Unglück kommt selten allein.
Grethe wurde allmälig, wenn auch langsam, wieder gesund. Der
Schreiner aber konnte sich nicht mehr recht erholen; er stand auf,
schlich müde und matt von einem Stuhle zum andern, — an Ar=
beiten war nicht mehr zu denken. Nun dachte er freilich wohl
manchmal in der Stille, es wäre doch besser gewesen, wenn er früher
etwas rühriger gewesen wäre und für einen Sparpfennig gesorgt
hätte; bis jetzt hatte es noch nicht einmal gereicht, das kleine Häus=
chen schuldenfrei zu machen.

Grethe machte ihm keine Vorwürfe, sie hatte unbeschreibliches
Mitleid mit ihm und pflegte ihn, so gut sie konnte. Der Erwerb
stand still, sie konnte wenig verdienen, da sie den kranken Mann zu
pflegen hatte, — die wenigen Güterstückchen mußten nach und nach
verkauft werden, die Noth und Sorge war groß.

Wilhelm war dreizehn Jahre alt, groß genug, um die Sorge
seiner Eltern begreifen zu können; wie gern hätte er Geld verdient,
aber er wußte ja nicht wie, das Betteln war ihm noch nicht einmal
eingefallen.

Einmal war die Noth besonders groß, die Mutter hatte den
letzten Kreuzer um einen Wecken für den Vater ausgegeben und kein
Brod mehr für die kleinen Mädchen; ihr kläglliches Rufen: „Mutter,
Brod!" drang ihr durch's Herz. Wilhelm konnte es vor Jammer
nicht mehr aushalten, er ging hinaus und wollte Brod schaffen, aber
woher? Borgen wollte der Bäcker nimmer; sollte er's wagen, sollte
er mitleidige Leute ansprechen? Während der schwersten Krankheit

hatten die Eltern oft Speisen aus der Stadt bekommen; jetzt dachten die Leute nicht mehr daran, — o, fast beneidet er ein paar freche Buben, die neben ihren Brodsäcken an einer Straßenecke spielten, daß ihnen das Betteln so leicht wurde.

Er ging weiter und betete im Stillen, Gott möchte ihm helfen; so kam er bis vor's Thor, wo ein neuer Bierwirth einen schönen Garten hat. Da saßen viele lustige junge Herren beim Bier und Kegelspiel, — die würden ihm schon vielleicht ein paar Kreuzer geben, dachte er. Noch immer aber blickte er verzagt durch die Thüre. „Komm' herein, Bub'!" rief einer der Herren, kannst uns Kegel setzen." Glückselig sprang Wilhelm hinein. Bis jetzt freilich war ihm Kegelsetzen nur wie ein Geschäft für faule, zerlumpte Bettelbuben vorgekommen; aber in diesem Augenblicke war's ihm eine Hilfe vom Himmel, das war doch nicht gebettelt. So flink und geschickt bediente er die Herren, daß sie ihm nach beendigtem Spiel einen Sechser und noch ein großes Stück Brod und Käse schenkten; auch hießen sie ihn am nächsten Abend wieder kommen.

Nun aber eilte er im Galopp nach Hause mit einem kleinen Laibe. Die Schwesterlein, die im Gärtchen nach Rüben suchten, empfingen ihn mit Jubel, die Mutter zuerst mit Angst: sie dachte, er habe gebettelt, und hätte doch nicht mehr gewagt, es ihm zu verbieten.

„Verdient, Mutter, verdient!" rief er triumphirend. Als nun die Mutter hörte, womit er es verdient hatte, gefiel ihr das nicht besonders; „Kegelstellen ist kein Geschäft," meinte sie.

„Aber weißt, Mutter, Holz spalten könnt' ich doch noch nicht," stellte ihr Wilhelm vor; „man muß Alles lernen, ist doch nicht gebettelt und nicht gestohlen! kann sein, 's ist auch so recht." Dabei beruhigte sich die Mutter, besonders wenn sie sah, wie die Mädchen mit Lust in das Brod bißen und einander anlachten.

Das Kegelsetzen blieb nun freilich ein kleiner Verdienst; doch reichte es alle Tage zu einem Laibe Brod, so lange gute Jahreszeit war, — das war schon etwas; hie und da durfte er auch eine kleine Handreichung in der Wirthschaft thun und bekam von der Wirthin Fleisch oder übrige Speisen für seine Mutter mit nach Hause oder ein abgelegtes Kleidungsstück von ihrem Mädchen für die Schwestern.

Im Herbste starb der Schreiner; er löschte aus wie ein Licht, immer freundlich, geduldig, mit Allem zufrieden, aber zu schwach und zu müde, um nur viel Sorge um die Seinigen zu haben. „Wird Alles gut werden, kann sein, 's ist auch so recht," sagte er zu seinem weinenden Weibe, eh' er die Augen schloß. Seine Handwerksgenossen schenkten der Wittwe den Sarg und begleiteten ihn ehrenvoll zu Grabe, Wilhelm legte des Vaters Maßstab, Winkelmaß und Hobel auf den Sarg, was die Andern nicht zugeben wollten. „Laßt es liegen," bat er, „man legt dem Soldaten ja sein Schwert und Waffe auf seinen Sarg, mit dem Werkzeug hat sich mein Vater auch redlich durch's Leben gefochten." Sie lächelten und ließen den Knaben gewähren.

Das Häuschen und die Werkstatt mußten verkauft werden. Eh' sie es verließen, zimmerte Wilhelm, so gut er's konnte, ein Kreuz zurecht, das er auf des Vaters Grab steckte. „Es ist nur, daß man's kennt," sagte er zu den Schwestern; ich kann vielleicht noch einmal einen Grabstein darauf machen." Die Mädchen hielten alles für möglich, was ihr Wilhelm thun wollte, zu dem sie mit großer Bewunderung aufblickten.

Grethe zog mit den Kindern in eine Dachstube und suchte sich mit Stricken und Waschen zu ernähren.

Ein saurer Winter für die Schreinerin war vorüber gegangen. Sie war viel krank gewesen, und die anhaltende Kälte hatte den letzten Nothpfennig aufgezehrt, den sie zu Wilhelms Confirmation und zu einem Lehrgelde für ihn aufgespart hatte. Einen guten anständigen Anzug für ihn hatte sie noch aus alten Kleidern von ihrem Manne machen lassen, — das war Alles, was sie für ihn thun konnte.

In seinem neuen Rocke, der ihm bis auf die Knöchel ging und reichlich zu weit war, stellte sich Wilhelm dem Herrn Stadtpfarrer dar, der gern mit jedem Confirmanden vor der heiligen Handlung noch allein reden wollte. Er mochte Wilhelm gern leiden, der sich immer als gesitteter und aufmerksamer Schüler gezeigt hatte.

„Und was hast Du im Sinne zu werden, Müller?" fragte der Geistliche.

„Weiß nicht," sagte Wilhelm langsam und traurig, „ich wär' gern ein Steinhauer geworden; aber 's langt nicht bei uns zu einem Lehrgelde, weil eben mein Vater so lange krank gewesen ist und so bald gestorben . . ." Er schluckte das Weinen gewaltsam hinunter, weil er dachte, das schicke sich doch nicht vor dem Herrn Stadtpfarrer,

„‚Kann sein, 's ist auch so recht,' hat allemal mein Vater g'sagt," sagte er mit betrübtem Lächeln.

„Dein Vater hat Recht gehabt, wenn er's im rechten Sinne gemeint hat," sagte ernst und wohlwollend der Pfarrer; „ich will Dir Deines Vaters Wahlspruch in einen Bibelspruch übersetzen: ‚denen, die Gott lieben, müssen alle Dinge zum Besten dienen,' das erwäge in Deinem Herzen, möge es auch an Dir zur Wahrheit werden!"

Dem guten Pfarrer that das Herz weh, daß er dem Knaben kein Versprechen für seine Zukunft geben konnte, aber er hatte selbst für ein Haus voll großer und kleiner Kinder zu sorgen, und die Stadtgemeinde war arm und konnte nicht viel thun; zudem waren der Schreiner und seine Frau nicht aus dem Orte gebürtig. An seinem Confirmationstage hatte Wilhelm, wie das so Sitte ist, bei seiner Dote, der verwittweten Frau Kastenknecht, gespeist, bei der seine Mutter vor Zeiten in Diensten gestanden war. Sie war eine gute Frau und hätte ihm, obwohl nicht reich, doch gewiß gern geholfen, denn Wilhelm war ihr Vorleser, der ihr am Sonntag nach der Kirche die Zeitung von der ganzen Woche her gegen eine Belohnung von einem Kreuzer und einem Wecken lesen mußte; aber sie hatte längst ihr kleines Vermögen an einen Schwiegersohn abgegeben, der keineswegs zu den Freigebigen gehörte. So war auch von dieser Seite her für den armen Wilhelm nichts zu hoffen.

Den Tag der ersten Abendmahlsfeier hatte er in der Stille daheim bei seiner Mutter zugebracht; sie waren mit einander auf des Vaters Grab gegangen, das außer dem hölzernen Kreuze mit einem Rosenstock bezeichnet war. „O Mutter," sagte Wilhelm mit glän=

zenden Augen, „siehst Du, was da der alte pensionirte Herr Oberst für einen schönen Grabstein hat, ein Schwert und eine Fahne darauf! nein, aber was das schön ist! O Mutter, wenn ich hätte können ein Steinhauer werden und dem Vater so einen Grabstein hauen! Das müßt ihn noch im Himmel freuen."

„O Büble, wie schwäzst!" sagte die Mutter, „was hätte Dein Vater mit einem Säbel und einer Fahne zu schaffen?"

„Ei, das braucht er auch nicht; ich wollt' sein Schreinerwerkzeug ganz nett und fein aushauen, und Dir, Mutter, ach was wollt' ich Dir erst einen schönen machen!" Die Mutter mußte in aller Betrübniß hell auflachen, daß ihr der Wilhelm in seinem Eifer noch bei Lebzeiten einen Leichenstein setzen wollte.

Sie gingen endlich in der Stille nach Hause und mit leisem Herzweh an ihrem ehemaligen Häuschen vorüber. Die Mutter sah sich noch einmal darnach um und sagte seufzend: „Das wär' mir lieber als der schönste Grabstein!"

Daheim saßen sie still beisammen in dem kleinen Dachstübchen: es war schon Dämmerung, als es an der Thüre klopfte. „Herein!" rief die Mutter verwundert und sah mit Erstaunen Herrn Kohlmeier, den Bierwirth, eintreten, in dessen Garten Wilhelm hie und da Dienste that.

„Wollte fragen, was Sie mit dem Buben im Sinne hat?" sagte der Wirth nach herablassendem Gruße.

„Weiß nicht, Herr Kohlmeier," sagte die Wittwe, „sein Herz stünde nach einem Maurer; ich meinestheils hätte gern einen Schreiner aus ihm gemacht, aber Lehrgeld haben wir zu keinem."

„Weiß Sie was?" sagte noch gnädiger der Wirth, „laß Sie

den Buben mir! wir haben ihn nicht ungern, er ist alert und ehr=
lich, man braucht in einer Wirthschaft das ganze Jahr so einen
Buben zu allerlei, und lernen kann er in alle Weg da und dort
etwas; Lehrgeld kostet's bei mir nicht, ich will sogar noch für seine
Kleider sorgen. Bis morgen verlange ich Antwort," sagte der Wirth,
indem er aufstand; "besinn Sie sich nicht zu lang, es wird Ihr nicht
zweimal so geboten werden."

Die Mutter schlief diese Nacht wenig; der neue Gedanke wollte
ihr nicht in den Kopf, und am andern Morgen in aller Frühe war
sie beim Herrn Stadtpfarrer, um ihm ihre Bedenken vorzutragen.
Posselbub' in einem Wirthshaus! Das kam ihr doch gar zu gering
für ihren Wilhelm vor, der so brav in der Schule gelernt hatte.
Und was sollte dann später aus ihm werden, und wie viel Schlechtes
konnte er in einem Wirthshause mit anhören? Auch dem Pfarrer
that es leid, und doch redete er der Wittwe zu, es anzunehmen,
nachdem er sich näher erkundigt hatte. Die Wirthsleute standen in
Achtung, besonders war die Frau gutmüthig und rechtschaffen; der
Wirth versprach auch ihn später das Brauhandwerk zu lehren, und
— andere Auskunft wußte Niemand.

So zog denn Wilhelm, von tausend Thränen und Ermahnungen
seiner Mutter begleitet, bei dem Wirthe ein. Ihm selbst war es
eben nicht so leid, wenn er doch einmal kein Steinhauer werden
sollte; sie waren im Hause meist freundlich gegen ihn gewesen, und
eben das Vielerlei, was es da zu thun gab, war für einen
muntern Burschen unterhaltend. "Kann sein, 's ist auch so recht!"
sagte er beruhigend zu der Mutter, als er ihr zum Abschiede die
Hand gab.

Wenn Frau Müller gefürchtet hatte, ihr Wilhelm werde beim Brauer zum Müßiggange angehalten, so war wenigstens diese Furcht eine grundlose gewesen. Der Wirth hatte geglaubt, der Bursche sei eigentlich ganz überzählig. Aber man hätte denken sollen, Wilhelm sei die wichtigste Person des Hauses, der eigentliche Schluß- und Eckstein des ganzen Anwesens; denn Wilhelm schrie es den ganzen Tag von der Bühne, aus der Stube, aus der Küche, aus dem Stalle, vom Keller! Jedes im Hause hielt es, wie es schien, für seine besondere Aufgabe, den Wilhelm zu beschäftigen. „Wilhelm, geh' und hol' den Küfer!" rief der Herr; „Wilhelm, Du könntest auch Louischen im Wägele fahren!" sagte die Frau; „Wilhelm, hol mir geschwind Schnittlauch und Petersilie!" befahl die Köchin; „Wilhelm, warm' Wasser in die obere Stube!" wünschte das Stubenmädchen; „Wilhelm, bring' den Herren drunten im Garten Zündhölzchen!" verlangte der Kellner; „Wilhelm trag mir ein paar Flaschen!" bat die Kellnerin; „Wilhelm, hol' Wagenschmiere!" schrie der Hausknecht. Dazu kamen noch die kleinen Buben des Hauses, denen er Pfeifen schnitzen und Schifflein machen sollte, und Louischen, dem er Goldkäfer fing; er wußte in Wahrheit oft gar nicht, wo sein Kopf stand und war am Abend abgehetzt wie ein Windhund, wenn er dem Hausknechte noch helfen sollte Stiefelwichsen und der Hausmagd die Spüllumpen vor's Fenster hängen.

Er war aber gesund, munter und gutwillig, so hatten sie ihn Alle gern; Hunger leiden durfte er nicht, obgleich er selten zu ordentlicher Zeit essen konnte, und bekam noch manchmal für seine Mutter etwas geschenkt oder ein kleines Trinkgeld. Seine glücklichsten Zeiten waren, wenn er das kleine Louischen im Wägelchen fahren durfte; da fuhr er auf eine freie grüne Wiese oder auf den Friedhof, der sein liebster Gang war. Die Schwestern kamen mit ihrem Strickzeuge dazu; sie spielten zusammen mit dem Kinde und plauderten davon, was sie thun würden, wenn sie reich wären. „Ich würde euch so schöne Kleider bringen," versprach Wilhelm, „und der Mutter ein warmes, wollenes Kleid und einen gepolsterten Lehnsessel, und auf des Vaters Grab da ließe ich so einen schönen Stein setzen!" Er probirte auch immer noch Zeichnungen zu Grabsteinen, die oft wunderlich genug ausfielen, da er stets den Handwerkszeug eines Schreiners darauf anbringen wollte.

Nur mit dem Lernen sah es fatal aus, und die Mutter seufzte oft im Stillen, wenn sie an die Zukunft dachte. Er lernte freilich gar viel und mancherlei, vor Allem sich in die Leute schicken, freundlich, gefällig und nachgiebig sein, was eine nützliche und oft schwere Kunst ist; er lernte von der Mutter seinen Dienst mit willigem Herzen thun und das Kleinste nicht veruntreuen, wozu er so oft Gelegenheit gehabt hätte. Aber ein rechtes nützliches Gewerbe, einen ordentlichen Beruf für seine Zukunft erlernte er doch nicht; Niemand hatte Zeit, ihm etwas in Ruhe zu zeigen, von jeder Arbeit wurde er wieder an eine andere geschickt, und die Mutter, selbst eine ehrbare Handwerkstochter, hielt eben viel mehr auf ein **ordentliches Gewerbe** als auf das Kellner- und Bedientenwesen.

Wenn sie sich lang genug darüber abgegrämt hatte, so fiel ihr ihres Mannes Sprüchwort wieder ein und des Pfarrers Auslegung, und sie dachte: „der liebe Gott wird schon einen Ausweg für mein Büblein finden, wo ich keinen weiß."

Eines Abends war Wilhelm auf einen Sprung bei der Mutter.

Katharine, die älteste Schwester, die nun auch bald confirmirt wurde, nähte emsig. „Nicht wahr, Mutter," fragte sie, „wenn ich mit dem Hemde fertig bin, und noch mit einem, so langt's zu einer neuen Schürze?"

„Nicht ganz," sagte die Mutter; „für eins bekommst Du zwölf Kreuzer, da mußt Du wenigstens drei fertig machen."

„Weißt was, Mutter?" flüsterte dieser Wilhelm in's Ohr, „morgen, am Feiertag, ist Scheibenschießen; da muß ich zeigen, das gibt ein Extra-Trinkgeld, der Herr hat's schon gesagt, — dann kauf' ich dem Kathrinle einen Schurz!"

Die Mutter seufzte wieder; sie konnte nun und nimmer an solchem Verdienst eine Freude haben, es kam ihr nicht recht wie ein ehrlicher Erwerb vor, doch wollte sie ihm die Freude nicht verderben. „Nimm Dich nur in Acht, daß Dir nichts geschieht bei der Schießerei!" rief sie ihm noch nach, als er ging.

Es war prächtiges Wetter am Feiertag, und eine zahlreiche Gesellschaft hatte sich in dem großen Garten des Bierbrauers zu dem festlichen Scheibenschießen versammelt. Allerlei werthvolle Gewinnste, silberne Löffel, schöne Deckelgläser ꝛc. waren als Preise für die besten Schützen bereit gelegt, und da die Frauen nicht immer gut sehen zu solchen Belustigungen, dachten sich die Männer doch ein freundliches Gesicht zu erwerben, wenn sie einen hübschen Gewinn mit nach Hause brächten.

Wilhelm stand hinter der Scheibe und zeigte durch eine aufgesteckte Nummer an, was getroffen worden war; die Schützen lachten und jubelten, je nachdem Einer eine besonders hohe oder sehr niedrige Nummer getroffen hatte; in's Schwarze hatte noch Keiner geschossen. Unter den Schützen war auch Gustav Brand, ein junger Kaufmannssohn, der zum ersten Mal sein Heil versuchen wollte. Er war kein glücklicher Schütze, und die Andern begleiteten seine Fehlschüsse mit lautem Gelächter; dadurch wurde er immer ärgerlicher, immer hitziger. Ohne das Zeichen zum Schuß abzuwarten, drückte er wieder los; ein Jammergeschrei erscholl hinter der Scheibe, — Wilhelm hatte nicht Zeit gehabt, bei Seite zu springen, und lag getroffen in seinem Blute.

Das war ein plötzlicher Schlag unter Lust und Lachen. Der junge Brand war fast ohnmächtig und lehnte bleich wie eine Leiche an einem Baume, Andere sprangen dem winselnden Knaben zu Hülfe. „Todt ist er nicht," schrieen Einige; „der Fuß ist's!" rief ein junger Apotheker, der unter der Gesellschaft war, „legt ihn nur auf eine Bank, daß er zu Bette getragen wird." Inzwischen hatte sich nicht nur die Schützengesellschaft um den Verwundeten versammelt, die ganze Wirthschaft: Hausfrau, Brauknechte, Köchin, Stubenmädchen, Hausmagd, was Füße hatte, rannte herbei; alle Kinder und sonstiges Volk, das sich auf der Straße in der Nähe des Schießplatzes umgetrieben hatte, brachen in den Garten. Es war ein fürchterlicher Tumult, und der arme Wilhelm wäre vielleicht vor lauter mitleidigen und hilfebereiten Händen zu Grunde gegangen, wenn nicht der Chirurg des Orts, ein ehemaliger Feldscheerer, ein Mann von gewaltiger Stimme und Gestalt, Ruhe geboten und commandirt hätte, den Kranken wegzutragen.

„Nur hinauf in eine Gaſtſtube," rief die mitleidige Wirthin, „wo ein Bett überzogen iſt!"

„Zu meiner Mutter!" rief kläglich flehend der Kranke mit ſeiner letzten Kraft.

„Dummheit!" ſagte der Chirurg, „was kann ein armes Weib noch einen Kranken pflegen?"

„O, zu meiner Mutter!" bat er noch einmal, „ich will bei meiner Mutter ſterben."

So trugen ſie ihn denn mit ungeheurem Geleite zu der armen Mutter; natürlich war ſchon ein Trupp Gaſſenbuben vorausgejagt, athemlos wetteifernd, wer zuerſt der Wittwe die Kunde bringen könne: „Ihr'n Wilhelm hat man geſchoſſen! den Fuß ab oder todt! Jetzt bringt man ihn!"

Den Leuten, die den Knaben trugen, war's bang geweſen auf das Geſchrei, Schimpfen und Klagen der Wittwe; das aber war ihre Sache nicht, auch war ihr der Schreck bis in's Herz gedrungen und hatte ſie faſt gelähmt. Ganz ſtill führte ſie die Leute mit dem ächzenden Knaben herauf, ganz ſtill deckte ſie mit zitternden Händen ihr Bett auf; aber ſie war todbleich, ſah ſo jammervoll aus, daß Wilhelm ſelbſt in all ſeinen Schmerzen ihr gern etwas zum Troſte geſagt hätte, es fiel ihm aber nichts ein, als des Vaters Sprichwort. „Kann ſein, 's iſt auch ſo recht!" ſagte er mit ſchwacher Stimme und ſchloß ohnmächtig die Augen.

Der Kranke war verbunden und lag in guter Hut und Pflege in der Mutter reinlichem Bette, die Tag und Nacht nicht von ihm wich. Wohl hatte er noch in Schmerz und Todesschwäche richtig gefühlt, daß sein Platz bei der Mutter war; so gut der Wille war im Wirthshause, er hätte nie die Pflege haben können wie bei ihr, und wenn sie auch zu ihm gekommen wäre, sie hätte ja doch seine Schwestern nicht mitnehmen können.

Wilhelm litt freilich viel Schmerzen, aber eigentlich war's ihm doch in seinem Leben nie besser gegangen als in dieser Krankheit. Der herumgeschobene Posselbube war auf einmal eine wichtige Person geworden, die Herzensgüte und Dienstfertigkeit, die er gegen alle gezeigt, trug jetzt Zinsen. Nicht nur die Wirthin schickte gute Betten und kräftige Suppen für ihn, die Köchin selbst, obgleich sie nicht leicht zu Fuß war, keuchte die Treppen der Wittwe herauf, um ihn zu trösten und ihm gute Bissen zuzustecken; auch der Hausknecht sah nach ihm und brachte ihm von seinen Ersparnissen süßes Biskuit und alten Wein, den er zwar nicht trinken durfte, der aber der Mutter um so besser kam.

Nach dem Unglück waren viele gute Bekannte und Freunde zu der Wittwe gekommen und hatten ihr gerathen, klagend gegen den Urheber des Unglücks, den jungen Brand, aufzutreten und eine recht hohe Entschädigungssumme zu verlangen. „Nein, Nachbarin, das müßt Ihr nicht thun!" rieth ein alter Pfiffikus von Nachbar, „Ihr geht nicht vor Gericht, Ihr geht zu Brands und droht mit der Klage; da könnt Ihr Geld genug von ihnen herausschlagen, so reiche Leute fürchten sich vor Gericht zu kommen!"

„Mutter, das Alles thust Du nicht," bat Wilhelm, als der

Nachbar fort war; „der junge Herr Brand ist immer freundlich gegen mich gewesen, er hat's nicht mit Fleiß gethan und war ihm selber leid genug, — wir wollen thun, was wir können, um ihm keinen Verdruß zu machen."

So unterblieb, auf die herzliche Bitte des Sohnes und der Wittwe, die gerichtliche Untersuchung. Die reiche, angesehene Familie, die alles Aufsehen fürchtete, war sehr dankbar dafür, und der junge Brand, dem es von ganzem Herzen leid that, wußte gar nicht, was Alles er dem Kranken zu Liebe und zur Erquickung thun sollte. Die ganze kleine Stadt wurde aufmerksam auf die Schreinerswittwe, Jedermann wußte Gutes von ihr, schickte etwas für den Kranken und versprach Arbeit und Beistand für die Zukunft.

Noch lange, ehe Wilhelm sich selbst an den guten Bissen erquicken konnte, die man ihm schickte, sah er mit leuchtenden Augen, wie in der Mutter ärmlicher Stube nun fast Ueberfluß einkehrte, wie die Schwestern sich labten an den guten Dingen, wie die viele Liebe und Theilnahme der Mutter so wohl that. „Gelt, Mutter," sagte er lächelnd, „kann sein, 's ist auch so recht? wie sind doch die Leute so brav!"

„O Büble," seufzte die Mutter, „das geht bald vorbei; nachher denken sie Alle nicht mehr an uns, und was soll's mit Dir werden, wenn Dein Fuß nicht mehr recht wird?"

„Kommt gewiß recht, Mutter!" tröstete Wilhelm, „weißt ja, was der Herr Stadtpfarrer sagt; freu' Dich doch derweil, daß die Leute so brav sind!"

Wilhelm lag lange krank; alle Kosten seiner Verpflegung wurden aber reichlich aus dem Brand'schen Hause bestritten. Endlich war er hergestellt, aber sein Fuß war nicht wieder ganz und gerade geworden: er konnte nur langsam mit Hülfe eines Stockes gehen.

Was nun thun? Die vielen Leute, die während seiner Krankheit für ihn gesorgt, hatten nun wieder Anderes zu thun und zu sorgen; der Stadtpfarrer dachte daran, ihn zu einem Lithographen in eine größere Stadt zu bringen, da er viel Talent zum Zeichnen zeigte, — aber unentgeltlich würde ihn keiner nehmen.

Da ließ eines Tages der alte Herr Brand Wilhelm rufen. Mit großem Respekte trat dieser in das schöne Zimmer und vor den alten Herrn im grünsaffianenen Lehnstuhle, den er immer wegen seines goldenen Stockknopfes und seiner silbernen Tabacksbüchse von weitem bewundert hatte.

„Höre, mein Sohn," begann recht wohlwollend der alte Herr, „setz' Dich da auf den Stuhl, das Stehen geschieht Dir doch sauer, — Du und Deine Mutter, Ihr habt Euch bei dem Unfall, der meinem Sohne zugestoßen ist, recht brav benommen, recht ordentlich, ich muß gestehen. Du weißt, daß Deine Pflege= und Kurkosten von uns bestritten worden sind; aber wir wollen noch mehr thun. Was willst Du jetzt anfangen? Herr Kohlmaier würde Dich schon wieder aufnehmen, aber Du siehst wohl ein, — ein Laufbube, der am Stocke geht, der taugt nicht. Ebenso wär's, wenn ich Dich in meiner Handlung beschäftigen wollte. Wie wär's, wenn Du nach Amerika gingest?"

Das kam dem Wilhelm so verwunderlich vor, als wenn man ihn hätte in den Mond schicken wollen; er selbst hatte sein Lebtage nie daran gedacht, und er blieb ganz stumm.

„Mein Sohn ist so gar weichherzig," fuhr der alte Herr fort,

„er sagt, das Herz thue ihm weh, so oft er Dich sehe; da möchte ich ihm nun die Last abnehmen, wenn Dir zugleich ein Gefallen damit geschähe, — siehst Du . . ." Und der Kaufmann nahm aus einer Commode zwei Rollen und zählte auf den rothen Tischteppich zweihundert baare Guldenstücke. „Sieh, soviel sollst Du haben," sagte er; „das reicht zur Ueberfahrt und bleibt ein schöner Ueberschuß, dazu wollte ich Dich noch an einen Freund in New-York empfehlen; nun geh' nach Hause und rede mit Deiner Mutter!"

Der alte Herr hatte es gut berechnet, daß er den Vorschlag zuerst dem Knaben machte. Der Mutter kam der Gedanke schrecklich vor, ihren einzigen Sohn, ihren Liebling über's Meer zu lassen; dem Wilhelm aber war bereits die Heimat über'm Meere als goldenes Hoffnungslicht aufgegangen, da mußte Alles noch gut werden!

Auch andere, nüchterne Leute redeten der Wittwe zu; sie sah es selbst für Pflicht an, ihr Mutterherz zum Opfer zu bringen und nahm des Kaufmanns Anerbieten dankend an.

Wilhelm wurde von verschiedenen freundlichen Händen ganz gut ausgestattet, „wie ein Prinz," meinte die kleine Margarethe, die sich eigentlich viel einbildete, daß sie einen Bruder habe, der nach Amerika gehe, während Katharinchen immerfort weinte.

Im Frühling reiste Wilhelm ab; am Abend vor seiner Abreise besuchte er noch des Vaters Grab mit den Schwestern und nahm ein grünes Zweiglein mit. „Ihr werdet sehen," sagte er leise, als sie gingen, „ich halt doch noch Wort." Seine Mutter begleitete ihn bis Heilbronn, sie konnte ihn einer braven Familie empfehlen, die auch die Ueberfahrt machte; Wilhelm blieb ziemlich getrosten Muthes, aber die Mutter meinte, wenn sie nur sterben dürfte auf der Stelle, wo sie ihren Knaben ziehen lassen mußte. „Sei ruhig, Mutter!" tröstete sie Wilhelm unter Thränen, „kann sein, 's ist auch so recht."

Zehn Jahre waren vergangen, seit die Schreinerin ihren Sohn hatte ziehen sehen, und nur zweimal hatte sie in dieser Zeit kurze Nachricht von ihm erhalten. Es betrübte sie oft, aber die Leute sagten ihr, daß es die Amerikaner nicht anders machen; „aus Amerika schreiben sie nur, wenn sie Geld wollen, und Euer Wilhelm weiß wohl, daß bei Euch nicht viel zu holen ist." Grethe konnte nicht glauben, daß ihr Wilhelm auch so Einer geworden sei; eher fürchtete sie, er sei todt, oder es gehe ihm schlecht, und er wolle sie nicht betrüben.

Ihr selbst und ihren Töchtern ging es nicht eben schlimm: Katharine hatte einen guten Dienst, Margarethe hielt mit ihrer Mutter eine Strickschule für kleine Bürgermädchen und verdiente daneben noch Manches mit Nähen. Es war fast, als ob seit Wilhelms Unglück bessere Tage bei ihnen eingekehrt wären, und die Mutter sagte oft, es sei ihr eigentlich betrübend, daß das Büble mit seinem Fuß habe das Opfer für sie werden müssen.

Da kam eines Tags der Herr Kaufmann Brand selbst keuchend und pustend in großer Wichtigkeit zu der Wittwe: „Frau Müller, man schreibt mir aus Heilbronn, daß allda eine Kiste an Sie aus Amerika angelangt sei, so schwer, daß man sie kaum an's Land schaffen könne; es soll selbst Jemand auf den Platz, um den weiteren

Transport zu bestimmen. Natürlich," wandte er sich zu der bestürzten Frau, die in stummem Erstaunen die Hände zusammenschlug, „dürfen Sie sich keinen thörichten Einbildungen hingeben, als ob Geld in einer solchen Kiste käme, das schickt man aus Amerika nicht in Kisten! Ich habe ohnehin ein Reislein nach Heilbronn vor, da kann Sie meinetwegen mitfahren." Den alten Herrn stach selber der Vorwitz, was denn der Schreiner-Wilhelm in einer so schweren Kiste schicke.

Obgleich er der Wittwe empfohlen hatte, zu schweigen, so breitete sich doch alsbald im Städtchen die Kunde aus, daß in Heilbronn eine Kiste voll Gold an die Schreinerin angekommen sei, so schwer, daß sie zehn Rosse nicht fortschaffen können. Man bot ihr bereits Häuser und Grundstücke zum Kauf an, jedermann war von jeher „der best Freund zu ihr" gewesen und erinnerte sie vielfältig daran, wie viel er seiner Zeit an ihrem Wilhelm gethan habe, „wo er seinen Fuß gehabt habe." Wenn es nicht doch etwas weit gewesen wäre, die Leute wären haufenweise nach Heilbronn gelaufen, um die Goldkiste zu sehen; Margarethe und Katharine aber liefen die Nacht durch, um am andern Vormittage zugleich mit dem Gefährt des Herrn Brand in Heilbronn einzutreffen. So halb und halb glaubte Katharinchen doch auch an die Goldkiste; die Mutter nicht, sie dachte nur, daß ihr Sohn noch lebe und an sie denke.

Die Kiste war ausgeladen und lag auf dem Zollamte, es war auch ein Paket sammt Briefen dazu da. Die Wittwe mußte sich setzen vor Bewegung und Rührung, — Alles stand in athemloser Spannung umher, als die Kiste geöffnet wurde. „Ein Stein! ein

Leichenstein!" rief Katharine, „ein Grabstein für den Vater!" rief Margarethe. „Wilhelm hat Wort gehalten!"

Ja, es war ein Leichenstein für den verstorbenen Schreiner. Ueber dem schön gearbeiteten Fuße waren auf's Feinste gemeißelt und malerisch geordnet die Werkzeuge des Schreiners; darüber stand der Name des Vaters in schönen Goldbuchstaben, auf der andern Seite aber stand der Spruch: „Der Gerechten Seelen sind in Gottes Hand und keine Qual rühret sie an." Ein goldenes Kreuz erhob sich auf dem Steine.

Alle bewunderten die schöne, reine, kunstvolle Arbeit, nur die Kaufleute fanden es unsinnig, die hohen Frachtkosten an etwas zu wenden, das man ja im Lande auch hätte hübsch ausfertigen können, wenn er das Geld dazu geschickt haben würde. Die Wittwe zerfloß in Thränen der Rührung, — Katharine mußte ihr den Brief vorlesen.

„Endlich ist's gelungen, liebe Mutter," schrieb Wilhelm, „und ich kann auf des Vaters Grab das Denkmal setzen, wie es mein Wunsch gewesen ist von Kind auf. Ich habe mir's oft sauer werden lassen müssen und habe mir vorgenommen, ich wolle nicht mehr schreiben, bis mir's auch recht gut gehe. Das ist jetzt so, Gott sei Lob und Dank! ich bin jetzt Bildhauer allhier in New-York, mache aber nichts als lauter Grabsteine und kann damit nicht fertig werden, soviel habe ich zu thun. Ich darf nur noch die feine Arbeit daran machen, und das kann ich wohl, trotz meinem Fuß, der auch besser geworden ist. Ich verdiene so viel Geld, daß ich gar keine Sorge mehr habe. Ich schicke Euch hier ein Weniges, zweihundert Dollar in einem Wechsel, und will aber mehr schicken, wenn Ihr zu mir kommen

Kann sein, s'ist auch so recht

wollt nach Amerika, Ihr sollt es gut bei mir haben. Auch schicke ich kleine Geschenke für die Schwestern und an alle meine guten Freunde, das feine Petschaft mit seinem Namen an den jungen Herrn Brand, zum Zeichen, daß ich ihm nichts nachtrage; er hat gut und rechtschaffen gegen uns gehandelt, und Gott hat Alles zum Besten gewendet!

„Machet mir die Freude und kommet zu mir! ich kann Dir, liebe Mutter, noch gute Tage machen, und lasset meinem Vater den Stein von einem rechten Meister auf sein Grab setzen."

Die Einwohnerschaft von K. war freilich getäuscht, als statt der Goldkiste ein Leichenstein ankam; doch wurde auch dieser gehörig bewundert, und es gab eine wahre Wallfahrt zu dem Grabe des lang vergessenen Schreinermeisters, um das Denkmal der Kindesliebe zu beaugenscheinigen.

Zum Zuge nach Amerika wollte sich Frau Grethe nicht entschließen. „Ich bleib' zweimal so gern hier, lieber Wilhelm," schrieb sie ihm, „seit des Vaters Grab so zu Ehren kam; es ist mir fast eine Verlegenheit, weil nicht einmal die Frau Spezialin so ein schönes Grabmal hat. Daß Du aber ja keinen so kostbaren Stein mehr schickst, wenn ich einmal sterbe! das thäte Dich ja so viel Porto kosten. Der Stadtrath hat mir versprochen, daß ich einmal neben Deinem Vater selig begraben werde, da gilt dann des Vaters Grabstein auch für mich. Gott segne Dein treues Herz und lasse Dir's wohl gehen in Zeit und Ewigkeit!"

Sie erlebte aber auch die Freude, daß ihr Wilhelm sie besuchte, nachdem er ihr vorher schon das eigene Häuschen wieder gekauft und ihre alten Tage leicht gemacht hatte. Er war ein stattlicher, hübscher

Mann, obgleich er an einem Stocke gehen mußte. Er wurde bei dem jungen Herrn Brand, der sich verheirathet hatte, zu Gaste geladen, und Kohlmeiers Luischen, obwohl eine schöne Jungfer, hat sich doch entschlossen, als seine Frau mit ihm nach Amerika zu gehen.

Die Schwestern wollten die Mutter nicht verlassen, so lang sie lebe. „Kann sein, 's ist auch so recht," sagte der Schreiner-Wilhelm.

Brüderchen und Schwesterchen.

Der Mutter Tod.

Es war einmal ein Brüderchen und ein Schwesterchen. So hat schon manche schöne Geschichte angefangen, und so wird noch gar manche anfangen, so lange die Welt steht, denn beim Lichte betrachtet, besteht ja doch die ganze Welt aus nichts als Brüderchen und Schwesterchen, wenn sie auch oft groß gewachsen sind und gar weit auseinander geführt werden und nicht mehr so einträchtig miteinander durch den Wald gehen wie Brüderlein und Schwesterlein im Mährchen.

Ein Brüderchen und ein Schwesterchen war es denn auch, die im goldnen Abendsonnenschein beisammen saßen in dem Gärtchen, das vor einem einsamen kleinen Hause am Eingang eines Waldes stand. Das Büblein saß auf einem alten hölzernen Schemel und das Mädchen auf der Erde zu den Füßen einer bleichen Frau, die recht müde auf einem alten Strohstuhl saß, den ihr Lottchen, so hieß das Mädchen, in die Sonne herausgetragen hatte. Aber so warm die Sonne schien, die Frau schien doch zu frieren, fröstelnd hüllte sie sich in den alten verblichenen Shawl, den ihr Lottchen umgegeben hatte, so daß diese ängstlich nach ihr aufblickte und fragte: „Mutter, bist du kränker?" Richard, das Büblein, war gar nicht ängstlich, er hatte sich eben ein Thürmchen von Kieselsteinen gebaut und ein Schneckenhaus oben drauf gesetzt, das ihm ungemein wohl gefiel, nur wollte es immer wieder einfallen, was ihm viel zu schaffen machte.

„Ja, Lottchen, ich glaube, ich bin sehr schwach," sagte leise die Mutter auf des Kindes Frage. „Willst Du nicht lieber wieder in's Bett gehen?" bat diese. „Laß mich nur, Kind, es ist mir so wohl im Freien," seufzte die Kranke. Lottchen mußte dem Bruder helfen, dem der Schneckenthurm schon wieder eingefallen war; mit tiefer Wehmuth sah die bleiche Frau auf die Geschwister und der schwere Seufzer: „o meine armen Kinder!" entrang sich laut, fast unwillkür= lich ihrer Brust. Erschrocken sahen die spielenden Kinder auf, „Mut= ter, stirbst du?" fragte arglos der kleine Richard, „die Milchbäbel hat gestern zu mir gesagt, du stirbst; ist's wahr?" Lottchen wußte schon mehr, was Sterben heißt, sie sah angstvoll, ohne ein Wort sprechen zu können, auf in das blasse Gesicht der Mutter. „Es wird so kommen, Kind," sagte die Mutter schmerzlich, und mit gefalteten Händen im Tone tiefsten Jammers stöhnte sie: „o Gott, wer sorgt für meine Kinder!" „Mutter, ich will für das Brüderlein sorgen," versicherte Lottchen, nur bemüht, die arme Mutter zu beruhigen. „Und wer sorgt für dich?" fragte die Mutter schmerzlich lächelnd. „Der liebe Gott," sagte Lottchen zuversichtlich; „geb' nur Acht, wenn du im Himmel bist, wirst du's schon sehen, daß ich dem Brüderlein nichts geschehen lasse." „Das gebe Gott," sagte die Frau mit mat= tem Lächeln, aber du bist noch so jung . . ." „Mutter, die Bäbel hat gesagt, ich sei wie ein Altes," versicherte Lottchen, und die Mutter streichelte leise mit matter Hand ihre dunklen gescheitelten Haare; sie war so müd, so sterbensmüde, daß sie nicht mehr sorgen und denken konnte, nur die Sprüche, die sie als Kind schon gelernt und seitdem

Brüderchen und Schwesterchen

schon oft wieder in dem heiligen Buche nachgelesen hatte, klangen ihr noch durch den Sinn: „ich will euch nicht verlassen, noch versäumen," „ich will ein Vater sein der Waisen," „der Herr behütet die Fremdlinge und Waisen."

„Lottchen," fing die Mutter wieder an, „kommt der Vater noch nicht? es wird so dunkel." „Es ist noch ganz hell, Mutter, erst fünf Uhr," sagte Lottchen, sie fürchtete sich ein wenig; „ich wollte, er könnte den Herrn Pfarrer rufen, mir wird so schwach," sagte die Mutter. „Soll ich ihn holen?" fragte Lottchen, „oder den Chirurg?" „Nein, o nein, der liebe Gott ist bei mir," sagte die Mutter und faßte wie hilfesuchend fest des Kindes Hand, die ihrige fühlte sich ganz kalt an, die andere legte sie auf Richards blondes Köpfchen, das dieser bange in der Mutter Schoß geborgen. „Der Herr segne euch," klang es matt und leise von den bleichen Lippen; „Lottchen, kannst du nicht beten? ich bin so müd."

Angstvoll besann sich Lottchen auf ein Gebet, die Mutter hatte sie schöne Morgen- und Abendgebetchen gelehrt, aber die paßten doch jetzt nicht; sie hatte auch schon gelernt, ihre kleinen Bitten und Anliegen selbst vor den lieben Gott zu bringen, aber laut aus dem Herzen gebetet hatte sie doch noch nie, da fiel ihr das alte Lied ein, das sie die Mutter gelehrt beim Klang der Abendglocke zu sprechen, und obwohl es noch nicht Betglockenzeit war, hub sie doch in ihrer Herzensangst an so gut sie's wußte:

> Ach bleib bei uns, Herr Jesu Christ,
> Dieweil es Abend worden ist;
> Dein göttlich Wort, das helle Licht,
> Laß ja bei uns auslöschen nicht.

> In dieser letzten betrübten Zeit
> Verleih uns, Herr, Beständigkeit.
> Laß uns in guter stiller Ruh
> Das zeitlich Leben bringen zu;
> Und wenn das Leben neiget sich,
> Laß uns einschlafen seliglich.

Aber die Hand der Mutter war so gar kalt und schwer, erschrocken blickte Lottchen auf, die Mutter schien zu schlafen, aber kein Athem ging durch die halboffnen Lippen; ein sanftes, müdes Lächeln lag auf dem Gesicht, die Wangen waren noch röthlich, aber sie war so gar still und so kalt. Auch Richard war bang und schlüpfte dicht an Lottchen, die sich zu ihm auf den Schemel setzte und nicht wagte, sich zu rühren.

Da sprang ein schöner brauner Jagdhund in das Gärtchen. „Waldmann!" rief fröhlich und erleichtert der kleine Richard und Lottchen sprang dem Vater entgegen, der nach dem Hunde den Waldsteig herunter auf das Gärtchen zu kam; „o Gottlob, daß du kommst, Vater!" rief sie, „die Mutter war so schwach und ist jetzt so kalt, und sie schläft doch nicht recht."

Rasch und erschrocken trat der Vater zu der Frau, und sah mit Einem Blick, daß hier alles vorüber war. „O Kathrine, Kathrine," rief furchtbar erschüttert der sonst rauhe Mann, „o wach' auf, wach' nur ein einzigesmal auf, ich will Dir's ja besser machen, Du hast nicht viel Gutes gehabt, o, was thun wir denn, ich und die Kinder, wenn Du todt bist?" Jetzt löste sich auch die angstvolle Stille der Kinder in lautes Weinen und Klagen, so daß es selbst Leute in den ziemlich entfernt gelegenen Häusern des Dorfes hörten; sie kamen und beklagten in ihrer gutmüthig rauhen Weise den Mann und die armen Kinder und trugen sachte die Leiche in's Haus, eine Bäurin sprang zum Herrn Pfarrer, zwei Männer erboten sich, Wache bei der Todten zu halten.

Drei Tage nachher ging langsam ein langer Zug durch's Dorf; voraus zogen die Schulkinder und sangen mit lauter, nicht sehr wohl= klingender Stimme ein Sterbelied, nach dem Sarge kam der Vater der zwei Waisen, Forstwart Kraus, in ganz schwarzen Kleidern gingen diese stille an seiner Hand, der starke Mann war ganz wie zusammengebrochen, „wie alt der Forstwart geworden ist," flüsterten sich die Leute zu, er konnte nicht aufblicken. Lottchen wußte wohl, welch' traurigen Gang sie machte, sie drückte das Gesicht in ihr weißes Tüchlein und weinte und weinte bitterlich; das Brüderlein sah immer nur wieder sie und den Vater verwundert an und wußte nicht recht, ob es auch weinen sollte: der Sarg mit den Blumen, die singenden Kinder und die lange Reihe Leute, der er vorausgehen durfte, erschien ihm so gar merkwürdig, daß ihm das Weinen wieder verging, auch hatte Lottchen zwei schöne Blumensträuße gebunden für sich und ihn, die sie in der Mutter Grab legen durften, — das alles war ihm so wichtig, daß er nicht recht zum Weinen kommen konnte, doch sah er gar ernsthaft und betrübt aus und die Leute blickten gerade den Kleinsten besonders mitleidig an.

Fast vor jedem Haus im Dorfe stand ein Mann, eine Frau oder Tochter in schwarzer, sonntäglicher Kleidung und schloß sich dem Leichenzuge an; der Forstwart zwar war nicht besonders beliebt bei den Leuten, weil er ein rauher Mann war und weil er, was freilich seines Amtes war, gar Manchen schon hatte wegen Waldfrevel strafen müssen, aber Kathrine, seine Frau, war eine Schulmeisterstochter vom Ort und eine gar sanfte gute Frau gewesen, die jedermann lieb hatte, und der thaten sie gern die letzte Ehre an.

Am Grabe schrien die Schulkinder noch einmal ein Lied aus vollem Halse; Lottchen hielt ihr Brüderlein bei der Hand, sie verstand nicht recht alles, was der Herr Pfarrer sagte, nur die Worte behielt sie aus seiner Rede: „ich will Euch trösten, wie Einen seine Mutter tröstet;" und sie dachte, das müsse schön sein, die Mutter hatte sie allemal gar so lieb getröstet, wenn sie mit einem Kummer auf ihrem kleinen Herzen zu Bette gegangen war; sie senkten den Sarg hinunter, Jedes warf eine Hand voll Erde darauf, die Kinder ihre Blumen, als aber Lottchen zu Richard sagte: da unten liege die Mama, da legte das Kind sich weinend auf den Rand des Grabes und wollte nicht gehen, nur als Lottchen ihm leise sagte: „komm', Brüderlein, wir wollen heim und noch ein recht schönes Kränzlein für die Mama flechten," da stand er auf und ließ sich von ihr heimbringen; es war so müde das Kind, von dem langen Weg und vom Weinen, daheim dachte er nicht mehr an das Kränzlein, Lottchen kleidete ihn sorgfältig aus, und er schlief tief und fest ein.

Draußen schaufelten die Todtengräber das Grab zu, die treuen Mutteraugen waren geschlossen und lagen tief, tief unter der Erde, aber hoch oben war das Auge des lieben Gottes offen, und wachte über den verlassenen Kindern.

Die Waisen daheim.

Es ist überall schwer und traurig, wenn eine Mutter stirbt, doch kann es an einem Orte noch viel schwerer sein als am andern. Manchmal ist eine gute Tante da, die die Pflege verwaister Kinder übernimmt, eine gewissenhafte Erzieherin, eine treue Haushälterin, oder doch eine brave alte Magd; Forstwart Kraus aber konnte seinen Kindern keine Erzieherin halten, nicht einmal eine Magd fand er für den Augenblick; die Milchbäbel, die etwas einfältige Schwester einer Bäurin vom Dorf, verstand sich dazu, Wasser zu holen, wie sie schon in der letzten Zeit für die kranke Frau gethan, ein Bischen Kochen verstand der Forstwart selbst, Lottchen konnte sich wenigstens allein die Zöpfe flechten und ankleiden; aber der Kleine, der so gar der Mutter gewöhnt und kaum vier Jahre alt war, was sollte mit dem Kleinen werden? „Für den Kleinen sorge ich," versicherte Lottchen, und als der Vater trübselig den Kopf schüttelte und sagte: „Du bist ja selber noch ein Kind," da lächelte sie ganz getrost, sie hatte ja den lieben Gott gebeten, daß er ihr helfen solle, da mußte es gewiß gehen!

Als die ersten Trauertage vorüber waren, mußte Lottchen wieder in die Schule. Vielleicht hätte der Lehrer noch länger ein Auge zugedrückt, aber sie war selbst gescheidt genug, um zu wissen, daß sie etwas lernen müsse, wenn sie ein brauchbares Mädchen werden wolle; aber was mit dem Brüderlein thun? Der Vater mußte in den Wald, da konnte er ihn nicht mitnehmen, und allein daheim lassen wollte sie ihn noch weniger. „Du gehst eben mit in die Schule," sagte sie; „bei der Mama bleiben," hatte Richard zuerst gesagt, er war das ja so gewöhnt, aber dann blickte er hinüber zu dem alten Lehnstuhl, in dem die kranke Mutter sonst geruht, schüttelte sein Köpfchen und sagte betrübt: "keine Mama mehr da, Mama im Himmel." "Du darfst mit in die Schule," sagte ihm Lottchen, die eben ihr Schultäschchen gerüstet hatte, da war er denn voller Freude: "Ich bin groß, ich geh' auch in die große Schule!" rief er höchst vergnügt; aber einen Schulsack mußte er haben und ein Buch und eine Feder. Zum Glück fand Lottchen einen alten Strickbeutel von der Mutter, ein Scherben von einer Schiefertafel und ein Blättchen Papier fand sich auch; da sie nicht zwei Federn hatte, so schnitt sie den langen Schwanz von der ihrigen ab, und ganz stolz und glücklich schritt der kleine Schüler an ihrer Seite hinaus. "Ich geh' jetzt in die Schul', ich hab keine Zeit," sagte er vornehm und wichtig zu der Bäbel, die im Vorbeigehen ihren Spaß mit ihm haben wollte. Aber, o weh, wie eben das geschäftige Lottchen froh war, daß sie nun so weit fertig waren, entdeckte sie einen bedeutenden Riß an Richards Höschen! Das hatte sonst immer die Mama besorgt, sie hatte wohl schon ein Puppenkleidchen genäht, aber niemals Hosen geflickt; sie suchte in Eile in der Mutter Nähkörbchen nach Nadel und Faden und zog das Loch zusammen so gut sie konnte, freilich hatte sie Richard ein wenig in's Füßchen gestochen und sein Hemdchen mit angenäht: das that aber nichts, waren sie doch endlich fertig und trippelten mit einander in's Dorf hinunter, wo die Leute sie mitleidig ansahen und grüßten.

Der Schulmeister kam in die Schule, die Kinder waren schon alle ordentlich an ihren Plätzen, der kleine Richard saß nahe bei seinem Lottchen auf dem hölzernen Tritt am Katheder. "Was thut der Kleine da? ich sag's euch, die Schule ist nicht zum Kleinkinderhüten," sagte er etwas ärgerlich. „Es ist ja das Brüderlein!" schrien die Kinder zusammen. „Was Brüderlein," sagte der Lehrer ärgerlich, „so kleine Bursche geben Unfug in der Schule," „dem Forstwart sei'm Lottchen ihr Brüderlein," erläuterten die Kinder; „ja so," sagte er milder, mit einem Blick auf die Trauerkleider des Kleinen, und als Lottchen mit Thränen in den Augen sagte: „es ist niemand daheim, Herr Schulmeister, der nach dem Kinde sieht." Da erlaubte er freundlich, daß der Kleine, der mit angstvollem Respekt zu ihm aufsah, bleiben dürfe, so lange er sich ruhig verhalte.

Richard war eben kein lärmendes Kind; so lange die Schulkinder schrieben, krizelte er ruhig auf seine Tafel, wenn sie lasen, schaute er höchst ernsthaft in sein kleines Büchlein und beim Singen sang er mit seinem feinen Stimmchen nach Herzenslust mit. So durfte denn von nun an das Brüderlein immer mit zur Schule kommen, bei schönem Wetter spielte er im Gärtchen des Schulmeisters, auch nahm ihn manchmal die Frau Schulmeisterin ein bischen zu ihren eignen kleinen Kindern in die Stube. „Das Brüderlein" hieß er bei allen Schulkindern, und alle meinten es gut mit ihm, sie brachten ihm hie und da Aepfel, Nüsse oder Oelkuchen; wenn man spielte in den Freistunden, durfte er in der Mitte unter dem Apfelbaum sitzen, der im Schulhof stand, und dem Spiel zusehen; das Brüderlein war überall eine kleine Hauptperson, und wenn ein Kind unvorsichtig an ihm vorbeisprang, so schrien die andern: „thu dem Brüderlein nichts!"

Daheim in dem Haushalt des Forstwarts sah's freilich betrübt aus; er zwar hatte gemeint, er könne selbst kochen, seine Kochkunst bestand aber darin, daß er ein Stück Wildpret bereiten und Kartoffel sieden konnte; da es nun aber sehr selten Wild gab und in diesem

Frühling die Kartoffel rar wurden, so bestand die Mahlzeit meistens nur aus Brod und etwas Most, wenn nicht hie und da die Bäbel eine Suppe an's Feuer gesetzt hatte; auch mit der Sauberkeit der kleinen Hütte sah es betrübt aus, Lottchen bemühte sich zwar ein wenig zu kehren und zu putzen, aber sie war doch noch zu klein und konnte kaum einen Wasserkübel heben; das Brüderlein wollte dann „auch schön machen" und rutschte neben ihr auf dem Boden herum, was seinen bresthaften Höslein gar nicht gut kam, auch streute er einmal im Eifer Asche statt Sand auf den Boden, so daß sich das arme Lottchen oft nicht zu helfen wußte. Die Höslein bekamen neue Risse, die sie immer wieder zusammenzog; die schönen schwarzen Sonntagskleidchen konnte sie ihm doch nicht für Alltage anziehen!

Das erbarmte Ursel, die alte Nähterin im Dorfe, die den Kindern einmal begegnete: „ei du meine Güte, wer hat die Löcher so zugestochen, die sind ja wie eine Fischschnauze!" „Ich," sagte Lottchen etwas verlegen, „ich kann's nicht besser." „Glaub Dir's, Kind, glaub Dir's, Du armer Tropf, wo keine Mutter ist; ja, höret Kinder, den Jammer mit dem Geflick kann ich nicht mehr mit ansehen, das muß anders werden." Und die Nähterin Ursel ging zu dem Forstwart und bot ihm an, zu ihm zu ziehen, da ihr Hausbauer eben ihr Stübchen selbst brauchte und gegen den Genuß der Wohnung und warmen Stube seine Kinder und sein Haus ein bischen zu versorgen. Dem Forstwart war das zweimal lieb; die Ursel zog ein mit ihrem Nähkissen, darauf eine Menge Stecknadeln steckten mit rothen Knöpfen, zerbrochene Nähnadeln, die mit Siegellack zu Stecknadeln gemacht waren, mit ihrem Bett, einer Truhe, darauf eine Tulipane gemalt war, und mit einem Rosmarinstock. Es war nun freilich nicht mehr die liebe Mama, aber doch war's viel behaglicher für die Kinder seit Ursel da war; sie flickte ihre Kleider, sie lehrte Lottchen nähen und stricken, und bei schlechtem Wetter saßen sie bei ihr; Richard baute seine Häuser und Thürme aus Holzblöckchen, die ihm der Vater gesägt hatte, und die Alte horchte mit auf, wenn Lottchen dem Kleinen so schöne biblische Geschichten erzählte und sah lächelnd zu, wie sie so nett für ihr Brüderlein sorgte.

Eine Köchin war die Ursel gerade auch nicht, doch verstand sie außer dem Kartoffelsieden noch eine Suppe und einen Brei zu kochen, das war schon einige Abwechslung.

Im Sommer da blieb nun freilich Ursel oft allein daheim sitzen, da mochte das Brüderlein eben viel lieber draußen sein, wenn die Schule vorüber war, und Lottchen setzte sich mit dem Strickzeug in das Gärtchen, wo damals die selige Mutter an ihrem letzten Abend gesessen, oder sie stiegen bis auf die Waldecke dem Vater entgegen; da war ein weicher, moosiger Stein unter einem Baum, auf dem saß Lottchen gar gern mit ihrem Strickzeug, aber sie durfte nicht immer sitzen bleiben: bald mußte sie ein Hund sein und das Brüder= chen jagen, das ein Häschen war, dann mußte sie in eine alte Schützenhütte schlüpfen, das war das zuckerne Häuschen, das Brü= derlein kratzte draußen und sie mußte rufen:

> Knupper, knupper, knäuschen,
> Wer knuppert an meinem Häuschen?

Am liebsten aber war dem Brüderlein, wenn sie eine Gräfin war, und er kam zu ihr mit seiner Schiefertafel unter dem Arm, dann mußte Lottchen sagen: „hören Sie, Herr Baumeister, ich möchte gern ein recht schönes Schloß machen lassen, können Sie mir eines bauen?" „Ja, da habe ich schon eines hingemalt," sagte der Herr Baumeister, und zeigte etwas auf seiner Tafel, das fast gar einem Schlosse gleich sah, wenn man es einem sagte. „Ganz schön," sagte Lottchen, „gerade so bauen Sie mir ein Schloß." Und dann fing er eifrig an zu bauen mit Hölzchen und Steinen, Moos und Baumrinde, und wenn er ungeduldig wurde, so half die Frau Gräfin selbst nach, bis endlich das Schlößchen fertig war, das diese dann hoch bewunderte und dem Baumeister seinen Lohn zahlte in lauter schönen blanken Kieselsteinen.

Der Kinder liebster Spielplatz war das Grab der Mutter: dahin gingen sie meist nach der Abendschule, weil es vom Schulhaus aus nicht mehr so weit war; anfangs hatten sie nur Sträußchen darauf gelegt und Blümlein aus dem Gärtchen hinein gesteckt, aber die verwelkten so bald. Ursel zeigte dem Lottchen, wie sie rechte Blumen einsetzen könne, und sie pflanzte in die Mitte einen schönen Rosenstock, den pflegten Brüderchen und Schwesterchen wie man ein Kindlein pflegt; oft wanderten sie früh morgens hinaus, um ihn zu begießen, Brüderchen durfte die Gießkanne tragen und Lottchen schöpfte Wasser am Bach, im Winter banden sie ihn sorgsam ein mit Stroh; der Rosenstock trug aber auch ganz wunderschöne Blumen, und die beiden Kinder glaubten, solche Rosen wachsen auf der ganzen Welt nicht mehr, das seien Himmelsrosen, die die liebe Mama herunter geschickt. Auch Maiblumen und Vergißmeinnichtstöcke holten sie aus dem Walde, der Vater setzte ihnen ein junges Tannenbäumchen zu Häupten des Grabes und Lottchen pflanzte einen Epheuzweig dabei. „Gelt," fragte

Richard, „da ist jetzt der Mutter ihr Chriſtbäumchen? und nicht wahr, im Himmel iſt's immerfort Chriſttag, aber weiß denn der liebe Gott immer wieder etwas, das er der Mama ſchenken kann?" „Im Himmel hat die Mama alles genug," ſagte Lottchen, „da iſt ſie beim lieben Heiland, das iſt ſo ſchön, als ob lauter Chriſttag wäre." „Ach ja, und ſie kann dann mit ihren ſchönen Sachen ſpie= len, auch wenn ſie nicht immer wieder neue bekommt, ſagte Brüder= lein beruhigt.

Mangel leiden durften die Kinder nicht, faſt noch weniger als zur Zeit, wo die Mutter lebte; jedermann im Dorf hatte ſeine Freude daran zu ſehen, wie einträchtig die Geſchwiſter zuſammen gingen, wie Lottchen ſich des Brüderleins annahm, und ſich kein Spiel und keine Freude gönnte, die es nicht theilen konnte. Wo ſie zur Obſtzeit an einem Garten vorbeigingen, da rief ihnen ſicher der Bauer herein, ſchüttelte ihnen einen Baum und ließ Pflaumen oder Frühbirnen auf ſie herunterprazeln, daß Richard laut aufſchrie vor Freude und Schreck. Dann durfte Lottchen die Schürze füllen und ſie freute ſich an Urſels Verwunderung, wenn ſie den Reichthum vor ihr ausſchüttete auf den Tiſch. Urſel konnte freilich nur die weichen Pflaumen beißen und wurde einmal recht ärgerlich als Richard fragte: „Du, Urſel, hat man Dir Deine Zähne ausgerupft wie die Rettiche im Garten?" Der Forſtwart freute ſich, daß man ſo gut gegen ſeine Kinder war, er wurde weniger barſch und rauh gegen arme Leute, die Laub holten im Wald, ja, er legte oft ein gutes Wort für ſie ein beim Förſter, daß ſie dürres Holz brechen durften.

Ein Abenteuer im Walde.

Die Zeit war gekommen, wo auch Richard als ein rechter Schüler zur Schule gehen durfte, es ging ihm gut da; Lottchen hatte ihn daheim schon ein wenig Lesen und Schreiben gelehrt, so daß er über viel größern Buben seinen Platz hatte, er ging auch recht gern und freute sich am Lernen. Seine Schulstunden fingen später an als Lottchens, er ging aber doch früh morgens mit ihr; in die große Schule wollte er jetzt nicht mehr als Gast, so setzte er sich auf das Hausbänkchen und zeichnete immer schönere Schlösser und Thürme.

Aber am liebsten waren ihm doch die freien Nachmittage, besonders zur Zeit, wo die Maiblumen blühten und die Erdbeeren reif wurden. Ursel brummte freilich, daß so ein großes Mädchen so lang draußen herumlaufe, denn wenn auch Lottchen ihr Strickkörbchen mitnahm, gar zu viel wurde nicht gestrickt, aber das junge Lottchen war darum doch ein fleißiges Kind: früh, früh am Tage, wenn der Vater in den Wald hinaus ging und die Ursel noch schlief, stand sie schon auf, setzte sich auf der Ursel Nähstühlchen, handthierte mit ihrem Nähgeschirr und flickte ihre Schürzen und Brüderchens Wämmschen und Höschen, nicht mehr mit Fischschnauzen, sie hatte es jetzt besser gelernt, und wenn die Alte herauskam und sah, was alles schon geschehen war und sagte: „was? ich glaube die Erdleutlein sind dagewesen," da lachte Lottchen ganz schelmisch und vergnügt.

Es war zur Zeit der Maiblumen und der Erdbeeren, da hatte Lottchen und Richard den Vater begleitet, der bei einem Holzverkauf im Walde war, und waren weiter hinein gegangen, um nach den besten

„Plätzen" zu sehen; sie hatten zuerst nur einzelne, halbreife Erdbeeren gefunden und ein Sträußlein daraus gemacht mit ein paar Blüthen dabei, aber es waren gar wenig, Lottchen ging weiter und immer weiter voran, „o Du! Brüderlein!" schrie sie auf einmal in höchstem Jubel, was war da für ein prächtiger Platz! an einem kleinen freien Hügel, wo die Sonne wärmer hinschien, war es wie ein rothes Tuch, und Brüderlein schlug im Entzücken die Händchen zusammen: „ah, aber wie prächtig! gelt, so viel wachsen nicht in's Königs Schloß?" „Dumm's Brüderlein, in einem Schloß wächst gar nichts, aber in des Königs Garten wachsen Erdbeeren wie die Pflaumen, das weiß ich von der Ursel, die hat ein Bäschen, und die hat eine Freundin, die hat Wäsche getragen zu einer Kammerjungfer von der Königin ihrer Hofdame." „Oh? und in des Kaisers Garten, da werden sie wachsen wie die Aepfel?" fragte Brüderlein, „aber wohin thun wir alle die Erdbeeren?" Lottchen hatte vergessen, Töpfchen mitzunehmen, weil sie nicht gehofft hatte, so viel zu finden; sie wußte sich zu helfen, sie schob ihr Strickzeug in die Tasche und legte das Strickkörbchen sorgfältig mit Blättern aus, da gingen viele, viele hinein. „Da bringen wir der Ursel davon mit," plauderte er dazwischen, „gelt, die kann sie beißen?" „Und der Frau Schulmeisterin," sagte Lottchen. „Und dem Steinbauer, weißt, der uns einmal so schöne Aepfel gegeben hat." „Ach, der alte, große, dicke Bauer will keine Erdbeeren, weißt, der Vater ißt auch keine." „Aber ich," sagte Richard schelmisch, und schob ein Händchen voll in den Mund; „nicht so," verbot Lottchen, „erst muß das ganze Körbchen voll und voll sein —" „Und oben noch ein Berglein drauf," setzte Richard hinzu; „dann aber sitzen wir dort unter das Tannenbüschlein," sagte Lottchen, „und nehmen unſer Brod und ſchmauſen. „Aber wie!" rief Richard in lautem Jubel und ſie zupften ſo emſig und eifrig, daß bald das Körbchen voll war und noch ein Berglein drauf, wie Richard befohlen hatte. Dann pflickten ſie erſt noch auf ein Blatt zum Schmauſen; ſie ſetzten ſich oben auf dem Hügel unter die Tannenbüſche, glänzend grüne Eidechſen ſchlüpften unter ihren Füßen durch und frühe gelbe Schmetterlinge flogen vorüber, und Richard ſagte: „gelt, jetzt ſind wir der König und die Königin, und das iſt unſer Land."

„Aber es wird ſpät," ſagte Lottchen etwas ängſtlich, „der Vater wird bald heim wollen," und ſie machten ſich auf und ſtiegen vor‐ ſichtig herab; Lottchen trug die Erdbeeren und führte das Brüderlein, ſie gingen raſch, raſch, um gewiß bald zum Vater zu kommen. Aber ſie hatten den rechten Weg nicht eingeſchlagen, Lottchen ſah bald, daß ſie nicht an der großen Buche vorbeikamen, und nicht an den zwei langen Holzbeugen; „komm, wir müſſen einen andern Weg probiren," ſagte ſie. „Wir hätten ſollen Kieſelſteinchen auf den Weg ſtreuen, wie Hanſel und Grethel," meinte Brüderchen, etwas ängſtlich, „und gelt, wenn wir an das zuckerne Häuschen kommen, ſo gehen wir nicht hinein, auch wenn die Alte lockt?" „Dumm's Büble," lachte Lott‐ chen, „das alles iſt ja nicht wahr; wir wollen den lieben Gott bitten, daß er uns den rechten Weg finden läßt;" und das Brüderlein legte ſeine Händchen zuſammen und betete: „lieber Gott, mach Du, daß das jetzt der rechte Weg iſt! Nicht wahr, der liebe Gott kann alles?" fragte er ſein Lottchen. „Gewiß," ſagte dieſe, war aber doch im Zweifel über den neuen Weg, den ſie eingeſchlagen hatten, es war wieder nicht der, den ſie gekommen. Sie ging immer ſchneller, ſo daß Richard kaum nachkommen konnte; der merkte ihre innerliche Angſt und sagte tröstend: „gib nur acht, Lottchen, der liebe Gott macht's gewiß."

Und siehe da, der neue Weg führte heraus, nicht auf den Platz wo der Vater war, aber auf den breiten, holperigen Fahrweg, der von der untern Seite in's Dorf führte; da hatten sie nun freilich einen weiten Heimweg, aber fehlen konnten sie gar nicht mehr. „Gelt, ich hab's gesagt, der liebe Gott kanns machen?" sagte triumphirend das Brüderlein und trippelte fröhlich weiter. „Aber siehst Du, Lottchen!" rief er auf einmal mit höchster Verwunderung. Lottchen sah sich um, und sieh, da fuhr eine Kutsche, eine wirkliche rechte Kutsche, so schön wie sie noch nie eine gesehen hatten, mit zwei Schimmeln mit glänzendem Geschirr bespannt, und sie gaukelte und wiegte hin und her in den tiefen Furchen des Wegs, auf dem noch nie ein solches Gefährt gefahren war. Die Kinder hörten von weitem ein Kind kreischen und den Kutscher fluchen und schimpfen über „den heillosen Weg." Ein Herr, eine Dame und ein Kind saßen in dem Wagen; „halt, Kutscher!" rief der Herr, „wir wollen lieber aussteigen, da ist's gräulich zum Fahren und die Kleine fürchtet sich."

Nicht weit von den Kindern stiegen sie aus; die Kleine war wunderhübsch gekleidet in einem violetten Sammtkleidchen und einem rosenrothen Atlashute mit weißem Schleier; die ältere Dame, ihre Gouvernante, war sehr einfach in grauem Kleid und dunklem Hut.

„Nun, da sind ja Kinder, die werden wir nach dem Weg fragen können!" rief der Herr erleichtert; die Kleine aber sah mit glänzenden Blicken auf das Erdbeerkörbchen. „Da sehen Sie, Fräulein Pauline," rief sie, „ein ganzes Körbchen voll Erdbeeren! und Johann sagte, es gebe fast noch keine reifen im Walde." „Willst Du?"

fragte Richard und setzte mit Stolz hinzu, „die habe ich helfen pflücken," und Lottchen bot schüchtern, aber in lauterer Freude dem schönen Kinde das Körbchen an. „Darf ich, Papa?" fragte Fanny. Der Papa zog seinen seidnen Geldbeutel, Lottchen aber sagte schnell mit dunkelrothem Gesicht: „o nein, wir verkaufen keine Erdbeeren aber es freut mich, wenn Sie alle essen." Es waren nur die ärmsten Kinder im Ort, die Erdbeeren zum Verkauf sammelten.

„Nun, wenn sie die Kleine Dir schenkt, so setz' dich dort auf die Ruhbank," sagte der Herr, „und laß Dir's schmecken; Fräulein Pauline findet vielleicht etwas im Wagen, was den Kindern schmeckt, sie sollten bei uns bleiben und dem Kutscher den rechten Weg zeigen. Wir wollten auf Schloß Einstein, Kleine," erklärte er Lottchen, „und sind scheint's irre gefahren." „Freilich," sagte Lottchen, die ein verständiges Kind war und die Umgegend wohl kannte, „Sie hätten den Weg außen am Walde hin fahren sollen, jetzt müssen Sie hier fortfahren bis zum Dorfe, da geht der Weg nach Einstein rechts."

Indeß hatte Fräulein Pauline Mandeltörtchen und andres feines Backwerk aus der Wagentasche geholt und den Kindern angeboten; da machte der kleine Richard große Augen bei so guten Sachen, wie er sie noch gar nie gesehen; er und Lottchen griffen aber nur ganz schüchtern und bescheiden zu, während die kleine Fanny mit vollen Händen schmauste aus dem Erdbeerkorb; so frisch und duftig und in solcher Menge hatte sie noch nie Waldbeeren gekostet, da sie mit dem Vater sonst in einer großen Stadt lebte, und heute zum erstenmal mit ihm einen Besuch auf dem Lande machen sollte. Der Vater sah ihr mit Lust zu und flüsterte der Fräulein Pauline, ihrer Erzieherin, etwa in's Ohr, auf das diese freundlich nickte.

Der Schmaus war vorüber, die ganze Gesellschaft ging dem Wagen nach, der, obgleich leer, unter beständigem Schimpfen des Kutschers immer noch hin= und herschwankte.

Graf Erbach, so hieß der fremde Herr, unterhielt sich indeß mit den Kindern; „so, eure liebe Mutter ist gestorben?" sagte er mitleidig, „so geht es meinem kleinen Mädchen auch." „Aber mein Lottchen sorgt für mich," sagte altklug der kleine Richard; der Graf lächelte und klopfte Lottchen auf das Köpfchen. „So, das ist brav, sorge Du nur, Kleine," sagte er wohlwollend.

Nun wurde der Weg eben, „die gnädige Herrschaft kann ein= steigen!" rief der Kutscher; Richard und Lottchen mußten mit einsitzen, was dem Kutscher ein großes Aergerniß war, denn er hatte eine bedeutende Verachtung gegen Kinder aus einem Dorf, bei dem die Wege so schlecht waren. Richard schaute mit leuchtenden Blicken um sich und blickte dann wieder verstohlen sein Lottchen an, ob's denn auch wahr sei, daß er in einer rechten Kutsche fahre mit zwei leben= digen Schimmeln; Lottchen war kaum so keck, recht zu sitzen auf dem prächtigen rothen Wagenpolster. „Was willst Du denn einmal wer= den, kleiner Mann?" fragte der Graf das Brüderlein, „Baumeister," erwiderte Richard sehr bestimmt. „So, so, Du hast's gut im Sinn," sagte lächelnd der Graf, „lern' nur inzwischen schön lesen und schrei= ben." „Lottchen lehrt mich alles," versicherte ernsthaft Richard, der gewiß der Meinung war, es könne Niemand auf der Welt klüger sein als sein Lottchen. „Das ist brav von Lottchen," sagte der Graf und blickte wohlgefällig auf das erröthende Mädchen.

Sie waren nun am Dorfe und Lottchen zeigte dem Kutscher den Weg, den er nach Einstein zu fahren habe; Fräulein Pauline hatte inzwischen eifrig in den Reisetaschen gekramt, sie zeigte dem Grafen heimlich etwas, dieser nickte und sie gab es der kleinen Fanny. "Da, Lottchen, da, Richard, das nehmt von mir als Andenken," sagte diese und gab Lottchen ein schönes rothes Kistchen, innen von blauem Sammt, und ein blankes Scheerchen, Nadelbüchse, Fingerhut und Seidenröllchen zierlich eingefügt, Richard aber bekam ein hübsches Buch mit Bildern, das die kleine Comtesse auf der Reise schon ausgelesen hatte. Die Kinder waren ganz bestürzt vor Freuden; eh' aber Lottchen recht wußte, wie sie danken sollte, waren sie herausgehoben, der Wagen fuhr fort, Fanny winkte noch mit Tüchlein und Schleier, und weg war alles wie ein Traum.

Es war schon Abend und Lottchen eilte, mit Richard nach Haus zu kommen, das ging aber nicht so schnell; Richard streckte sein schönes Buch in die Höh', daß es jedermann sehen mußte, und jedermann fragte: "Brüderlein, was haft denn Du?" und dann zeigte er es und sagte: "das ist von einem Graf oder König, und mein Lottchen hat noch etwas Schöneres." Endlich aber kamen sie doch nach Hause, da wollte eben der Vater wieder in den Wald hinaus, der sehr in Unruhe war, als er die Kinder daheim nicht gefunden; Ursel wollte gewaltig zanken, aber als Lottchen die wunderbare Begebenheit erzählte und Richard dazwischen half, und als sie ihr schönes Kistchen zeigte und Richard sein Buch, da war eine Freude und Verwunderung im ganzen Häuschen; es war ein rechtes Glück, daß die Milchbäbel noch kam und auch die Herrlichkeiten sehen durfte; die tanzte vor Verwunderung im Oehrn herum und rief immer: "ei Du Lieberle, ei Du Lieberle! aber das ist fein schön!" Diese Verwunderung steigerte noch das Vergnügen der Kinder auf's Höchste.

Jetzt war Lottchen erst recht eifrig mit Nähen bei der Ursel; wenn sie sich auf ihr Stühlchen setzte und ihr zierliches Nähkistchen neben die alte Pillenschachtel stellte, in der Ursel einen eisernen Fingerhut ohne Deckel, eine alte rostige Scheere, ein Stück gelbes Wachs und ein paar Gansgurgeln mit grobem Faden verwahrte, dann konnte sie nicht lassen, recht wohlgefällig auf ihr schönes Geräthe hinzusehen, sie folgte aber auch der Ermahnung der Ursel, die sagte: „mit so schönen Sachen muß man recht schön nähen," und Richards Höschen wurden so sauber geflickt, daß Ursel sagte: „der schönst Schneider könnt' es nicht schöner."

Sie gingen noch manchmal zusammen in den Wald, aber sie sind keinem Grafenkind mehr begegnet.

Der Tod kehrt ein.

Lottchen war fünfzehn Jahre alt und Richard zehn, da nahm das stille, friedliche Leben in dem Forsthäuschen ein gar trauriges Ende. Die alte Ursel war gestorben, sie war in der letzten Zeit gar schwach geworden, Lottchen hatte ihr Bett in die warme Stube gemacht, von da war sie noch mühsam herausgekommen auf ihren versessenen Nähstuhl, da sie immer noch arbeiten wollte. Lottchen hatte ihr immer die Nadel einfädeln müssen und nur noch ganz grobes Zeug zum flicken gegeben, sie war fast blind. Alle Abend und alle Morgen, nachdem Lottchen das Gebet gelesen, hatte Ursel noch halblaut das Verslein für sich gesprochen:

> Herr, meine Leibeshütte
> Sinkt nach und nach zum Grab,
> Gewähre meine Bitte
> Und brich sie stille ab.

Eines Morgens früh hörte man so gar nichts von der Ursel, Lottchen wollte ihr wie gewöhnlich die Morgensuppe an's Bett bringen, da lag sie gerade ausgestreckt mit gefalteten Händen, ruhig wie im Schlaf, aber sie athmete nicht mehr. Das offne Gesangbuch lag neben ihrem Bett und Lottchen, der's noch war wie im Traume, mußte weiter lesen an dem Liede:

> Gib mir ein ruhig Ende,
> Der Augen matten Schein,
> Und die gefalt'nen Hände
> Laß sanft entseelet sein.
>
> Laß meine letzten Züge
> Nicht zu gewaltsam geh'n,
> Und gib, daß ich so liege
> Wie die Entschlafenen.

Der liebe Gott hatte das Gebet der guten Alten erhört und sie im Schlummer hinübergenommen, sie lag so gar still und friedlich da; der Forstwart, als er hereinkam, nahm seine Mütze ab, faltete die Hände und betete ein stilles Vaterunser, Lottchen schnitt einen Zweig von ihrem Rosmarin und gab ihn in die Hand der Todten, wie Ursula sonst gethan, wenn sie zum heiligen Abendmahl gegangen war. Ihr Leichenhemd und Leichentuch hatte sie lange schon bereit gelegt; nach zwei Tagen trug man sie hinunter zum Kirchhof und es freute Lottchen, daß die getreue Freundin nicht weit von ihrer lieben Mutter zu liegen kam. Aber es war den Kindern recht still und betrübt zu Muthe, seit die gute, alte Ursel fort war.

Man sagt: das Unglück kommt selten allein, und so war auch den armen Kindern ein viel schwereres Leid beschieden, als das friedliche Scheiden der alten Ursel. Der Forstwart ging früh an einem kalten Herbstmorgen hinaus zu einem großen Treibjagen, Richard wäre gar zu gern mit gewesen, der Vater gab aber seinen Bitten nicht nach. „Bleib' da," sagte er, „es hat mir heut Nacht so schwer geträumt, es ist mir als ob's ein Unglück geben könnte." Er hatte schon das Haus verlassen, als er wieder umkehrte und zu Lottchen sagte: „wir haben den Morgensegen vergessen." Lottchen wußte es, war aber schüchtern gewesen, den Vater daran zu mahnen; so beteten sie noch miteinander, der Vater nahm seine Flinte, pfiff dem Waldmann und ging hinaus, nachdem er den Kindern die Hand gegeben, was er sonst nie zu thun pflegte.

Richard und Lottchen standen Nachmittags am Fenster und horchten auf die Schüsse, die draußen im Walde fielen; Lottchen suchte ihre allerschönsten Geschichten hervor, um den unmüßigen Buben in der Stube zu halten, der eben durchaus auch nur an den Rand des Waldes hinaus wollte, um etwas von der Jagd zu sehen, obgleich er sonst nicht viel Lust und Geschick zu einem Jäger zeigte. Das Schießen hörte auf, „ich glaube jetzt wird der Vater kommen, heut sind sie bald fertig," sagte Lottchen. Der Vater kam, aber nicht rüstig zu Fuß wie sonst, vier Männer brachten ihn auf einer Bahre getragen, ein unvorsichtiger Schuß war ihm in die Seite gegangen.

Acht Tage lang lebte Kraus noch unter großen Schmerzen,

Lottchen pflegte ihn treulich Tag und Nacht; Richard konnte nicht viel helfen bei dem Kranken, aber er that, was er konnte, um Lottchen alle Mühe im Hause zu ersparen; er war froh, wenn er dem Kranken auch nur frisches Wasser bringen durfte, und wollte nicht zu Bette gehen, wenn Lottchen wachte, sie mußte ihm sein Bett auf dem alten Kanape im Zimmer machen.

Der Kranke war zu Anfang gar ungeduldig, der starke Mann, der nie zuvor krank gewesen war, und nun so hilflos und in Schmerzen liegen mußte, verharrte meist in finsterem trotzigem Schweigen. Lottchen hatte den Herrn Pfarrer gebeten, ihn zu besuchen, seit der zu ihm kam und ihm freundlich und tröstlich zusprach, wurde er stiller und ruhiger. Nur seine verlassenen Kinder waren sein einziger Kummer. „Was wird aus Euch werden?" seufzte er eines Nachmittags, als die späte Herbstsonne noch durch das niedere Fensterlein schien und Lottchen mit der Bibel der Mutter an seinem Bette saß, laut zu lesen wagte sie nicht, wenn es der Vater nicht verlangte.

„Was wird aus Euch werden?" fragte er mit einem tiefen Stöhnen, „wie werdet Ihr in der Welt herumgestoßen werden? so ganz verlassen!" Da fing Lottchen an laut weiter zu lesen an der Stelle, wo sie eben war in dem heiligen Buche: „Kauft man nicht zwei Sperlinge um einen Pfenning? Noch fällt derselben keiner auf die Erde ohne euren Vater. Nun sind aber auch eure Haare auf eurem Haupte alle gezählet. Darum fürchtet euch nicht; ihr seid besser denn viel Sperlinge."

Das schien dem kranken Manne wunderbaren Trost zu geben; er lag viel ruhiger da als zuvor und wenn er wieder seine Kinder ansah, so sagte er leise vor sich hin mit friedlichem Lächeln: „ihr

seid besser denn viele Sperlinge." Und so wurde ihm vergönnt zu
sterben, wie ein Kind einschläft, das da weiß: die Mutter wird alles
besorgen, in fröhlichem Glauben an den Heiland, der dem Tode die
Macht genommen hat.

Aus dem Vaterhaus.

Wenige Wochen darauf zogen die Kinder aus dem Häuschen, in
dem es recht betrübt geworden war, seit sie so allein waren. Richard
trug seinen Bücherranzen, eine kleine Flinte, die ihm der Vater einmal geschenkt, und ein Weidenkäfig, das er ihm geflochten, mit einem
schönen Distelfink darin, Lottchen hatte viel mehr zu tragen, obwohl
man all die geringe Habe des Forstwarts verkauft hatte, außer den
Betten der Kinder. Der Schulmeister im Dorfe wollte auf Lottchens
Bitte Richard gegen ein kleines Kostgeld zu sich nehmen, das der
Prinz bezahlte, auf dessen Jagd der unglückliche Schuß gefallen war.
Lottchen aber hatte die Frau Schulmeisterin so herzlich gebeten, sie in
ihre Dienste zu nehmen, daß diese es ihr nicht abschlagen konnte.
„Ich habe noch nie eine Magd gehabt," meinte sie freilich zuerst,
„nur so ein Mädchen vom Dorf, die Morgens und Abends kam; zu
einer Magd bist du mir erst zu jung und siehst ein Bischen zu fein
aus." „O probiren Sie's," hatte Lottchen gebeten, „ich habe ja beim
Vater daheim auch alles gethan." So probirte es denn die Frau
Schulmeisterin und Lottchen war wirklich ein fleißiges Mägdlein, früh
auf und spät zu Bette, zu allem willig; Schulmeisters Kinder hatten

sie alle lieb, der kleine wilde Karl wollte sich nur von ihr waschen lassen; Minchens Puppe, die in einem greulichen Zustande gewesen war, richtete sie wieder ganz ordentlich her, und während sie das Kleinste in der Wiege schaukelte und den Größern Kleider flickte, erzählte sie die schönen Geschichten, die schon ihr Brüderlein entzückt hatten. Das Brüderlein konnte nicht so oft mehr dabei sein; ein Gehilfe des Schulmeisters, der Latein verstand, hatte angefangen, ihm lateinische Stunden zu geben, weil er so große Freude daran hatte, auch zeichnen lehrte er ihn, und viele Knaben, die mit Murren und Seufzen ihr mensa und amo lernen, würden sich wundern, wenn sie hätten sehen können, wie vergnügt Richard über seine Lehrstunden war, wie stolz und froh, wenn er Lottchen Abends von seiner neuen Weisheit mittheilen konnte. Er wollte ihr sogar selbst lateinische Stunde geben, aber das gute Lottchen hatte so viel andere Dinge zu lernen, an so mancherlei zu denken, daß sie ihre Lektionen nicht recht auswendig behielt, so daß der Lehrmeister bald ungeduldig wurde.

Lottchen aber blieb geduldig; sie blieb wach bis tief in die Nacht, um Richards Kleider zu flicken, sie tröstete und beruhigte ihn, wenn er den Lehrer zu streng fand und die Brodstückchen der Frau Schulmeisterin zu klein; nach dem Abendessen, wenn aufgespült war und der Kleine schlief, da wandelten an schönen Abenden Brüderchen und Schwesterchen wieder wie sonst hinaus und setzten sich im Walde oben, wo sie hinunter sehen konnten auf ihr altes Häuschen, und Lottchen erzählte ihm von der seligen Mutter, die sich Richard kaum mehr denken konnte und sprach mit ihm von der seligen Zeit, wo sie mit Vater und Mutter wieder beisammen sein dürfen im Himmel; dann streichelte sie ihm das blonde Haar von der Stirn und sah ihn liebevoll an und fragte: „gelt, Du bleibst brav, Richard, auch wenn wir einmal nicht mehr beisammen sind?" Und Richard versicherte sie: „o freilich, und groß und geschickt werde ich auch und wahrscheinlich ein Baumeister, und dann baue ich mir ein recht schönes Haus, und komme in einer Kutsche und hole dich darein." Bei dem Baumeister schüttelte Lottchen leise und wehmüthig den Kopf; sie war schon alt genug, um zu wissen, daß das nicht so leicht geht für ein armes Büblein. Hie und da durfte Lottchen auch die Frau Pfarrerin besuchen, die sie noch manche Arbeiten lehrte, die sie bei der alten Ursel nicht gelernt hatte; sie konnte recht hübsch Kinderhäubchen und Jäckchen stricken, und die Pfarrfrau war so freundlich, ihr Garn zu besorgen, damit sie in ihren seltnen Freistunden daran arbeiten konnte; die fertigen Sächlein sandte ihr die gute Frau dann an einen Kaufmann in die Stadt, und Lottchen sammelte sich heimlich einen kleinen Schatz, der für ihren Richard bestimmt war.

So vergingen Jahre; Lottchen war ein erwachsenes Mädchen, geschickt, fleißig und brauchbar, aber gar stillen Sinnes, Richard war vierzehn, was sollte aus dem Knaben werden? „Ein Baumeister," sagte er beharrlich, aber der Lehrer und alle ältern Leute erklärten das für Unsinn. „Ein Maler," meinte Herr Maier, der Lehrer, der ihn bis dahin im Zeichnen unterrichtet, „er zeichnet so schön." „Ach was, das gibt kein Brod," meinte der Schulze und der Schulmeister, „das alles kostet zu viel und trägt nichts; zum Steinhauer und Zimmermann ist er nicht robust genug, zum Jäger taugt er auch nicht, man kann ihn ja ein ordentlich Gewerbe lernen lassen —." „Schreiner?" meinte der Schultheiß; „er ist zu schwächlich," sagte der Schulmeister, „Drechsler, das ist ein nettes stilles Gewerbe, da kann er, wenn er will, allerlei künstliche Sachen erfinden, ich weiß einen Lehrmeister, der nimmt ihn ohne Lehrgeld." „Aber sein nettes Latein?" fragte Herr Maier. „Nun, man weiß nicht, wo es ihm auch noch wohl kommen kann," sagte der Schulze; „ich bin auch mit dem Drechsler einverstanden." Richard gefiel es am Ende auch nicht übel, künstliche Sachen auf der Drehbank zu machen, nur Lottchen war nicht so recht zufrieden, sie hatte immer noch andere Träume von ihres Richards Zukunft gehabt. Sie fragte auch den Herrn Pfarrer. „Liebes Kind, bleibe gern im niedrigen Stande," hatte der ihr gesagt. „Umstände sind Gottes Boten, wenn Eure Mittel nicht reichen zu einem andern Berufe, so sorge Du, daß Dein Bruder diesen gut ausfüllt." „Aber er hatte eine solche Freude am Lernen und zeichnet so schön, Herr Pfarrer, und er hat sein Herz darauf gesetzt, daß er Baumeister werden will, und — er ist ein wenig empfindlich, ich fürchte, in einer strengen Lehre hält er's nicht aus." „Es ist ein köstlich Ding dem Manne, daß er das Joch trage in seiner Jugend," sagte der Herr Pfarrer, und Lottchen fügte sich mit einem leisen Seufzer. Sie wendete all ihre heimlichen Ersparnisse auf, um ihr Brüderlein ordentlich in seine neue Lehre auszustatten und bat ihn beim Abschied mit tausend Thränen: „gelt, Richard, Du bleibst brav und hältst Dich gut!" „Lottchen, ohne Dich kann ich nicht sein," bat Richard, „mach', daß Du auch in die Stadt kommst."

Lottchen hatte bis jetzt der Frau Schulmeisterin getreu und fleißig gedient, gekocht, geputzt, genäht, gewaschen, anfangs umsonst, zuletzt gegen ganz geringen Lohn. Jetzt eröffnete sie ihr, daß sie eine Stelle in der Stadt suchen wolle, um näher bei ihrem Bruder zu sein. Die Frau nahm das sehr übel und hielt es für Unrecht und Undank. „Ich habe der sterbenden Mutter versprochen, daß ich sorgen wolle für mein Brüderlein," sagte Lottchen weinend; „bitte, nehmen Sie mir's doch nicht übel, ich kann ja nicht anders." „Laß das Kind im Frieden ziehen," sagte der Lehrer, „sie meint es gut und hat uns treu gedient."

In der Welt draußen.

Lottchen fand einen Dienst bei einer Kleidermacherin, wo sie neben den häuslichen Geschäften beim Nähen helfen durfte; sie that das gern, sie konnte da recht viel Schönes lernen und neidlos und vergnügt saß sie in ihrem abgetragnen Kleidchen unter prachtvollen Stoffen, unter Seide und Sammt und nähte Ballkleider und Staatsroben für elegante Damen. Der Lohn war nicht groß, aber sie bekam oft kleine Geschenke von Damen, denen sie die Kleider probirte und brachte; der kleine Schatz fing schon wieder an zu wachsen. Da sie eine geschickte Hand hatte, so bezahlte sie die Kleidermacherin besonders für jede Stunde, die sie Nachts nach zehn Uhr noch arbeitete bei sehr dringenden Geschäften, denn die Frau war berühmt in ihrem Fach und mußte weit in der Umgegend Kleider machen.

Die andern Nätherinnen hatten Lottchen gern, weil sie freundlich und gefällig war; „aber sie ist schandlich geizig," flüsterten sie zusammen, „sie wendet und flickt ihre Kleider siebenmal, ehe sie ein neues kauft," sagte Nanette. „Und alle Kreuzer sperrt sie in ein

Büchslein, und das Büchslein leert sie in einen Beutel; ich habe einmal gesehen, wie sie es heimlich bei Nacht gezählt hat," sagte Friederike. „Ich glaube sie hängt alles ihrem Bruder an, der ein Lehrjunge ist," wußte die Jette. „Bewahre," sagte Nanette wieder, „der kriegt auch nicht viel von ihr, höchstens eine Wurst; alles geizt und spart sie zusammen."

Am Sonntag putzten sich die Schneidermamsells auf's allerschönste und machten Spaziergänge in einen Gesellschaftsgarten oder mit guten Bekannten in ein Dorfwirthshaus in der Nähe. Lottchen in ihrem einfachen Kleidchen, das aber immer passend und zierlich gemacht war, wartete auf ihren Richard, sie hatte ein Körbchen am Arm, in das er ja nicht hineinsehen durfte. Sie lenkten bald ab von den breiten Straßen, auf denen der große Zug der Spaziergänger wandelte; Lottchen hatte ein glückliches Auge, hübsche verborgene Plätzchen zu entdecken, an denen die Gegend reich war. Einmal gings in ein kleines Tannenwäldchen an einer Anhöhe, wo sie auf weichem Moose einen königlich bequemen Sitz mit schöner Aussicht fanden, oder ließen sie sich überschiffen auf die kleine grüne Blaichinsel, wo am Ufer eine Bank im schattigen Weidengebüsch war; an solch einem Ruheplätzchen packte dann Lottchen ihre Schätze aus, immer wieder etwas andres für Richard, der ein bischen ein Leckermaul war. Bald war es allerdings die Wurst, von der Nanette so verächtlich gesprochen, oder war es schönes Obst, ein paar Bretzeln und Butter, hie und da sogar ein Stückchen Kuchen, womit sie ihn traktirte, dazu ein Fläschchen Wein oder Apfelmost, den sie sich in der Woche am Munde abgespart hatte; da tafelten sie mit einander und redeten von alten Zeiten, von jener wunderbaren Begegnung mit dem fremden Herrn, den sie seither nicht mehr gesehen hatten, und von Richards Zukunft.

Aber der arme Junge wollte gar keine Zukunftsplane mehr machen; oft verging der ganze schöne Nachmittag nur mit bittern Klagen von seiner Seite und mit Lottchens Tröstungen.

Der Meister war hart und wunderlich, die Meisterin bös und geizig, der Geselle rauh und grob. „Und ich lerne nicht einmal viel," klagte Richard, „da soll ich der Meisterin die Kinder hüten und Brod holen und Gemüse waschen, die feinsten Sachen macht der Meister gar nicht selbst, die läßt er kommen, ich darf nur handlangen." Lottchen wußte keine Hilfe, sie tröstete und beruhigte ihn, so viel sie konnte; Herr Maier, der Unterlehrer, war jetzt in der gleichen Stadt angestellt, er erbot sich, dem Richard, wenn er abkommen konnte, noch Stunden im Zeichnen und Latein zu geben, aber das war selten. Die Sorge um des Bruders Zukunft lag schwer auf Lottchens Seele.

Es war früh am Morgen, da saß Lottchen mit den andern Mädchen emsig an der Arbeit, sie sah ein wenig blaß und war sehr still. „Nun, Lotte, was hast Du?" fragte Jette, „hat Dir was Böses geträumt?" „Nicht gerade," sagte Lottchen leis, „aber ich habe heute Nacht dreimal meinen Namen rufen hören, da sagt man bei uns der Tod habe gerufen." „O Du? Du wirst Dir's einbilden!" riefen die andern Mädchen und rückten näher zusammen. „Nein, nein," sagte Lottchen bestimmt. „Ich lag noch im tiefen Schlaf wie ich's das erstemal hörte, und es war mir wie ein Traum, da rief's noch einmal leise und wie in Angst „Lottchen," daran wachte ich auf, aber noch nicht recht, da rief's zum drittenmal „Lottchen!" wie von der Straße herauf, ich wachte auf, aber ich fürchtete mich ein wenig; zuletzt dacht ich aber doch, nein, du mußt sehen wer ruft, wie ich aber aufstehe und hinaus sehe, ist kein Mensch unten."

Ehe noch die Mädchen ihre Vermuthungen über die geheimnißvolle Stimme aussprechen konnten, klopfte es rasch an die Thür, Lottchen fuhr zusammen. Richards Lehrherr, der Drehermeister, trat herein. „Ist das Bürschchen bei Ihnen, Jungfer Kraus?" fragte er hastig. „Wen meinen Sie, Herr Kneller?" „Nun, den Burschen, Ihren Bruder, von dem ich schon Aerger genug gehabt habe." „Mein Bruder war sonst immer ein braver Knabe," sagte Lottchen etwas gekränkt, — man griff ihr in's Herz, wenn man etwas gegen den Bruder sagte —." „Nun ja," brummte der Drechsler; „er war ja meinetwegen still und manierlich, aber so verdrießlich und empfindlich, er wollte schon alles selbst thun und wissen, da hat ihm der Gesell, der nicht Spaß versteht, ein paar Ohrfeigen gegeben." „Aber, Herr Kneller, eine solche Behandlung ist mein Bruder nicht gewöhnt." „Nun ja, gestorben wär' er aber auch nicht daran, und durchzugehen hätte er deshalb nicht brauchen." „Fort?" fragte Lottchen, bleich vor Schreck. „Ja, durchgegangen, heut Nacht muß er fort sein, sein Bett steht noch ganz ungebraucht. Ich will nichts davon, ich kann's beweisen, daß ihm nicht mehr geschehen ist, als was sich jeder Lehrjunge muß gefallen lassen; ich will ihn nicht mehr, auch wenn er wieder kommt, so ein postpapiernes Bürschlein! und am Lehrgeld zahle ich auch nichts heraus, bin das nicht verpflichtet, wenn er fortgelaufen."

Lottchen saß ganz betäubt von Schreck und Jammer; die Stimme, die ihr gerufen, war also kein Traum gewesen, auch nicht eine Todesahnung; es war ihr armer, verirrter Bruder, der hinausgegangen in die weite Welt, allein und hilflos ohne alle Mittel, und sie hätte ihn vielleicht beruhigen und zurückbringen, oder ihm doch helfen können! Ihr Brüderlein, das sie der Mutter versprochen hatte zu hüten und zu versorgen! Sie hatte kaum so viel Fassung, daß sie den Meister bitten konnte, keinen Lärm von der Sache zu machen, sie wolle mit Richards Vormund reden. Der Mann hatte selbst Mitleid, als er das todtbleiche Gesicht, die thränenvollen Augen der treuen Schwester sah; „ich weiß wohl, Sie sind eine brave Person, Jungfer Kraus," sagte er begütigend, „wenn das Bürschlein nur so viel Einsicht und Demuth hätte wie Sie! Nun, ich denke, der Hunger treibt ihn bald wieder zurück, wer weiß, vielleicht nehme ich ihn wieder, Ihnen zu lieb."

Der Schulmeister, zu dem Lottchen Nachmittags ging, meinte auch, man solle nicht viel Lärm von der Sache machen, es könnte dem Buben schaden, er sei ja alt genug, um den Weg zurückzufinden, und wiederkommen müsse er doch. Lottchen war deß nicht so gewiß, sie schloß kein Auge in der nächsten Nacht, sie saß wach und halb angekleidet auf ihrem Bette, ob sie nicht wieder die Stimme des Bruders höre; sie war so tief bekümmert, immer meinte sie das bleiche Gesicht ihrer sterbenden Mutter zu sehen und hörte sie fragen: wo ist dein Brüderlein? wie hast du es behütet?

Da tönte durch die stille Nacht der Wächterruf, der elf Uhr verkündete, zu ihr herauf:

„Menschenwachen kann nichts nützen,
Gott muß wachen, Gott muß schützen,
Gib uns, Herr der Huld und Macht,
Gib uns eine gute Nacht!"

sang der Wächter nach dem Stundenruf und ging weiter. Lottchens Seele hatte der Ruf wunderbar bewegt und sie mußte sich fragen: hast du denn auch genug an Gottes Hut gedacht und nicht zu viel auf dich selbst und deine Schwesterliebe vertraut? Du hast geschafft, genäht, gestrickt, gespart, gesorgt für dein Brüderlein, hast du aber daneben auch genug für ihn gebetet? Hast du ihn nicht vielleicht durch deine sorgende Liebe zu weich und empfindlich für das Leben gemacht, statt mit Gottes Hülfe seine Seele zu kräftigen zum Ertragen? Da betete sie recht von Herzensgrund, und befahl ihren Bruder in die Hand des Herrn, dessen Augen offen stehen über Meer und Land; eine wunderbare Ruhe kam über sie und sie schlief friedlich ein.

Still war das Lottchen freilich an den nächsten Tagen, und wenn sie einen Ausgang zu machen hatte, so ging sie jedesmal an der Post vorüber und fragte schüchtern, ob kein Brief für sie da sei? Sie hatte noch nie in ihrem Leben einen Brief von der Post bekommen, und doch bildete sie sich ein, sie wußte kaum warum, sie müsse daher etwas von ihrem Richard erfahren, und siehe, am vierten Tag endlich bekam sie einen Brief, mit dem sie in ihr Kämmerlein eilte und ihn unter tausend Thränen las.

Es war dem ungeduldigen Büblein hart genug gegangen auf seiner freiwilligen Wanderschaft und er hatte sich mehr gefallen lassen müssen, als die Ohrfeigen des groben Gesellen. „Ich habe bittern Hunger gelitten, liebes Lottchen," schrieb er, „weil ich doch nicht betteln konnte und hatte nur zwölf Kreuzer in der Tasche und Du hattest mich nicht gehört in der Nacht als ich vor Dein Fenster kam, und umkehren wollte ich nicht mehr. Ich wußte aber gar nicht wohin in der weiten Welt, und wußte nicht was sagen? wenn mich jemand fragte, wohin ich wolle, da fiel mir ein, daß ein Vetter von Herrn Maier Bauführer in Ulm sei; der war früher schon sehr freundlich gegen mich gewesen, so sagte ich, ich wolle zu dem. Einmal kam ich mit einem Jäger zusammen, der sprach freundlich mit mir, und als er hörte, daß ich auch ein Jägerskind sei, gab er mir Brod und Fleisch genug aus seiner Tasche und Wein, das hat mir auf lange gut gethan.

„Ich habe richtig hier den Herrn Bauführer gefunden; er war gut gegen mich und läßt mich auf dem Sopha in seiner Stube schlafen, aber er meinte, ich solle eben wieder nach Hause gehen. Das kann ich aber nicht, liebes Lottchen, bei Dir kann ich nicht sein und bei dem Dreher könnten sie mich wieder schlagen, und das kann ich nicht ertragen. Da sagte der Herr Bauführer, er wolle mir einen Brief geben an einen reichen, vornehmen Herrn, der schon öfter arme Knaben habe unterrichten lassen: ich thu es nicht gern, daß ich mich so um Gotteswillen herumschicken lasse, aber was soll ich thun? ich kann nicht mehr zurück.

„Aber, liebes Lottchen, es ist weit bis dorthin und der Herr Bauführer, der selbst nicht reich ist, kann mir das Geld zur Reise nicht geben, auch wenn ich ganz zu Fuße gehe; er meint, vielleicht habe doch mein Vormund noch etwas von meinem Vermögen, das er mir schicken könne, bitte, frage Du ihn darum und schicke mir so bald Du kannst, was Du von Geld für mich bekommst und meine Kleider; und sei nicht böse, liebes Lottchen, wenn ich Dich in Angst gebracht, ich habe nicht anders können, das kann ich mir nicht gefallen lassen. Der Herr Bauführer läßt mich einstweilen etwas abschreiben oder Zeichnungen machen, und sagt, sie seien nicht schlecht. Lebe wohl, wer weiß, wenn wir uns wiedersehen.

„Dein getreuer Bruder
Richard."

Lottchen war glücklich, daß sie nun doch etwas wußte von ihrem Brüderlein; aber der Vormund wollte nichts wissen von Geld schicken.

„Der Bursch hat keinen Heller mehr als die vierzig Gulden, mit denen wir die zweite Hälfte des Lehrgeldes bezahlen müssen, gibt man die her, so hat man gar nichts mehr; er soll nur wieder kommen und sich ducken lernen, das schadet jungen Leuten gar nichts."

Lottchen aber wußte wohl, daß ihr Brüderchen, das sanft und weich aussah, doch seinen starren eignen Willen hatte, und wenn sie auch sein Entlaufen für Unrecht hielt, so konnte sie doch nicht wünschen, daß er zurückkehre, sie meinte, er könne dort mehr und Besseres lernen als hier.

So sandte sie ihm denn ihren ganzen geheimen Schatz und schrieb: „Gott geleite Dich, mein lieber Bruder, und wache über Dir, wo meine Augen nicht mehr wachen können! Ich schicke Dir hier alles, was ich seit Jahren zusammengespart, um Dir einmal damit forthelfen zu können, damit Du nicht als ein armer Handwerksbursche in die Welt hinaus dürfest. Madame Bärmann war so gut und hat mir einen ganzen Jahrslohn vorausgegeben: ich will ihr gewiß doppelt darum arbeiten, daß sie keinen Schaden hat; Herr Kneller gibt mir Deine Kleider nicht, da mußt Du Dich ja auch neu kleiden. Gott vergelte dem Herrn, bei dem Du bist, was er an Dir thut!
„Deine getreue Schwester.
Lotte."

Noch einen Brief erhielt Lottchen von ihrem Richard, den letzten; er schrieb:

„Vergelte Dir Gott tausendmal Deine Treue, liebes Lottchen! Es ist mir jetzt erst, wo Du mir Dein Einziges und Letztes geschickt, wie Schuppen von den Augen gefallen, was Du immer für mich gethan und wie Du Dich geplagt um meinetwillen und wie ich nichts gewesen bin als eine Last und eine Sorge für Dich; aber das soll anders werden, so Gott mir helfe.

„Wieder kommen will ich nicht, ich könnte da nie etwas Rechtes werden, so daß ich Dir zur Hilfe sein könnte; aber ich will mich vor keiner Arbeit fürchten und vor keiner Mühe, um es zu etwas Rechtem zu bringen, und Du sollst erst wieder von mir hören, wenn etwas aus mir geworden ist; ich will nicht mehr schreiben, nur um Dir Sorge zu machen. Auch darf ich es nicht mehr, liebes Lottchen, da Du lieber nicht wissen sollst, wo ich bin.

„Mein Vormund hat mir nemlich geschrieben: ich müsse zurück und wenn ich nicht komme, so lasse er mich mit Landjägern holen; von Dir wolle er schon erfahren, wo ich sei. So bete denn für mich und glaube gewiß, daß ich immer an Dich denke, auch wenn Du gar nichts von mir hörst. Das Geld, das Du mir geschickt hast, will ich gewissenhaft anwenden; es ist ein Dukaten dabei, ich weiß, daß den die selige Mutter an einem Schnürchen am Halse getragen, und weiß, wie er Dir lieb und heilig war. Den will ich nicht ausgeben, wenn mich nicht die alleräußerste Noth drängt, und den Spruch, der auf der einen Seite steht, will ich mir in's Gedächtniß rufen, wenn ich in Gefahr käme, etwas Unrechtes zu thun, er heißt: „Bleibe fromm und halte dich recht, denn solchen wird es zuletzt wohl ergehen." Doch das weißt Du wohl. Lebe wohl, mein liebes Lottchen, Gott vergelte Dir, was Du an mir gethan.

„Bis in den Tod   Dein treuer Bruder,
                                          Richard."

Der liebe Gott allein weiß, wie viele Thränen Lottchen weinte um ihr Brüderlein, in stiller Nacht und bei Tage, wenn sie ein einsam Stündchen hatte. — Es war und blieb der letzte Brief, den sie von ihm erhielt.

Lottchen allein.

In dem vierten Stock eines Hauses in einer schmalen Seitengasse der Residenz wohnte eine Kleidernähterin, von der die vornehmen und eleganten Damen der Stadt aber nicht viel wußten. Es war Lottchen Kraus, die nach dem Rath ihrer Bekannten nach dem Tode ihrer früheren Herrin hier ein eigenes kleines Geschäft angefangen hatte. Zu thun hatte sie genug, wenn sich auch nicht viel Sammt- und Seidenstoffe, nicht viel spinnewebige Ballkleider in ihr hohes Stübchen verirrten: bescheidne Bürgerfrauen, Mütter mit vielen Töchterlein, Dienstmädchen, wer immer wohlfeil, gut und pünktlich bedient sein wollte, kam zu Lottchen; sie theilte den Stoff so sorgfältig ein, sie schneiderte die alten Kleider der Mama oder der ältern Schwestern noch so hübsch passend zurecht für die jüngeren Töchterlein und versteckte die Nähte mit zierlichen Falbeln, daß die Mütter und die Kinder gleich vergnügt damit waren.

Sie selbst war nun freilich kein Bild aus dem Modejournal,

die stille alte Jungfer: ein hochanschließendes Kleid von dunkler Farbe, ein schneeweißes Häubchen, seit ihre Haare etwas dünner wurden, und ein gefälteltes weißes Tuch war ihre unveränderte Tracht. „Gerade wie eine Nonne,“ meinten die jungen Mädchen, die zu ihr kamen. Denn junge Mädchengesellschaft hatte sie, so viel ihr Stübchen fassen konnte; sie gab Unterricht im Kleidernähen und niemand wollte man lieber die luftigen jungen Vögelein anvertrauen als dem guten Fräulein Lottchen.

Die Mädchen selbst kamen auch gern und hatten sie alle lieb. Zwar war sie streng und genau im Unterricht und ließ keinen ungleichen Stich passiren, auch duldete sie kein unnöthiges Geschwätz, zumal nicht über andre Leute. Aber ihre stillen Augen blickten herzlich vergnügt über das muntere Häuflein hin, wenn sie emsig stichelten und dazu fröhlich plauderten und sangen; sie selbst hatte noch eine schöne, klare Stimme, mit der sie freilich am Liebsten ein frommes Lied anstimmte.

Bisweilen ließ sie sich sogar bewegen, etwas zu erzählen, was so in ihrem stillen Leben an ihr vorüber gegangen war; den kleinen Kindern der vielen Hausbewohner, die so gern zum Jungfer Lottchen hinaufkletterten, erzählte sie die alten Geschichten, die sie vor Zeiten ihrem Brüderlein erzählt, aber sie wurde nachher oft gar still und traurig; in den Mährchen, da fanden sich doch Brüderlein und Schwesterlein immer wieder zusammen, — wo aber war i h r Brüderlein geblieben?

Es ging Lottchen nicht schlimm, sie hatte einen guten Verdienst, obschon sie bescheiden in ihren Forderungen war und viele Leute hatten sie gern; aber gar einsam und allein kam sie sich doch auf der Welt vor und es wurde ihr oft bange, wenn sie an alte und kranke Tage dachte. Sie war erst vierzig, aber ihre Augen waren sehr schwach, sie hatte von zarter Jugend auf so viel bei Nacht gearbeitet und so viel geweint um ihr Brüderlein.

Armuth und Mangel für ihre alten Tage hätte Lottchen freilich nicht fürchten dürfen; der Herr Kanzleirath unten im Hause mußte allein, was sie schon für ein schönes Sümmchen in der Sparkasse hatte, und daneben verwahrte sie noch in einer Büchse viel schöne Gold= und Silbermünzen, denn sie selbst war so einfach und sparsam, sie konnte fast von gar nichts leben.

Aber all dies mühselig erworbene, sorgsam ersparte Geld sah sie nicht für ihr Eigenthum an, und hätte gar ungern etwas davon genommen. Sie glaubte gewiß, daß ihr Richard noch lebe und fürchtete, daß es ihm schlecht gehe, sonst hätte er ihr ja gewiß einmal geschrieben. Da mußte sie sich denn immer denken, wie er noch eines Tags vor ihre Thür kommen werde, müde, arm und hungrig: dann aber wollte sie ihren kleinen Schatz aufthun und ihn kleiden und nähren, und sie wollten dann schon zusammen noch zufrieden und glücklich leben! — Aber er kam nicht. Wenn ihr zu bange werden wollte vor den verdunkelten Augen, so schlug sie in der Mutter Bibel auf, wo viele, viele Zeichen lagen, da las sie: „der Herr ist mein Licht und mein Heil, vor wem sollte ich mich fürchten?" „Und ob ich schon wanderte im finstern Thale, so fürchtet sich dennoch mein Herz nicht, denn du bist bei mir, dein Stecken und Stab tröstet mich."

Wiederſehen.

Es war ein gar ſchöner Frühlingsabend, die jungen Mädchen hatten die Nähkörbchen zuſammengepackt und waren alle davon geflogen; Lottchen hatte hübſch aufgeräumt und gekehrt in ihrem Stübchen und ruhte nun eine Weile aus am offnen Fenſter, die milde Frühlingsluft umwehte ſie, ſie ſah hinunter in blühende Gärtchen und weit hinaus über die Häuſer und Dächer zu dem grünen Tannenwald auf dem Hügel über der Stadt. Da war ihr, als wandle ſie wieder draußen im grünen Walde Hand in Hand mit ihrem Brüderlein und helfe ihm Erdbeeren ſammeln. Sollte ſie ihn denn nie, gar nie in ihrem Leben wiederſehen? Sie hörte nicht das wiederholte Klopfen an ihrer Thüre, ſie blickte ſo fern hinaus und dachte ſo weit zurück, ſie wendete erſt den Kopf, als die Thür aufging und ein feingekleideter Herr eintrat. Es war nicht der ſchöne blonde Knabe, der mit ihr im Walde gewandelt; es war nicht der ſchmächtige, aufgeſchoſſene Junge, den ſie ſo oft beruhigt und getröſtet hatte an ſtillen Sonntag-Nachmittagen, und doch kannte ſie dieſe blauen Augen und dieſen freundlichen Mund und „Richard, mein lieber Bruder Richard!" rief ſie, und mit Lachen und Weinen hielten Bruder und Schweſter einander umfaßt, lange, lange.

„Höret, ich glaube, Jungfer Lottchen droben hat einen Mann gekriegt," verkündete altklug Kanzleiraths kleines Linchen, die der lieben Tante Lottchen hatte eine Viſitte abſtatten wollen! ein ganz schöner, flotter Herr sitzt bei ihr auf dem Sopha und sie sind so arg vergnügt und haben einander an der Hand, und sie hat ganz gute Sachen holen lassen!"

Lottchen aber saß droben glückselig neben dem wiedergefundenen Bruder, der gar nicht so arm und verkommen aussah, wie sie sich vorgestellt, und sie schickte das Laufmädchen fort um fremden Wein und feines Backwerk, Kostbarkeiten, die noch nie in die bescheidene Nähstube gekommen waren, weil sie gar nicht wußte, was sie ihm sonst zu Ehr' und Liebe anthun sollte.

„Aber, Richard, warum hast Du denn gar, gar nichts von Dir hören lassen, zwanzig lange Jahre, und wie ist Dir's denn gegangen, und was bist Du denn jetzt? O Brüderlein, Du liebes, böses Brüderlein!"

„Ja, Schwesterlein, das ist eine lange Geschichte, da werde ich noch manchen Abend zu erzählen haben; will Dir's einstweilen nur in der Kürze sagen.

„Wie ich Dir geschrieben, hat mich der Bauführer, zu dem ich damals meine Zuflucht nahm, an einen vornehmen Herrn empfohlen, der in's Ausland reiste und einen jungen Menschen als eine Art von Sekretär mit sich nehmen wollte. Wer, meinst Du, daß der Herr gewesen war? Jener Herr Graf vom Walde. Ihm war aber dieß Zusammentreffen gar nicht so merkwürdig als mir und er war etwas bedenklich als er hörte, daß ich davongelaufen sei, da er aber an der Abreise war, so nahm er mich doch mit nach Oberschlesien und gewann mich lieb. Ja, er war später so gut, als er Neigung und Talent zum Baufach bei mir fand, mich noch dazu bilden zu lassen. „Aber ich muß sehen, Junge, ob Du Dir's auch sauer werden lassen kannst," sagte der Graf, „das Davonlaufen hat mir nicht recht gefallen."

„Das war nun eine harte Lehrzeit, liebes Lottchen! bei Maurer, Zimmermann und andern Handwerkern mußte ich eine Lehre durch= machen, daneben lernen und studiren: es wurde mir oft so schwer, daß ich mich fast wieder an die Drechselbank gewünscht hätte; schrei= ben wollte ich Dir gar nicht, bis ich etwas Rechtes geworden; auch wagte ich es später nicht, da ich militärpflichtig war, und doch nicht gern meine Laufbahn unterbrochen hätte. Aber ich dachte viel und viel an Dich, an den Spruch, Lottchen, der auf Deinem Goldstück steht und an alles, was ich Dir versprochen; es ist mir nächst Gott zum Schutz und Geleite geworden.

„Mein Weg war nicht leicht, ich hatte so viel einzuholen; als aber der Graf sah, daß mir's Ernst war, da half er mir immer weiter und ließ mich schöne und weite Reisen machen.

„Als ich zurückkam, wollte ich Dir schreiben, wenn ich auch gerade noch nicht viel geworden war; aber der Brief, den ich nach der Stadt gerichtet, wo wir zusammen waren, kam zurück, niemand wollte von Dir wissen.

„Seit einem Jahr bin ich Bauinspektor im Dienste des Fürsten von F., das ist eine Stelle, wie sie nur mein Herz begehren konnte; Lottchen, nun darf ich Häuser bauen, so schön ich sie je geträumt! Jetzt bin ich etwas Rechtes, und ich kam, um Entlassung von der Militärpflicht nachzusuchen, vor allem aber um mein verlornes Lott= chen zu holen.

Ich wollte zurück in unsere frühere Heimath, da las ich heute im Adreßbuch des Gasthofs zufällig: Lotte Kraus, Kleidermacherin. „Das könnte ja doch mein Lottchen sein," dachte ich, und eilte her, und Du bist's gewesen, Du, mein eignes Lottchen!" und Bruder und Schwester sahen sich wieder seelenvergnügt in die Augen.

„Und jetzt mußt Du mit mir, Lottchen!" rief Richard fröhlich, „und sollst's gut bei mir haben, dann will ich Dir schon noch mit Ruhe erzählen, wie mir's gegangen ist auf der Welt."

„Aber, Du bist wohl nicht mehr allein?" fragte Lottchen etwas schüchtern.

„Seit einem Jahr erst habe ich eine Frau," sagte Richard heiter, „und ich hätte sie gar nicht genommen, so schön sie ist, wenn ich nicht gewußt hätte, daß sie auch für Dich eine liebe, gute Schwester sein wird. Es lag ihr so am Herzen, Dich zu finden, wie wird sie sich nun freuen! Morgen bringe ich sie in der Früh, heute wäre es zu spät und Du brauchst Ruhe, mein gutes Lottchen, gute Nacht!"

In der That, Lottchen war ganz matt und betäubt von ihrem Glück; noch lange, nachdem der Bruder fort war, saß sie still am Fenster mit seligem Lächeln und gefalteten Händen, es fielen ihr nur noch die Worte ein:

<blockquote>
erwarte nur die Zeit,
So wirst du schon erblicken
Die Sonn' der schönsten Freud'.
</blockquote>

Acht Tage nach diesem gab Jungfer Lottchen all' ihren Schülerinnen eine Abschiedsgesellschaft, wobei es Chokolade und Kuchen gab, so reichlich, daß das bescheidene Lottchen nach ihrer frühern Weise wohl Monate lang von diesem Schmaus hätte leben können.

Wenige Tage nachher fuhr ein sehr schöner Wagen vor, darin saß der Bruder und seine Frau, die holten ihre liebe Schwester ab. In der ganzen Nachbarschaft schaute und grüßte man zu allen Fenstern hinaus, und nicht eine einzige Seele war da, die nicht dem demüthigen Lottchen recht von Herzen ihr Glück gegönnt hätte.

Das Haus des Bauinspektors bei dem reichen, kunstliebenden Fürsten von F. steht in der Vorstadt der kleinen Residenz in einem Garten, das anmuthigste Wohnhaus, das man sich denken kann. Unter den Blumen auf der Terrasse sieht man schöne Kinder spielen und oben in der leichten Jasminlaube sitzen zwei Frauen mit ihrer Arbeit. Die jüngere, schönere wird wohl die Mutter der Kinder sein; zu unterscheiden ist es schwer, denn Jede sieht mit gleicher Liebe und Innigkeit auf die fröhlichen Kleinen, und wenn diese einen schönen Kiesel, ein seltnes Käferlein gefunden haben, springen sie mit ihrem Jubel fast noch öfter zu „Tante Lottchen" als zur Mama.

Ja, das ist die schöne, glückliche Heimath, in die das Brüderlein nun sein getreues Schwesterlein eingeführt hat! Tante Lottchens Augen sind sehr schwach geworden; wenn sie die zierlichen Kleidchen der kleinen Nichten näht, und das läßt sie sich nicht nehmen, so muß sie dazu eine Brille aufsetzen, was den Kindern viel Spaß macht; aber sie kann die Augen recht schonen, sie hat genug zu thun, bis sie die Kleinsten wartet und hütet und mit den Großen spielt und spazieren geht und ihnen erzählt. Tante Lottchen ist allüberall, wo es zu helfen und zu rathen gibt. Sie will nicht dabei sein, wenn große Gesellschaften im Haus sind, nicht mitfahren und gehen, wenn Bruder und Schwägerin Besuche machen; es ist ein Fest in der Kinderstube, wenn Tante Lottchen den Kleinen einmal ganz gehört. Sie verlangt es nicht besser als Allen zu dienen, aber sie erndtet auch eine reiche Saat von Liebe dafür. „Wir haben einen Engel unter unser Dach genommen," versichert die junge Frau oft ihren Mann mit feuchten Augen. Lottchen findet alles so ganz natürlich, was sie thut, sie weiß ja gar nicht, wie sie Gott und Menschen dankbar genug sein soll, daß sie, die so allein war, nun so reich ist an Liebe; die schönsten und die liebsten von all ihren Geschichten, die sie erzählte, blieben immer die vom Brüderlein und Schwesterlein.

Das Bäumlein im Walde.

I.

Kein Mensch hätte des Hirten Hannesle angesehen, was das für ein geschickter Bub sei; nur der Schulmeister, obgleich er ihn wegen der vielen Schulversäumnisse oft auszankte, sagte doch, wenn er seine raschen und flinken Antworten hörte: „Hannesle, Du hast's hinter den Ohren."

Im Winter zwar war Hannesle ein fleißiger Schüler, er lernte gern und hatte eine große Liebe zu dem Schulmeister; nur fragte er oft so viel, daß zuletzt dem Schulmeister das Antworten ausging, weßhalb er auch der Fragenhansle genannt wurde. Er saß aufmerksam da mit seinem Tafelscherben (zu einer ganzen Tafel hatte er's noch nie gebracht), und rechnete alle Aufgaben nach, oft sogar noch neue dazu, die er sich selbst gestellt hatte. Aber im Frühling, da wollt' es ihn gar nicht mehr auf der Schulbank leiden; er sah viel öfter zum Fenster hinaus als in das Buch, und so lieb er sonst dem Schulmeister war, er mußte doch manchmal die starken Haselstöcke spüren, die er selbst dem Lehrer in dem Wäldchen geschnitten hatte.

Gelegenheit zum Schulversäumen gab's nun da freilich manchmal, da sein Vater nicht nur Viehhirte, sondern auch Amtsbote war, und am Markttage, wo er in die Stadt mußte, den Hansle als Amts= verweser bei den Kühen anstellte, die er schon recht ordentlich zu regieren wußte. Der Schulmeister drückte wohl auch ein Auge zu; Hannesle brachte ihm nicht nur die guten Haselstöcke, er brachte auch der Frau Schulmeisterin trockne Tannenzapfen, um ihre Bügelstähle heiß zu machen, und ihrem kleinen Minchen reife Erdbeeren. Er trieb überhaupt beständig einen kleinen Handel mit Rohrflöten, mit kleinen Ketten aus Roßhaar geflochten oder aus Kirschensteinen ge= schliffen, Klappern aus Welschkornstengeln, Hexenklaviere aus Nuß= schalen und allerlei solchen Raritäten, zu denen ihm die liebe Natur den Stoff lieferte. Dafür gaben ihm dann die wohlhabendern Jun= gen Brod, Oelkuchen, wohl auch ein Würstchen am Tag, wo geschlachtet wurde. Der Schulmeister durfte schon ein bischen Nachsicht üben, denn Hannesle war ein nachdenkliches Büble; er verarbeitete sich an den freien Tagen, was er in den Schulstunden gelernt hatte und wußte so am Ende mehr, als mancher gedankenlose Bengel, der mit offnem Maule da saß und sich das Wissen hinunterstopfen ließ, wie eine Gans das Welschkorn.

Hannesle war blutarm, obschon der Hirtenlohn und das schmale Botenbrod, das der Vater einnahm, den Vater und das einzige Büblein vor dem bittern Mangel hätte schützen können, der zur Winterszeit oft in der Hütte einbrach. Aber leider hatte er schon vor Jahren seine gute, treue Mutter verloren und ein armer Hirt kann sich keine Haushälterin nehmen. So wurde denn der Erwerb nicht ordent= lich zu Rathe gehalten, wenn auch der Vater den besten Willen hatte;

Das Bäumlein im Walde.

nur die kleine Handelschaft Hannesle's schützte zu Zeiten den Knaben vor bittrem Hunger.

Hannesle ließ sich das aber nicht anfechten; wenn er mit einem Stück Schwarzbrod im Sack hinter seinen Kühen herzog, so dachte er nicht an Noth und Sorge; er sang ein Liedchen vor sich hin, das er irgendwo aufgeschnappt hatte und das ihm besonders wohlgefiel.

> Ich lebe in der Einsamkeit
> Gelassen für mich hin,
> Und es hat mich noch nie gereut,
> Daß ich kein König bin.

Dann dachte er sich allerlei aus, was er einmal thun und ausführen wolle, um dem Vater gute Tage zu machen: er wolle sich zusammensparen zu einer Hacke und Schaufel, mit der er an der Eisenbahn arbeiten könnte; dann wollte er so viel verdienen, daß er ein Pferd mit einem Karren kaufen könnte. „Fuhrwerken trägt schwer Geld ein," dachte er weiter, dann kauf' ich mir einen Wagen, zuerst mit zwei Gäulen, dann mit vier, zuletzt mit acht; „ho Braun!" schrie er, schon in Gedanken hinter seinem achtspännigen Wagen und knallte dazu mit seiner Hirtengeißel. Das dünkte ihm das schönste und lustigste Leben, so mit einem Wagen und stattlichen Pferden landaus, landein zu fahren; mit wahrer Ehrfurcht lauschte er dem schweren langsamen Gerumpel eines großen Frachtwagens, besonders wenn er so in die stille Nacht hineinfuhr, wo er sich's gar wunderbar und abenteuerlich vorstellte.

Noch viel schöner aber, dachte er, müßte es sein, über's Meer zu gehen, nach Amerika! Oft und oft bat er den Vater, wenn dieser klagte über sein mühseliges Tagwerk: „O Vater, wir wollen nach Amerika gehen, da gibt's Geld genug und die Säu laufen ledig auf der Gaß herum." — „Dummer Bu, bild Dir so nichts ein," sagte dann der Vater, „ich bin zu alt nach Amerika, das Geld hab ich nicht und von der G'meind' fortschaffen laß ich mich nicht, dabei bleibt's." Dabei blieb's denn und doch schien dem Hannesle Amerika das gelobte Land und er kannte keinen höhern Wunsch, als es einmal zu erreichen.

Es war in den glückseligen Tagen der Heuvakanz, als Hannesle singend und pfeifend mit seiner Heerde auszog. Da sah er auf einem Stein vor dem Dorf ein Mädchen von etwa zwölf Jahren sitzen, die ein kleines, vielleicht zweijähriges Kind auf dem Schooße hielt und bitterlich weinte. Die Mädchen waren Hannesle fremd und die Kinder vom Ort kannte er doch alle so genau. Er wollte vorbeigehen, die Kleine aber streckte die Händchen aus und rief „Mokele Muh" als die Kühe vorüberzogen; er konnte nicht loskommen, das weinende Mädchen dauerte ihn so. So hielt er denn still und fragte: „Wie heißt?"

„Rösle," antwortete das Mädchen, schüchtern die Augen zu ihm erhebend.

„Warum heulst, Rösle?" fragte er weiter.

„Ich schäm' mich so."

„Warum schämst Dich?"

„Weil man uns in's Bettelhaus gebracht hat;" und Rösle, deren Thränen einen Augenblick getrocknet waren, brach in ein neues Schluchzen aus.

„Warum seid ihr im Bettelhaus?" fragte der unermüdliche

Fragenhannesle weiter, aber in so gutmüthigem Ton, daß ihm Rösle die Antwort nicht versagen konnte.

„Weil mein Vater und Mutter nach Amerika sind und wir sind da blieben," schluchzte sie, und die Kleine weinte jetzt zur Gesellschaft mit.

„Aber warum seid ihr nicht mit nach Amerika?" fragte Hannesle, dessen Augen funkelten, wenn man nur Amerika nannte.

Ja, das war eine lange traurige Geschichte! Hannesle's Kühe waren während seiner vielen Fragen schon vorausgelaufen und machten eben die schönste Anstalt, sich in dem grünen Saatfeld satt zu fressen.

„Poz Gukuk!" rief der Fragenhansle und sprang den Kühen nach, die er auch alsbald mit seiner langen Geißel wieder auf den rechten Weg brachte. Das Rösle, dessen Thränen unter dem Frag- und Antwortspiel etwas getrocknet waren, spazierte ihm langsam nach mit dem Schwesterlein auf dem Arm; Hansle winkte ihr näher und indem er unter dem Erzählen sein Vieh besser im Auge behielt, fragte er aus dem blöden Mädchen nach und nach Alles heraus, was er gern von ihr gewußt hätte.

Eine gar betrübte Geschichte war es, die ich Euch kürzer und genauer erzählen will, als Hansle sie von dem armen Rösle erfuhr, deren Thränen unter ihrem Bericht immer wieder neu floßen.

Der Vater der zwei Mädchen stammte aus dem Dorf hier; er war seines Handwerks ein Küfer, ein geschickter und fleißiger Mann, aber gar heftiger und unstäter Natur. Als Gesell schon bekam er überall Händel, wo er in Arbeit stand, wenn er aber auch keine bekam, so blieb er selbst nicht lange; „es leidt mich nicht zu lang an

Einem Ort," sagte er oft. Nach langen Wanderungen hatte er sich endlich in einem weit entfernten Städtchen als Meister gesetzt, hatte ein braves Weib geheirathet und nach und nach vier Kinder bekommen; Rösle war die älteste, dann kamen zwei kleine Buben und das Kleinste, Rickele, die jetzt an der Schwester hieng.

Eine Zeitlang schiens fast, als ob das eigene Haus, das Weib und die lieben Kinder dem Matthes Brauser, so hieß der Mann, die Wanderlust vertrieben hätten; er arbeitete ordentlich und trotz der vier Kinder wären sie doch wohl zu einem kleinen Vermögen gekommen, wenn nicht der Mann allezeit so allerlei angefangen hätte. Aber da fiel ihm alles Mögliche ein, was gar nicht zum Küferhandwerk gehört; bald wollte er fischen, bald entlehnte er ein Gewehr und ging heimlich aufs Hasenschießen aus oder legte Vogelschlingen. Liesbeth, sein Weib, hatte gar keine Freude an den Braten, die er ihr heimbrachte. „Schuster, bleib' beim Leisten," sagte sie oft, „ich sag Dir, Matthes, es ist nichts nutz, wenn ein Handwerksmann seinen Profit nicht beim Handwerk sucht."

Dann kamen viel schlechte Weinjahre; das Handwerk wollte nicht mehr gehen, dem Matthes entleidete nicht nur das Gewerbe, es waren ihm oft auch Weib und Kinder entleidet, die ihn hinderten, wieder in die weite Welt hinauszuziehen, nach der es ihn so gewaltig zog. Liesbeth bemerkte das wohl, und wie sie sah, daß trotz ihres treuen Fleißes die Armuth mehr und mehr einkehrte in ihrem Haus, da schlug sie selbst am Ende ihrem Mann vor: „Matthes, wir wollen lieber miteinander fort, lieber recht weit weg, nach Amerika, wenn Du willst."

Das richtete den Matthes auf und voll Lust und Leben schickte

Das Bäumlein im Walde.

er sich dazu an; bald war Alles verkauft und der Vertrag geschlossen, nur kam er seufzend zurück; er habe gehört, Kinder seien eine grausige Last in Amerika.

„Ich wär lieber zuerst allein gegangen," schlug er seinem Weib vor, dann hätt' ich Euch nachkommen lassen, wenn's gut gegangen wäre."

„Nichts da," sagte Liesbeth entschlossen, „was Gott zusammengefügt hat, das soll der Mensch nicht scheiden, Mann und Weib und Kinder gehören zusammen."

So war denn an einem Morgen das traurige Deckelwägelein, wie man sie hie und da mit Auswanderern sieht, zur Stadt hinausgefahren; die Kinder jubelten, daß sie fahren durften, das Weib weinte, Matthes war still und finster und brütete über einem dunklen Entschluß. „Matthes, Du hast nichts Gutes im Sinn," sagte Liesbeth ein paarmal ängstlich zu ihm.

Ja wohl war es nichts Gutes, was Matthes sich ausgedacht hatte! An dem kühlen nebligen Morgen, wo die Passagiere eingeschifft werden sollten, war wie immer groß Gedräng und Getümmel am Landungsplatz; Matthes hieß die vier Kinder hübsch beisammen bleiben, bis er und die Mutter die Kiste auf's Schiff geschafft hatten aber — o weh! als die Mutter, die gar lang im Schiff aufgehalten wurde, bis die Kisten und Körbe recht gestellt waren, eilig zurückwollte, um jetzt ihre Kinder zu holen, da war das Schiff schon im Gang, schon weg vom Ufer und vergeblich war das verzweifelte Geschrei der Mutter, die in's Wasser stürzen wollte, um ihre Kinder wieder zu holen. „Sei ruhig, Weib," bat sie Matthes, „wir können nichts davor, 's ist jetzt schon so, den Kindern geschieht gewiß nichts, und geht ihnen vielleicht besser, als wenn sie sich mit uns hätten durch die Welt plagen müssen; vielleicht gibt's hier zu Land gute Leute, die sie behalten, oder im schlimmsten Fall bringt man sie zur Gemeinde zurück, die muß sie erhalten; wenn's uns dann drüben gut geht, so holen wir sie Alle." Das half aber wenig bei der betrübten Mutter; da hieß es auch, wie in der Bibel steht: sie weinte um ihre Kinder und wollte sich nicht trösten lassen.

Und die armen Kinder, die sich so gefreut hatten, bis sie auf dem großen Meerschiff fahren durften; freilich wußten sie nicht, wie schwer und lang oft eine solche Fahrt ist! Lange, lange konnten sie gar nicht begreifen, daß sie vergessen sein sollten. Rösle wiegte fort und fort das Rickele in ihrem Schooß und tröstete die Brüder: „Sei ruhig, Fritzle, d'Mutter kommt bald, wart nur, Gottlieb, der Vater holt Dich;" aber Vater und Mutter kamen nicht, und als endlich die Kinder sich dicht an's Ufer drängten, als sie das große Dampfschiff dahinbrausen sahen: da begriffen sie es erst nach und nach und brachen in lautes Jammergeschrei aus.

Es sammelten sich viel neugierige und mitleidige Leute um die armen Kinder, man schenkte ihnen etwas Geld, ein gutmüthiger Wirth nahm sie nach Hause und gab ihnen reichlich zu essen. Den Buben schmeckte es bei allem Jammer, Rösle allein konnte nichts essen und mußte fort und fort weinen, während sie dem Rickele sein Milchsüppchen gab, die mit großen Augen in der fremden Wirthsstube herumsah. Von all dem Unglück verstand die Kleine nichts, als daß die Mutter fort sei, und tröstete die Andern immer mit dem alten Trost, den ihr sonst Rösle gab: „Mamme fortgangen, Mamme wiederkommen."

Behalten wollte Niemand die verlassenen Kleinen; so wurden sie denn nach ihrem Heimathort zurückgeschafft: die zwei Buben wurden in der Stadt aufgenommen, wo der Vater zuletzt gelebt hatte, und bei armen Leuten gegen geringes Kostgeld untergebracht; Rösle mit dem kleinen Schwesterchen kam nach dem Geburtsort ihres Vaters und wurde mit dem Schwesterchen in's Armenhaus (von den Bauern schlechtweg Bettelhaus genannt) aufgenommen.

Das Alles, wenn auch in der Kürze, hatte Hansle nach und nach dem Rösle abgefragt und er hatte schrecklich Mitleid mit den armen Kindern, nicht sowohl weil sie von Vater und Mutter getrennt waren, als weil sie schiergar nach Amerika gekommen wären; „ich wär' eben in's Wasser gesprungen und dem Schiff nachgeschwommen," versicherte er Rösle, „ich hätt's lang noch eing'holt."

„Ich kann nicht schwimmen," entschuldigte sich das arme Rösle, „und mit meinem Nickele vollends nicht." Das mußte Hansle zugeben.

„Aber warum gehst in's Bettelhaus und wirst nicht lieber Kindsmagd?" fragte er weiter.

„Ich muß mein Nickele hüten," sagte Rösle, „so will mich kein Mensch."

Es ist wahr, obgleich das Nickele wohl selbst gehen konnte, so hieng sie doch unzertrennlich an der Schwester, die ihr jetzt Vater und Mutter sein mußte. Erstaunlich gescheidt war das gute Rösle nicht, und gelernt hatte sie auch noch nicht viel, ihr Amt war auch daheim immer gewesen, die kleinen Geschwister zu hüten. So war sie dem kleinen Nickele auch Alles und Alles und verpflegte das Kind wie eine Mutter, aber in's Haus nehmen wollte sie Niemand mit der kleinen Last.

Im Armenhaus zu sein schämte sie sich bitterlich, wie sie schon dem Hansle geklagt, auch herrschte nicht viel Frieden und Eintracht unter den paar mürrischen alten Weibern, die es bewohnten; da zog sie denn Tag für Tag, wenn es nicht regnete, mit dem Rickele heraus an die Straße, wo sich die Kleine mit Allem unterhielt, was vorüberging.

Von jenem Morgen an bildete sich eine Freundschaft zwischen den Kindern; Rösle und ihre Kleine gingen mit Hansle auf den Waidplatz und da gab es immer Unterhaltung für das muntere kleine Dinglein. Die Mokele, wie sie die Kühe nannte, thaten ihr gar nichts; sie lachte laut, wenn sie um sie herumsprangen, und Hansle übte all seine Künste dem Rickele zu Gefallen: er machte ihr Körblein von grünen Klebbinsen und suchte rothe Erdbeeren dazu, er blies ihr schöne Stücklein vor auf seiner Rohrflöte, oder legte mit Rösle einen Kaufladen an, wo gelbe und weiße Blumenblättchen, Körnlein, Beeren und allerlei solche Dinge als Zucker, Kaffee, Eier und Butter verkauft wurde, und Rickele durfte mit kleinen und großen Kieselsteinchen kommen und abkaufen; die Kleine klopfte in die Hände und jauchzte laut auf, wenn sie Hansle nur von weitem kommen sah. Den Handel mit den Schulbuben betrieb Hansle jetzt noch viel eifriger, weil er sich so freute, wenn er der Kleinen etwas mitbringen konnte; er lachte hell auf, wenn sie mit ihren kleinen Händchen in seiner Hosentasche herumkrabbelte und immer frug: „Annsle nix bacht?"

Der Waidplatz war am Eingang des Waldes, wo mitunter noch weicher Moosgrund war und einzelne hohe alte Bäume standen. Das Liebste war den Kindern da eine alte hohle Eiche, in deren weiter Oeffnung sie alle drei Platz hatten. Da saßen sie gar manch=

Das Bäumlein im Walde.

Das Bäumlein im Walde.

mal im Sonnenschein und Regen, die drei verlaſſnen Kinder, denn auch um Hansle bekümmerte ſich ſein Vater nicht viel und andre Leute noch weniger; Hansle pfiff und ſang und erzählte der Kleinen, und wenn die oft eingeſchlafen war auf ihres Rösle's Schooß, ſo hub er an zu fragen und ließ ſich von dem geduldigen Mädchen im= mer wieder erzählen von jener unglücklichen Fahrt, von ihren Brü= dern, von ihrer Heimath.

Am liebſten erzählte Rösle von ihrer Mutter, an der ihr ganzes Herz hing; „o die iſt arg brav," verſicherte ſie den Hansl. Auch redete ſie gern von Allem, was ſie einſt daheim gehabt, damit man ſehe, daß ſie nicht immer im Armenhaus geweſen. „O, und die Mutter hat verſprochen, am nächſten Chriſttag, wenn 's Rickele ein Bischen g'ſcheidter ſei, krieg' ſie einen Baum," und ſie weinte wieder.

„Einen Chriſttagsbaum?" ſagte Hansle, der das Weinen bei Andern nicht ertragen konnte, „o, das iſt fein ſchön! ich hab's bei's Amtmanns ſchon zum Fenſter nein geſehen,*) ich hab nie einen gehabt."

„Aber ich, wie ich klein g'weſen bin," verſicherte Rösle; „o mein arm's Rickele kriegt nie kein Bäumlein."

Von der Stund an aber ſann der pfiffige Hansle darauf, wie er dem Rickele ein Bäumchen verſchaffe. Er hatte ſich's endlich aus= gedacht, er hatte allerlei geſammelt, ein paar ſchöne kleine purpurrothe Aepfelein noch vom vorigen Jahr, Chriſttagsäpfel genannt, eine Hand=

---

*) In den meiſten ſchwäbiſchen Dörfern iſt die Sitte des Weihnachtsbaums durchaus nicht allgemein und bekommen ihn nur die kleinen Kinder bis zum vierten Jahr.

voll Nüsse, allerlei Reste farbig Papier und bunte Bänder, die ihm Krämers Kaspar für einen prachtvollen Hornschröter (Hirschkäfer) gegeben hatte; nur Lichter, ach, Lichter wollten sich keine dazu finden. Aber warum brauchte er auch Lichter? er hätte ohnehin gar nicht warten können bis Weihnachten, das war ja noch so schrecklich lang, und er freute sich doch so auf des Rickele's Freude; warum sollte er nicht auch ein Bäumchen mitten im Sommer und am hellen Tag machen können? — „Aber ein Fest sollt's eben doch sein," dachte Hansle wieder und kratzte sich am Kopf. Da sagte man ihnen in der Schule, daß am Sonntag Pfingstfest sei, und ermahnte sie, das Fest still und andächtig zu begehen. Jetzt ist's recht, dachte Hansle in hellem Jubel, Pfingstfest, das ist auch ein hohes Fest, und ein Pfingstbaum gilt gerade so gut wie ein Christtagsbaum, bleib's dabei."

„Du," flüsterte er dem Rösle in lauterer Freude zu, die heute nicht mit auf die Waide konnte, weil sie im Armenhaus putzen helfen mußte, „Du, aber am Pfingsttag wird's schön, gib acht', da mußt mit dem Rickele in Wald kommen.

Rösle freute sich sehr, obgleich sie sich gar nicht vorstellen konnte, was denn so schön werden solle.

Es war Pfingsttag Morgen, herrlicher klarer Sonnenschein, Alles still, ganz still, drinnen im Dörflein und draußen in Feld und Wald, nur die Kirchenglocken klangen hell und schön durch die stille Luft. Hansle hatte früh am Tag ein junges Tannenbäumchen aus dem Wald geholt, das putzte er jetzt prächtig auf mit seinen rothen Aepfeln und bunten Streifen, und meinte, so schön wie das könne es doch auf der Welt nichts mehr geben, „und am hellen Tag ist's ja erst noch viel schöner als bei Nacht," dachte er triumphirend.

Jetzt hörte er hinter dem Baum Rösle mit der Kleinen: „Sachte!" kommandirte er, „jetzt kommt Ihr, Du machst aber die Augen zu, und läßt auch das Rickele noch nicht hergucken; es steht noch nicht ganz fest, wenn ich dann schrei: „musch!" so guckt Ihr her."

Das Rösle, so neugierig sie war, folgte willig und setzte sich mit der Kleinen etwas abgewendet vom Baum; nur ein klein, klein wenig hatte sie gesehen, daß da etwas ganz Schönes sein müsse.

„Musch!" rief jetzt Hansle; da stand sein Bäumchen in der dunkeln Höhlung hell und licht in jungem Tannengrün, und die rothen Aepfel, die gefärbten Nüsse und die bunten Streifen, alles glänzte zusammen, daß es eine helle Pracht war. „Ah, ah!" rief Rickele einmal über das andere, „wie schön, wie schön!" klatschte in die Händchen und wollte an dem Bäumchen schütteln, was Hansle aber nicht zugab, und zeigte eine solche Lust und Glückseligkeit, daß der glückliche Hansle aus vollem Herzen hinaussang:

Und es hat mich noch nie gereut,
Daß ich kein König bin!

„Aber 's ist Pfingsttag," mahnte Rösle, als die Lust sich ein wenig gelegt hatte, „wir müssen auch ein Festlied singen."

Rösle hatte eine schöne Stimme, Hansle war ohnehin ein Hauptsänger, so stimmten sie denn an:

O heiliger Geist kehr bei uns ein
Und laß uns deine Wohnung sein.

Das Rickele mit seinem feinen Stimmlein sang auch mit, während sie kein Auge von ihrem schönen Bäumlein abwandte; — das war die Pfingstandacht der drei verlassenen Kinder.

Das Bäumlein stand so hübsch fest in der weichen schwarzen Walderde, daß Hansle sogar hoffte, es werde ganz anwachsen und werde ein großes Wunder sein, wenn aus der alten Eiche eine hohe junge Tanne emporwachse.

Dies Wunder geschah nun zwar nicht, aber das Bäumchen blieb doch recht lange grün und frisch in dem feuchten Grunde, so daß Rickele noch oft seine Freude daran haben konnte. Hansle hütete und bewachte das Bäumlein wie seinen Augapfel, und war auch so glücklich, daß keiner der muthwilligen Buben seinen heimlichen Schatz entdeckte. Rickele durfte nur nach und nach die schönen Aepfel vom Bäumlein pflücken, und wenn später Hansle etwas Gutes oder Schönes bekam, so wurde es richtig an das Bäumlein gehängt, so daß die Kleine immer in heimlicher Erwartung mit der Schwester hinaustrippelte. Wie manches fröhliche Fest feierten da noch die Kinder in der tiefen Waldstille! so glücklich in dem Glücke der Kleinen, daß Hansle das Fragen und Rösle das Weinen vergaß.

II.

Zwei Winter und zwei Sommer waren über das Dörfchen hingezogen und über das stille Plätzchen am Eichbaum; das Bäumchen stand auch in der Höhlung, aber die grünen Nadeln waren abgefallen und nur ein paar verbleichte Papierstückchen hingen an den untern Aesten. Selten, gar selten fanden sich noch die Kinder zusammen; nur Hansle allein lag oft traurig davor und dachte wie es doch damals noch so schön gewesen sei.

Das Bäumlein im Walde.

Es war anders geworden mit den Kindern. Den Leuten war nachgerade doch der Gedanke gekommen, daß Rösle ein großes Mädchen sei, das mehr thun könne und mehr lernen müsse, als das Schwesterchen hüten. So kam sie als Kindsmagd zu einer Bäurin, wo sie ein Hemd und ein paar Schuhe als Jahreslohn bekam; die Kleine aber kam zu einem alten Weib, die sie gegen das wohlfeilste Kostgeld nehmen wollte. Rösle hatte mit tausend Thränen gebeten, das Schwesterlein doch bei ihr zu lassen; das ging nun einmal nicht an, obgleich es die Leute nicht schlimm mit ihr meinten; die junge Bäurin sagte, sie habe selbst Kinder genug und die Alte brauchte das Rösle nicht.

Da war denn das einzige Glück des armen Mädchens, wenn sie mit den Kindern der Bäurin, von denen sie zwei im Wägelchen führte und ein's auf dem Arm trug, auf die Balken sitzen konnte, die dem kleinen Häuschen der alten Bäurin gegenüber lagen. Da sah sie hinüber und hinüber, bis ihr Rickele hervorkam und bei ihr bleiben durfte; es konnte schon ein Bischen helfen die Kleinen im Wägelchen hin- und herschieben und Rösle theilte jeden ersparten Bissen mit ihr; es war eine rührende Liebe zwischen den zwei verlassenen Kindern, eine Liebe, wie wir so oft vergebens suchen bei Geschwistern, die goldne Tage miteinander im Elternhaus verleben könnten.

Die alte Bäurin war eben nicht bös gegen Rickele; sie hatte das kleine Ding sogar lieb; aber sie verstand nicht, mit einem Kind umzugehen, es zu unterhalten oder zu beschäftigen und dann war sie ängstlich, es mit andern Kindern fortzulassen. So hatte die Kleine meist eine trübselige Zeit in der dumpfigen Stube der Alten. „Rickele wirf nichts hinunter," „Rickele, verdirb nichts," „Rickele, laß mein

Spinnrad stehn," waren oft die einzigen Worte, die die Kleine am ganzen Tage hörte.

Am trübseligsten von Allen war aber dem armen Hansle zu Muth, als er an einem sonnenhellen Pfingsttag allein, ganz allein draußen vor seinem alten Christbaum lag. Vor ein paar Tagen hatte man seinen Vater begraben und kein Büblein auf der weiten Welt konnte verlaßner sein als der arme Knabe. Was sollte aus ihm werden, wo würde man ihn hinschicken? wer in aller Welt würde sich nur noch um ihn bekümmern? Ach wie viel hatte der Fragenhansle bei sich selbst zu fragen, und Niemand war da, der ihm antwortete; es war ihm, als sei die Welt ausgestorben. Rösle, sonst seine Vertraute, die mußte daheim ihre Kinder hüten; das kleine Rickele durfte gar nicht mehr zu ihm heraus, er wußte nichts mehr zu thun, als recht bitterlich zu weinen. Da hörte er hinter sich laufen und keuchen. „Hannesle!" rief es mit einer fast athemlosen Stimme, „aber Hannesle!" Er sah sich um, es war Rösle schon in ihrem Sonntagsanzug mit halbgeflochtnen Zöpfen und glühendrothem Gesicht, aber ganz strahlend vor Freude. „Aber Hannesle!" rief sie noch einmal und sank erschöpft vom Springen auf den Rasen. „Was ist's, Rösle? was hast?" fragte der erstaunte Hansle; so hatte er das Rösle nie gesehen, sie war sonst immer fein sachte und stet. „Was gibt's, Rösle?" fragte er wieder, „ist Dein Rickele krank? Schickt Dich die Bäurin fort? warum lachst so?" Jetzt hatte Rösle Athem gefunden. „Mein Vater ist da," stieß sie heraus, „mein Vater!" wiederholte sie jubelnd; „aber die Mutter ist todt," fügte sie traurig hinzu. „Was, Dein Vater?" jetzt ging das Fragen los beim Fragenhansle: „wo kommt er her?" warum kommt er? hat er Euch damals mit Willen zurückgelassen? nimmt er Euch mit?" — „Ich muß wieder heim," sagte das glückselige Rösle, die sich jetzt wieder erholt hatte, „bin ja noch nicht einmal geflochten, aber ich hab' Dir's sagen müssen, gelt, mein Vater!?" Und auf dem Heimweg erzählte sie ihm die ganze merkwürdige Geschichte.

Der Küfer Matthes hatte leider wohl gewußt, was er that, als er es bei der Abfahrt so richtete, daß seine Kinder zurückgeblieben waren; er hatte sich gedacht, er könne drüben viel leichter und besser sein Fortkommen finden, wenn er frei sei; die Kinder müsse man ja doch daheim versorgen, und wenn es ihm gut gehe, könne er sie immer noch nachholen. Sein Weib aber ließ sich nicht so leicht beruhigen und trösten. „Meine Kinder, meine Kinder!" rief sie in verzweifeltem Jammer; Tag für Tag, in Sonnenschein und Regen saß sie auf dem Verdeck und sah nach der Seite hin, wo sie dachte, daß das Land sei mit ihren verlassenen Kindern.

Auch drüben ging es mit dem Fortkommen so leicht nicht, obgleich sich's Matthes sauer werden ließ und ein vortrefflicher Arbeiter war. „Es ist kein Segen in all unsrem Thun," sagte das Weib, die krank war seit der Abreise; „es ist der Unsegen, den wir an unsern verlassenen Kindern verschuldet, o mein Rickele, mein kleines Rickele!"

Die arme Mutter sollte ihr kleines Rickele nicht mehr sehen; sie starb ein halbes Jahr nach der Ankunft in Amerika. Matthes, dessen Herz von aufrichtiger Reue erfüllt war, versprach heilig in ihre sterbende Hand, daß er die Kinder alle holen wolle, so bald es ihm möglich sei, und ihnen ein treuer Vater sein.

Es war, als ob die treue Mutter im Himmel um Segen für ihn bitte, so war jetzt ein Gelingen und Gedeihen in Allem, was er that. Er ging tiefer in's Innere von Amerika, wo Arbeiter sehr gesucht und theuer bezahlt sind; er nahm Dienste auf einer Farm, und da er arbeiten konnte für Drei, auch sonst eine geschickte Hand besaß, so hatte er in kurzer Zeit so viel erworben, als er gebraucht hätte, um seine Kinder zu holen. Es war nicht Untreue, wenn er sein Versprechen nun doch nicht gleich erfüllte. Seit dem Tode seines Weibes hatte er sich in dem fremden Welttheil unbeschreiblich allein gefühlt; er empfand ein tiefes, schmerzliches Heimweh nach seinen Kindern und wollte sie nicht nur holen, sondern auch bei sich behalten können. Das konnte er aber am besten, wenn er ein eignes Besitzthum erwarb, und mit unerhörten Anstrengungen hatte er es denn nun so weit gebracht; er war nun gekommen, um sein heiliges Wort zu lösen.

„Und denk nur, Hannesle," erzählte das glückselige Rösle weiter, „jetzt kauft der Vater ein eignes Gut, eine Farm heißt man's und das Haus drin heißt man ein Blockhaus, und da bleiben wir Alle beisammen und haben eigne Gäns und Schweine und Aecker, und ich glaub' auch Gäule."

So kamen die Kinder zusammen in's Dorf zurück; da kam ihnen Matthes entgegen, stattlich wie ein Herr gekleidet, das Rickele auf dem Arm, die sich noch halb fürchtete vor dem Vater, den es gar nicht mehr gekannt; ein Trupp Dorfkinder folgte ihm neugierig in einiger Entfernung, auch die Alten lugten da und dort aus den Fenstern, wo er sich zeigte.

„Guck, Hannesle, das ist der Vater!" rief Rösle, „und das ist der Hannesle, Vater, der so brav gegen uns gewesen ist, und hat dem Rickele so ein schön's Bäumlein gemacht" — „und Aepfel geben und Nüß," fügte das Rickele hinzu; die Mädchen wurden gar nicht fertig mit Aufzählung von Hansle's Verdiensten und der Vater schenkte ihm zum Mitbringet einen schönen neuen Thaler.

Aber Hansle konnte sich nur halb freuen über das Geschenk und über das Glück seiner kleinen Freundinnen; was half ihn der Thaler, wenn er sich jetzt ausdingen und herumschieben lassen mußte, und die Mädchen durften nach Amerika, wohin immer seine höchste Sehnsucht stand; ach warum war sein Vater nicht auch nach Amerika gegangen, vielleicht lebte er dann noch und könnte ihn holen!

Rösle aber verstand wohl die Gedanken ihres Kameraden; „Vater," sagte sie, als sie allein mit diesem war, der sich gar nicht genug freuen konnte über seine Kinder, „Vater, wenn wir gehen, solltest den Hannesle auch mitnehmen; Du glaubst nicht, wie brav der ist, und so geschickt, er kann Alles." Und auf's Neue erzählte sie alles, was Hansle ihr und dem Rickele Liebes und Freundliches erwiesen hatte.

Matthes, dessen Herz so weich und glücklich war, konnte nichts abschlagen; „in Gottes Namen," sagte er, „drei Buben sind noch nicht zu viel auf meine Farm; gibt Arbeit für alle, und deine Mutter selig hat noch auf dem Todtenbett zu mir gesagt: Matthes, hat sie gesagt, wer unsern armen Kindern Lieb's gethan hat, dem vergelt es, wenn Du kannst, und ich hab's ihr versprochen."

An dem Morgen, wo Hansle wußte, daß Matthes mit seinen Mädchen abreisen wollte, saß er traurig und verdrossen in dem Hirtenhäuschen, das er nun bald verlassen mußte. „Soll ich Abschied nehmen von den Mädchen, oder soll ich nicht?" fragte er sich, wenn ich's thu', so muß ich heulen, und heulen ist eine Schand," sagte er für sich; so blieb er, und doch hätt' er sie gern noch gesehen, die Glücklichen, die nach Amerika durften!

„Hannesle!" rief es jetzt wieder, und freudestrahlend wie am Pfingsttag trat Rösle ein, vom Vater neu und sauber gekleidet; „Hannesle, richt' Deine Sachen, der Vater nimmt Dich mit!"

„Ist's wahr? heideldumdei!" rief Hansle glückselig und machte Sätze fast haushoch, vor lauter Freude, „nun vergelt's Gott Dei'm Vater, und ich will ihm was nutz sein, ich will schaffen, ich!"

Hansle's Habseligkeiten waren bald gepackt; die Gemeinde gab Matthes einen kleinen Reisebeitrag für ihn, und fast von jedem Haus im Dorf bekam er noch ein kleines Abschiedsgeschenk, so daß er sich reich wie ein König vorkam und Matthes ihm in Heilbronn noch einen guten Anzug kaufen konnte.

Diesmal trug Matthes gute Sorge, daß seine Kinder sicher in's Schiff kamen. Gott gab ihnen gute Winde und glückliche Fahrt, so daß die ganze kleine Heerde wohlbehalten drüben ankam.

Ob Hannesle Alles so schön und herrlich in Amerika gefunden, wie er sich's vorgestellt, das kann ich in der That nicht sagen; gewiß aber ist, daß es ihm gut drüben ging, daß er ein treuer, guter Freund für Matthes Kinder und zuletzt selbst der Besitzer einer schönen Farm wurde und daß ihm so jenes Tannenbäumchen im Wald gute Früchte getragen hat.

Ob er noch der Fragenhansle ist, weiß ich nicht; ich hörte aber seine liebste Frage sei an seine Frau: „Gelt, Rickele, wir haben's gut?"

Zwei Märchen für die Kleinsten.

I.

Vom Hirschlein mit den Goldhörnern.

Es war einmal eine arme Frau, die wohnte allein draußen am Walde mit ihren Kindern; und sie war so arm, daß sie einmal diesen kein Vesperbrod mehr geben konnte. „Geht hinaus in den Wald," sagte sie zu ihnen, „vielleicht könnt ihr Himbeere finden." Da gingen sie hinaus, das Brüderlein und das Schwesterlein, und suchten lange, und konnten keine Beeren finden; sie waren sehr müde und hungrig und setzten sich, und das Brüderlein fing an zu weinen. Da glänzte es in den Büschen, und sie sahen ein schneeweißes Hirschlein mit einem schönen goldnen Geweih. Das blieb aber nicht weit von ihnen stehen, und das Büblein rief: „oh, ich will's fangen!" Wie es aber dem Hirschlein näher kam, sprang das wieder davon, immer nur ein wenig, so daß ihm die Kinder beide nachsprangen und meinten, sie wollten es fangen. So kamen sie bis an das Ufer von einem breiten Wasser, das sie noch nie im Walde gesehen hatten, an dem Wasser blieb das Hirschlein stehen. „Ich reit' darauf!" rief das Büblein, das muthig war; es setzte sich auf das Hirschlein und hielt sich fest an seinen goldnen Hörnern. Das Hirschlein sprang geschwind in's Wasser und schwamm mitten durch; das Schwesterlein drüben schrie laut auf, das Büblein aber lachte, das Wasser war gar nicht tief und es wurde nur an den Füßen ein wenig naß.

Drüben stand das Hirschlein still, bis das Büblein herunter stieg; dann schwamm es wieder herüber auf die andre Seite, wo das Schwesterlein stand; „komm' auch herüber!" rief das Brüderlein. „Ich sollt's nur thun!" dachte das Mägdlein und setzte sich auf das schöne weiße Thier und hielt sich an den goldnen Hörnern und fürchtete sich gar nicht mitten durch's helle Wasser. Als es drüben war, sprang es herunter und die zwei Kinder sahen einander an und lachten; es war da kein Wald mehr, nur eine schöne grüne Wiese und kam ihnen alles viel schöner und wunderbarer vor als drüben auf dem Ufer, von dem sie herkamen. Das Hirschlein aber sprang voraus und die Kinder sprangen ihm nach, bis sie an ein schönes Schloß kamen von schneeweißem Marmorstein. Vor dem Schloß war ein schöner Wiesengrund, auf dem allerlei Thiere weideten, zu denen ging das Hirschlein. Die Kinder aber stiegen leise und schüchtern die breite, schöne Treppe hinauf; sie sahen da keinen Menschen, sie waren so sehr müde und hungrig, sie hätten nur gern ein Stückchen Brod gehabt.

Oben stand ein Zimmer offen, da gingen sie hinein; es war kein Mensch drinnen, aber in der Mitte stand ein Tischchen und zwei weiche gepolsterte Stühlchen dabei; auf dem Tischchen standen köstliche Speisen, Biskuit und Himbeersaft; die Kinder sahen sich um, ob sie niemand erblickten; es gelüstete sie so sehr nach den guten Sachen, aber sie wollten nichts nehmen ohne Erlaubniß. Endlich sagte das

Büblein: „Hör', Schwesterlein, das ist ja ganz wie für uns hergerichtet," und sie fingen an zu essen und ließen sich's schmecken, bis sie ganz genug hatten. Jetzt waren sie aber so müde, daß sie fast vom Stuhle fielen; sie kamen in ein Nebenzimmer, da standen zwei weiche schöne Bettchen, schneeweiß mit rosenrothen Decken. Die Kinder waren so müd, so müde, daß sie nicht mehr lange fragen konnten; sie zogen sich aus und legten sich in die Bettlein. Ah, wie war das so gut! und wie herrlich schliefen sie die ganze Nacht bis zum lichten Morgen.

Sie wußten gar nicht, wo sie waren, als sie aufwachten; sie wollten sich ankleiden; da lagen aber statt ihrer alten zerrissenen Kleider schöne neue an ihrem Bett, die mußten sie anziehen; sie hatten ja keine andern. Wie sie heraus kamen in die große Stube, so stand da wieder das Tischlein und waren schöne vergoldete Tassen darauf und Chokolade und Kuchen. Die Kinder dachten nun schon, daß es für sie gerüstet sei, und ließen sich's herrlich schmecken.

Sieh', da ging auf einmal die Thür auf und kam eine schöne Frau herein in schwarzen Kleidern; nun erschraken die Kinder doch, daß sie so da saßen und sich's wohl sein ließen. Die Frau grüßte sie aber freundlich und sagte: „bleibt nur, Kinder; mein Hirschlein bringt mir nur gute Kinder und die behalte ich gern in meinem schönen Schloß. Gefällt es euch bei mir?"

„O freilich!" rief Brüderlein und Schwesterlein mit einander.

„Wollt ihr immer bei mir bleiben?" fragte die schöne Frau. „Ihr sollt schlafen in diesen weichen Bettchen und in diesen schönen Zimmern wohnen und unten mit den Thierchen springen und im Garten spielen und immer schöne Kleider haben und gute Sachen essen; wollt Ihr?"

„Ja, ja!" wollten eben die Kinder zusammen rufen, da fiel ihnen ihre gute Mutter daheim ein, die jetzt wohl mit Angst nach ihnen hinaus sehen würde, und das Mägdlein fragte schüchtern: „dürfen wir nicht vorher nach Haus und unsre Mutter fragen?" „Nein," sagte die Frau. „Wer bei mir bleiben will, der muß gleich da bleiben; wenn ihr zu eurer Mutter wollt, so gehet nur fort, da drinnen liegen eure schlechten Kleider, die könnt ihr vorher anziehen und gehen."

Die Kinder sahen sich betrübt an; es war so gar schön da, und daheim ihre Hütte so klein und so arm. Aber sie dachten an die liebe Mutter, wie die so traurig sein werde und so allein, wenn ihre Kinder nicht mehr kommen, und sie sagten miteinander: „wir danken, liebe Frau, unsre Mutter ist so allein und würde so weinen um uns;" und recht betrübt gingen sie hinein, um die schönen Kleider wieder auszuziehen.

Da rief die Frau: „seht euch noch einmal um!" siehe, da ging eine Thür auf und wer kam herein — ihre Mutter; und mit lauter Lachen und Freude sprangen ihr die Kinder entgegen und küßten sie.

Die Frau aber lächelte freundlich und sagte: „Seht, ich wollte nur wissen, ob ihr auch gute Kinder seid; nun erst dürft ihr bei mir bleiben und eure liebe Mutter mit euch."

Da waren die Kinder in lauter heller Freude, und führten die Mutter in das schöne Zimmer, wo sie geschlafen hatten und zeigten ihr alles, wie es so schön war.

Die arme Frau aber sagte: „Liebe Frau Fee oder Frau Königin, für alle Tage ist es da gar zu schön für mich und meine Kinder, und wenn sie alle Tage Kuchen und Chokolade haben, so wird es ihnen nicht mehr schmecken. Ihr Hirschlein hat mich durch den Garten heraufgetragen; da habe ich ein schönes kleines Häuslein gesehen; wenn das leer ist, so lassen Sie uns darin wohnen. Dann wollen wir fleißig arbeiten miteinander in Ihrem schönen Garten, und wenn Sie erlauben, so sollen Sie die Kinder oft besuchen in Ihrem Schloß und sich freuen an den schönen Sachen."

Das war der Fee auch recht; und die Kinder und die Mutter wohnten beisammen im Garten und arbeiteten und lernten und spielten und ritten spazieren auf dem weißen Hirschlein und waren glücklich und vergnügt zusammen ihr Lebenlang.

II.

Das Puppenland.

Die Reise in's Puppenland.

Ihr habt vielleicht schon einmal eine Geschichte von Schneeweißchen und Rosenroth gehört. Die zwei kleinen Mädchen, von denen ich Euch erzählen will, haben auch so geheißen. Das Schneeweißchen war ein sanftes, liebes Kind, etwas bleich, aber freundlich, und trug am liebsten weiße Kleidchen, die sie auch schön rein und zierlich erhielt. Rosenroth war wild und lustig, hatte rothe Wangen und braunes Lockenhaar; sie trug gern rothe, farbige Kleider, sie plagte und neckte auch oft ihr Schneeweißchen und verderbte ihm seine Spielsachen.

Einmal bekamen die Mädchen zu Weihnachten ganz wunderschöne Puppen, die hatten Lockenköpfe und feine Wachsgesichter und konnten die Augen schließen. Rosenroths Puppe hatte ein Kleidchen von rosa Seide; Schneeweißchens war in weißen Flor gekleidet, sie schonte sie gar sorgfältig, legte sie in weiche Bettchen und deckte bei Nacht ihr Gesicht mit feinen Tüchlein zu. Rosenroth aber spielte immerfort mit der ihrigen, ließ sie in allen Ecken liegen und bald war das schöne Gesichtchen zerstoßen und das Kleidchen beschmutzt und zerrissen; Schneeweißchens Puppe, die sie Blanka getauft hatte, war aber noch ganz weiß, schön und rein.

Wie nun Schneeweißchen eines Abends mit der Mutter im Garten war, und ihr die Blumen begießen half mit einer kleinen grünen Gießkanne, spielte das wilde Rosenroth mit andern ausge= lassenen Mädchen hinten im Hofe. „Wo hast Du denn Deine neue Puppe?" fragten die Gespielen. Rosenroth schämte sich, ihre verdor= bene Puppe zu zeigen, so holte sie Schneeweißchens ihre, die wieder ganz niedlich eingebettet lag und die Mädchen bewunderten sie sehr. „Sie muß mit uns Ringe Reihen spielen!" riefen die wilden Dinger, und tanzten mit der Puppe herum, ließen sie ein paarmal fallen, stießen sie an, und bald sah die schöne Blanka so schmutzig und zerstoßen aus wie vorher schon die Rosa im seidnen Kleid ge= worden war.

Rosenroth that es jetzt leid. Sie schämte sich, daß sie der Schwester ihre liebe Puppe so verdorben hatte und fürchtete, die Mutter werde schelten. So schob sie ganz heimlich die verdorbene Blanka wieder in ihr Bettchen und legte sich selbst bald zur Ruh.

Ehe Schneeweißchen schlafen ging, sah sie immer vorher noch nach ihrer lieben Puppe. Aber, o weh, wie erschrak sie, als sie die so schmutzig und zerstoßen in ihrem Bettchen liegen sah! Sie dachte wohl, daß das Rosenroth gethan habe, aber sie wollte nicht Streit anfangen und wollte sie auch nicht bei der Mutter verklagen; so nahm sie denn ihr armes Puppenkind mit sich zu Bette und schlief ein unter bitterlichem Weinen.

Es war mitten in der Nacht, alles war still und schlief. Da war es Schneeweißchen, als ob ihr etwas leis in's Ohr flüstere:

> Schneeweißchen, komm heraus,
> Komm mit mir aus dem Haus!

Sie blickte auf, sie wußte nicht recht, ob sie wach oder im Traum war; aber sieh da, ihre Puppe war aufgestanden, sie stand neben ihrem Bett und winkte ihr mit ihrem kleinen Fingerchen. Schneeweißchen fürchtete sich gar nicht, es war so wunderbar. Schnell schlüpfte sie in ihr Kleidchen und folgte der Puppe, die ihr voraus ging bis auf den Rasenplatz vor dem Hause. Dort sagte sie mit feiner Stimme zu ihr: „Schneeweißchen, an meinem Halse hängt ein Glöcklein, mit dem läute, und sage dazu:

> Glöcklein, Glöcklein kling, kling, kling,
> In das Puppenland uns bring.

Wirklich entdeckte Schneeweißchen ein kleines, ganz feines Glöckchen, das an einem seidnen Bändchen um den Hals der Puppe hing; sie läutete damit und sprach die Worte.

Siehe, da kam durch den sternhellen, mondklaren Himmel in der Luft her ein kleiner, schöner Wagen, von acht weißen Täubchen gezogen; der senkte sich herab auf die Erde, gerade vor Schneeweißchen und die Puppe. „Steig ein!" rief Blanka, und Schneeweißchen setzte sich neben sie; da flogen die Täubchen auf, und rasch davon durch die Luft. Schneeweißchen hielt sich fest an der Puppe und am Wagen; sie fielen aber nicht hinten hinab, wie sie gefürchtet; das schöne Wä=

Zwei Märchen für die Kleinsten.

gelchen blieb hübsch gerade in der Luft. Wie das zugegangen, kann ich nicht sagen, und die Täubchen flogen damit hoch hinauf und weit hinaus, bis sie endlich sachte sich niederließen, wie es schon früher Morgen war und eben die Sonne heraufstieg.

Da lag vor ihnen eine Stadt, die war ringsum mit schneeweißen Mauern umgeben, die waren aber nicht sehr hoch, Schneeweißchen konnte fast darüber wegsehen; sie standen vor einem zierlich ausgeschnitzten Thor, daran klopfte die Puppe Blanka und rief mit ihrem feinen Stimmchen:

"Macht auf, macht auf, macht auf das Thor!
Ich und Schneeweißchen stehn davor."

Als das Thor nicht gleich aufging, klopfte sie noch einmal:

"Macht auf das Thor, ich bitt, ich bitt!
Ich bringe das Schneeweißchen mit."

Immer noch ging das Thor nicht auf, da wurde die Puppe ungeduldig, sie klopfte zum drittenmale und rief:

"Schneeweißchen ist ein liebes Kind,
Macht auf das Thor geschwind, geschwind!"

Da ging denn das Thor auf und stand eine nette Puppe davor in einem weißen Häubchen, blauen Kleid und schwarzen Schürzchen; die hatte einen zierlichen Bund mit vielen kleinen Schlüsselchen an sich hängen. Es war eine große Puppe, aber Schneeweißchen kam sich doch neben ihr wie eine Riesin vor.

„So, Blanka," sagte die Pförtnerin, „Du siehst betrübt aus, hat Dich das Mädchen da so verdorben?"

„Nein, o nein," sagte Blanka, „die hat mich lieb gepflegt und geschont, deshalb habe ich sie mit mir genommen; nun wollen wir ihr nur unsre schöne Stadt zeigen, ehe ich in's Badehaus gehe."
„Aber wo kann sie wohnen, sie ist so groß, fast wie die Königin?" fragte die Pförtnerin. „O, vielleicht bei der Königin selbst, komm nur, Schneeweißchen, Du darfst nun bei uns bleiben."

Die Puppenstadt.

So war also Schneeweißchen inmitten der Puppenstadt. Das war eine so wunderbare Stadt, daß ihr immer noch war als sei sie im Traum; Häuser waren da, große und kleine; niedliche Häuschen mit Zimmern und Küchen, gerade so groß wie Schneeweißchens Puppenstube daheim, und immer größere. Das Schloß der Königin war fast so groß wie ein rechtes ordentliches Bauernhäuschen, aber prächtig und zierlich gebaut mit Säulen und Thoren, und Fenstern von farbigem Glas: noch vier große Paläste, so groß wie das Schloß der Königin, aber nicht so schön gebaut, waren da; das eine war das Badehaus, da werden die armen Puppen hingeschickt, die vor Weihnachten aus allen Gegenden herkommen, ohne Kleider, oder mit zerrissenen Kleidern, mit zerstoßnen Nasen oder gar ohne Kopf; die gehen in's Badehaus. Was da mit ihnen geschieht, das weiß kein Mensch; aber nach einigen Tagen kommen sie wieder hervor frisch, schön und blank, mit neuen Kleidchen und neuen Gesichtern, und die gute Königin sendet sie auf's Neue aus in alle Lande, um die Kinder zu erfreuen weit und breit. Die drei andern großen Gebäude hießen das Marzipanhaus, der Spielpalast und das Kleiderschloß, die bekam Schneeweißchen nachher zu sehen.

Was für prachtvolle Puppen wandelten in den Straßen dieser wundersamen Stadt! Damen, in seidnen und Florgewändern, niedliche Bauernmädchen in rothen und blauen Miedern, und Röckchen mit farbigen Bändern besäumt; weißgekleidete Schäferinnen mit rosenrothen oder himmelblauen Bändern geschmückt, weideten schneeweiße Schafe in grünen Moosgärtchen; dazwischen waren denn auch freilich ganz gewöhnliche Puppen, wie man sie auf dem Weihnachtsmarkt sieht, in Kattunkleidchen, mit steifen Armen und Füßen und etwas einfältigen, glänzenden Gesichtern. Gar schöne Schlösser und Burgen waren in der Puppenstadt, Blumengärten, Kaufläden, Apotheken und Putzmagazine, und die niedlich eingerichteten kleinen und großen Zimmer alle! Die Schlafzimmer, wo die feinen Puppenkinder, groß und klein, unter grün seidnen Decken schliefen! Es war eine Pracht und Fülle von niedlichen Puppensachen, wie Schneeweißchen sie nie geträumt.

Nun wurde Schneeweißchen zu der Königin geführt; das war die größte aller Puppen, noch größer als Schneeweißchen selbst; sie saß auf einem goldnen Thron, hatte ein weißes Atlaskleid an mit goldnen Sternen besät, darüber einen blauen Sammtmantel mit Gold gestickt und unter ihrem goldnen Krönchen einen langen Schleier von

Goldflor. Ihr Gesicht war gar fein und schön, freundlich und holdselig, wie das eines Kindes, von schönen, goldblonden Locken eingefaßt. Sie war sehr freundlich gegen Schneeweißchen, weil ihr Blanka gesagt, daß sie ein gutes Kind sei, das seine Puppen nicht plage und nicht verderbe.

Bei der Königin durfte Schneeweißchen auch wohnen und an einem zierlichen Tischchen speisen. Aus dem Marzipanhaus wurde das Essen für die Königin geholt; dort waren Zimmer voll von köstlichem Konfekt, guten Speisen, süßen saftigen Früchten und feinen Marzipanfiguren. Schneeweißchen war unter lauter Wundern: „sag' mir nur," fragte sie Blanka, „warum leben und reden denn hier die Puppen, bei uns in der Welt draußen da sind sie ja ganz stumm und todt, wie kommt das?"

„Du weißt ja," sagte Blanka, „wie die Kinder draußen oft gar abscheulich mit den Puppen umgehen, die man ihnen zur Freude geschenkt; wie sie sie schlagen, plagen und herum werfen; denke, was da wir armen Puppen zu leiden hätten, wenn wir lebendig wären, und doch möchte unsre gute Königin gern alle Kinderherzen erfreuen. Ehe nun die Puppen hinausgesandt werden zur Weihnachtszeit, werden sie im Badehaus in ein klares Wasserbecken mit Schlummerwasser getaucht; da schlafen sie ein, verlieren Leben und Bewegung und wissen gar nichts mehr von allem, was mit ihnen geschieht; ich allein hatte das Glöcklein um den Hals behalten, an dem ich zur Nachtzeit wieder aufgewacht bin. Die andern Puppen wachen erst wieder auf, wenn sie heimgebracht werden in's Badehaus."

———

Der Abschied.

So schön es nun war im Puppenland, so viel Neues und Wunderfames Schneeweißchen alle Tage zu sehen hatte, und so friedfertig die kleinen und großen Puppen alle zusammen lebten, so verlangte sie's eben doch wieder heim zu ihrer Mama, und zu ihrem Schwesterlein Rosenroth; auch waren ihr die guten süßen Speisen fast entleidet; sie hätte gern auch einmal wieder Suppe und Gemüfe gegessen, und so recht wie lebendige Menschenkinder kamen ihr die schönen Puppen doch nicht vor. Sie sagte es der guten Königin. Die lächelte und sagte: „Freilich darfst Du heim, und Blanka kann Dich begleiten, wenn sie gerne will. Nur soll sie mir zuvor ein Schlummerbad nehmen; ihr kleinen Mädchen plaudert und lärmt schon genug in der Welt draußen, da könnt ihr nicht auch noch lebendige Puppen brauchen.

„Führt mir das Schneeweißchen noch in's Kleiderschloß, in's Marzipanhaus und in den Spielpalast, daß sie für sich und ihr Schwesterlein mitnimmt, was ihr gefällt," befahl sie einer Dienerin und nahm freundlichen Abschied von Schneeweißchen.

Nun fuhr der schöne, kleine Taubenwagen vor und Schneeweißchen sollte sich noch auswählen, was sie hineinpacken wollte. Da that ihr nun die Wahl weh! Von den wunderschönen Puppenkleidchen, Hütchen, Schürzen, Schälchen im Kleiderhaus ließ sie Fräulein Blanka selbst auswählen, was ihr paßte; von der Königin eignen Kleidern bekam sie für sich ein neues schneeweißes Kleidchen, unten mit einer Guirlande von Rosenknospen gestickt, und ein weißes Hütchen mit einem Rosenkranz; für Rosenroth ein Rosakleidchen und ein Strohhütchen mit weißen Rosen. Nun packte sie noch gar schöne Dinge ein aus dem Spielpalast und dem Marzipanhaus, wo die allerschönsten Spielsachen waren, die es nur in der Welt gibt: Legspiele und Bauspiele, Zinnfiguren, niedliche Service, kurz alles, was ein Kinderherz erfreut; doch nahm sie nicht zuviel, daß es nicht unbescheiden war.

Inzwischen hatte Blanka ihr Schlummerbad genommen, man setzte sie zu Schneeweißchen in den Wagen; sie war wieder ganz still und todt, aber funkelnagelneu und lächelte in einem fort ganz freundlich.

Schneeweißchen nahm noch Abschied von all den vielen schönen Puppen, die um den Wagen standen, und fort gings, auf und davon durch die Lüfte.

Die Heimkehr.

Die Mama daheim und Rosenroth waren gar sehr traurig, als früh am Morgen Schneeweißchen fort war, und nicht wieder kam. Rosenroth wußte wohl, daß sie oft neidisch und unfreundlich gegen die liebe Schwester gewesen war, und ihr die schönen Sachen verdorben hatte. „O, wenn doch mein Schneeweißchen wieder da wäre!" seufzte sie oft, „ich wollte ja so gut und freundlich gegen sie sein, und sie gar nicht mehr betrüben."

So saß sie eines Abends mit der Mutter vor dem Hause. Sieh', da kam etwas Wunderliches durch die Luft; es war größer als ein Ball, und war doch auch kein papierner Drache, und kein Vogel! "Sechs Täublein sind's," rief Rosenroth, "da sieh, Mutter, die ziehen einen kleinen Wagen!" Und näher und näher kam das wunderbare Gespann, bis es auf der Erde hielt, und wer sprang heraus? Schneeweißchen! ganz schneeweiß, zierlich und rein! sie grüßte und küßte Mama und Schwesterlein, und sie hatten große Freude aneinander.

Schneeweißchen nahm ihre Blanka und all die schönen und guten Sachen heraus, die noch in dem Wägelein lagen; dann flogen die Täublein auf und davon durch alle Lüfte.

Wie wunderte sich aber die Mutter und Rosenroth, als ihnen Schneeweißchen alles erzählte, was sie gesehen und erlebt hatte, und wie sie vollends auspackte die hübschen Kleider für Rosenroth, all die guten Sachen und das schöne Spielzeug; Rosenroth konnte sich gar nicht genug freuen und danken. Nur eine neue Puppe hatte die Königin dem Schneeweißchen nicht für sie mitgeben wollen. "Deine Schwester soll sie nur ein wenig entbehren," hatte sie gesagt, "und soll lernen ihre Sachen hübsch zu schonen; dann will ich zu Weihnachten ihre Rosa holen lassen, damit sie wieder schön und neu wird."

Rosenroth war so glücklich, daß sie ihr Schwesterlein wieder hatte, und wollte gar nicht mehr neidisch und zänkisch mit ihr sein. So spielten sie in Eintracht zusammen mit der Blanka und den andern schönen Sachen, und Rosenroth ging ganz fein und schonend um mit der schönen Puppe.

Vor Weihnachten verschwand denn auch die Puppe Rosa und kam wieder schön und neu, wie die Puppenkönigin versprochen; Schneeweißchen hätte, gar zu gern von ihr gehört, wie es gehe und stehe im Puppenland; aber sie war stockstill wie Blanka, kein Mensch sah denen an, daß sie einmal lebendig gewesen waren.

Die Schwesterlein legten sie aber zusammen, und meinten doch oft, sie hören sie bei Nacht ganz leise, leise mit einander flüstern; weiß nicht, ob es wahr ist, oder ob sie sich's nur eingebildet haben.

Krieg und Frieden.

Das Leben in Friedenszeiten.

Unweit der schwäbischen Grenze liegt das stattliche Schlößchen Hochheim, das der alte Baron bewohnte. Seine zwei Enkel, Hans und Oskar, hatten da eine so glückliche Jugendheimath, wie sie ein Kind nur wünschen kann.

Der Vater der Knaben war als Offizier im ruffischen Feldzug gefallen; die Mutter hatte mit den Söhnen eine Heimath bei dem Großvater gefunden und man hätte sich für aufwachsende Knaben keinen schönern und fröhlichern Tummelplatz wählen können. Der Großvater war vom Schlage gelähmt und wußte wenig mehr, was um ihn vorging. Sorgsam von der Mutter der Knaben gepflegt, saß er in dem großen Lehnstuhl seiner Stube; wenn die Kleinen hie und da zu ihm kamen, so streichelte er wohl die lockigen Köpfe, konnte aber gleich wieder fragen: „Was sind das für Kinder?"

Den Knaben gefiel es nicht lange bei dem Großvater, und die Mutter ließ ihnen gern Freiheit so viel es nur möglich war.

Lernen mußten sie nun freilich auch; mensa und amo kann nun eben einmal keinem Buben erspart werden, wenn etwas Rechtes aus ihm werden soll. Hans fand das oft recht dumm und sehr unnöthig; er meinte, es wäre viel gescheidter gewesen, wenn die alten Römer deutsch gesprochen hätten und wollte nicht begreifen, wozu denn das Latein dienen solle, das doch kein Mensch mehr spreche; der Arminius habe auch nicht Lateinisch gesprochen, als er die Römer im Teutoburger Walde besiegt. Oskar besann sich nicht, ob es nöthig sei oder nicht; er glaubte es der Mutter und dem Lehrer, daß man etwas Tüchtiges lernen müsse, um etwas Tüchtiges zu werden, und er fand selbst wirkliche Freude an seinen Arbeiten. Als er das erstemal für sich allein eine kleine lateinische Geschichte lesen und verstehen konnte, da kam er sich vor wie ein Seefahrer, der ein neu Stück Land in Besitz genommen. Herr Ladner, der Lehrer und Hofmeister der Knaben, verstand keinen Spaß; auch der wilde Hans, er mochte wollen oder nicht, mußte ordentlich seine Aufgaben vollenden, und wenn er sie garstig hingesudelt hatte, so mußte er noch einmal daran ohne Gnade. Aber wenn sie endlich fertig waren, dann ließ er ihnen auch freien Lauf, und die Knaben hatten so viel und vielerlei, daran sie sich erfreuen konnten, daß sie fast nicht fertig damit wurden, so lang auch das Jahr war.

Der Winter war recht gemüthlich und behaglich auf Schloß Hochheim und es hatte die Knaben noch nie verlangt, im Winter in die Stadt zu ziehen, wie andre adlige Familien der Gegend. Gab es doch in kalten Wintern prachtvolle Schlittenbahnen die Hügel hinab mit ihren Bergschlitten, oder gar wenn man, was freilich selten geschah, die zwei schönen Braunen vor den Schlitten spannte, der mit einem stolzen Tigerfell bedeckt war und mit lustigem Geklingel hinausfuhr zu einem Besuch in der Nachbarschaft. Auch verschmähten

Krieg und Frieden.

die jungen Barone gar nicht, hie und da in's Dorf zu gehen und große Schneeballenschlachten mit den Dorfjungen zu liefern. Die Schaar, welche Hans anführte, blieb meist siegreich; Oskar mußte mit der seinigen flüchten und wurde lange von dem Bruder ausgelacht, weil er einmal behauptet hatte: „Ja Du, recht davonlaufen ist auch eine Kunst!" Auch fror Oskar bald, und war froh an einem Vorwand, wieder nach Hause in's warme Stübchen zu der Mutter schlüpfen zu können.

Es war aber auch gar behaglich in der Mutter Zimmer, wo die Knaben bleiben und spielen durften, so lang sie nicht gar zu viel Lärm und Unordnung machten. Am Fenster auf einem Tritt stand das zierliche Arbeitstischchen, daran die Mutter arbeitete und von dem sie, so oft sie die Augen erhob, weit hinaus in das winterliche Land blicken konnte. In der Ecke stand ein alterthümlicher, schwerer eichener Tisch mit gedrehten Füßen; auf dem hatten die Knaben ihren Spielplatz, prächtige Armeen, mit denen Hans großartige Schlachten lieferte, bei welchen sich Oskar oft sehr ungeschickt anließ und den Schlachtplan verderbte. Oskar baute lieber Tempel und Thürme aus den Bauhölzern oder setzte künstliche Geduldspiele zusammen; manchmal setzten sie sich auch auf den Tritt zu der Mutter Füßen und sie mußte ihnen eine Geschichte erzählen. Da ging es aber dem Hans selten wild genug zu, und Oskar war nicht zufrieden, wenn nicht zuletzt alles gut ging, jeder Prinz ein Königreich oder doch wenigstens ein halbes erhielt und eine schöne Prinzessin dazu. Hans stellte dazwischen die Kämpfe der Drachen mit den Rittern dar, wobei aber Spiegel und Fenster in beständiger Gefahr schwebten; Oskar aber verfertigte schöne Zeichnungen zu den Geschichten, auf denen die holden Prinzessinnen mit etwas langen Nasen davon kamen.

Schöner freilich war der Frühling und Sommer, wo Herr Labner lange, schöne Spaziergänge mit den Knaben machte, merkwürdige Entdeckungsreisen durch Wälder und Felder unternahm, oder wo sie mit der Mutter hie und da Besuche in der Nachbarschaft machten; und dann waren prächtige Tummelplätze in Hof und Garten. Hans machte sich an die Knechte, die ihn auf den Pferden reiten ließen, Oskar gesellte sich zum Gärtner, der ihm half ein eignes kleines Gartenland bauen, in dem er ganz wunderbare Anlagen machte und sich schrecklich abquälte, einen Springbrunnen zu Stande zu bringen.

Kriegsgeschichten.

So schön aber der Garten war, so schlüpften die Knaben doch gar zu gern durch die hintere Gartenthür auf den weichen grünen Rasenplatz, der sich hinter dem Schloß den Abhang hinabzog; da konnte man den Berg hinunter Wettläufe anstellen, oder zwischen den Büschen und Bäumen Versteckens spielen und, was ihnen noch lieber war, auf der steinernen Bank an der Gartenmauer saß der „Schwoleschehrsmarte," wie ihn die Dorfleute nannten; ein alter, ausgedienter Soldat, der in seiner Jugend unter den Chevaux-légers (leichte Reiterei) gedient hatte, und der jetzt mit seinem hölzernen Fuß keine Feldarbeit mehr versehen konnte. Im Winter schnitzelte er Spindeln und Rührlöffel, im Sommer aber sonnte er sich gern

Krieg und Frieden.

vor den Häusern im Dorf oder auf der Gartenbank des Barons; er hatte einen kleinen Invalidengehalt, auch durften ihm die Knaben von den Eltern oft Geschenke bringen, alte Kleider und Tabak, was ihm eine besondere Ehre war, denn sein Pfeifchen dampfte den lieben langen Tag; Sonntags war er der regelmäßige Gast im Schlößchen. Den Knaben war's die größte Freude, zu Martin zu sitzen und sich seine Geschichten erzählen zu lassen; es waren wieder ganz andere Geschichten als die der Mutter, nicht so wunderbar und doch wieder merkwürdiger, lauter selbsterlebte Begebenheiten aus seiner Kriegszeit. „Ich bin selbst dabei gewesen," versicherte der Martin; „damals war's noch ein Ernst, Soldat zu sein, nicht wie jetzt, wo sie nichts können als ein Bischen exerziren und herumflankiren; ich bin in Schlesingen (Schlesien) gewesen und in Rußland, das gilt für drei; meinen Fuß haben sie mir erst in Frankreich abgeschossen."

Am meisten wußte er freilich von Rußland zu erzählen, von dem namenlosen Elend, das dort die Armee durchgemacht. „Ja, Buben, wenn mir damals Einer gesagt hätte, ich werde nach zehn Jahren daheim sitzen im Frieden, und mein Pfeiflein rauchen, dem hätt' ich's auch nicht geglaubt. Damals, als wir auf der Flucht waren von Moskau, da hatt' ich keinen Wunsch mehr auf der Welt, als daheim zu sterben; „nur noch heim," dacht' ich. Ich und ein Kamerad blieben noch beisammen; wir wußten nicht mehr wohin, wußten nicht wo die Kosaken über uns herfallen. Wohin man sah, lag Einer erfroren am Wege, manch guter Mutter Kind, um den sie daheim sich die Augen ausweinten.

„Einmal waren wir ganz ausgehungert, — was wir in selbiger Zeit oft gegessen haben, das mag ich nicht mehr erzählen, graust mir selbst, wenn ich daran denke, — damals aber hatten wir gar nichts mehr, als wir endlich ein russisches Dorf sahen. Sonst waren wir den Dörfern ausgewichen, weil man nicht wußte, wenn man da todtgeschlagen wurde; nun aber hieß es: Noth kennt kein Gebot. Wir brachen ein in das nächste, beste Haus. Merkwürdige Kerle die Russen. Man sagt, sie essen Unschlittlichter. In dem Haus aber, wo wir eindrangen, aßen sie gerade keine; sie lagen alle auf dem Ofen herum und aßen aus einem großen Trog Brei oder Suppe oder was es war. Uns war alles eins, lieber todtgeschlagen werden als hungersterben, 's geht geschwinder! Die Leute waren ganz verdutzt, wie wir da so hereinstürmen, mir nichts, dir nichts zwei von den Burschen ihre Löffel aus der Hand nahmen und anfangen zu essen, als ob wir unser Lebtag noch nichts gegessen hätten. War's die lautere Verwunderung, war's Erbarmen mit uns armen ausgehungerten Kerls, das der Herr ihnen in's Herz gegeben, — genug, die Andern alle hörten auf zu essen und schauten uns nur zu, wie wir hineinschoben; endlich hatten wir genug, oder war der Trog leer, ich weiß nicht mehr; wir packten auf, riefen Großdank und liefen hinaus so geschwind wir konnten. Warten wollten wir gerade nicht, es hätte sie wieder gereuen können. Nicht Viele, die unter die Russen gerathen, sind so gut davon gekommen wie wir. Die russische Suppe muß aber gut gewesen sein, wir hatten wieder auf lange Kraft weiter zu gehen."

„Aber die Schlachten vorher, erzähl' mir von den Schlachten," bat Hans. „Ei, was die Schlachten, das ist mir eins," sagte Oskar, „wie sie da angreifen und schießen; da such ich indeß Gänseblümchen und komme wieder, wenn Du erzählst, wie ihr zuletzt herausgekommen seid."

„Dumm's Büble, die Schlachten sind gerade die Hauptsache," sagte Martin; und er erzählte dem begierig lauschenden Hans von den Belagerungen, Stürmen und Angriffen, und von dem grausigen Anblick des blutigen Schlachtfeldes; von dem allen wollte Oskar nichts wissen, er kam erst wieder, um zu fragen: „Aber seid ihr denn nicht erfroren in Rußland, Du und dein Kamerad?"

„Scheint nicht," sagte lachend der Martin, „sonst könnt' ich einem so naseweisen Büble wie Du bist, nicht mehr davon erzählen. Ja, wie wir weiter herauskamen, da war die Kälte nicht mehr so groß, auch keine Gefahr mehr von den Kosaken; aber unsre Stiefeln zerrißen und unsre Kleider zerlumpten und Geld hatten wir nicht. Mein armer Kamerad bekam ganz rothe, geschwollene Füße, er konnte fast nicht weiter gehen. Als wir einmal an ein kleines trübes, sumpfiges Wasser kamen, sagte mein Kamerad, der Friedrich: „Da bad ich meine Füße darin, sie brennen mich wie Feuer." „Thu's nicht, 's ist Dein Tod," sag' ich. „Und wenn's mein Tod ist, ich thu's," sagt er; „so kann ich ja doch nimmer fortkommen; wenn ich sterb daran, so laß Du mich in Frieden liegen und mach', daß Du weiter kommst: denk', 's sei mir wohl gegangen." Da sitzt der Friedrich, hängt seine Füß in's Wasser und sagt: „Ah, das thut gut." Auf einmal springt er raus und schreit: „Was Kukuks ist das?" Was war's? schwarz voll sind seine Füße, hängen lauter garstige schwarze Dinger dran wie Schnecken oder Würmer; er schüttelte und sprang herum, die Dinger aber hingen fest wie genagelt. Endlich legte er sich ganz matt auf den Boden und sagte: „Laß sie machen, ich glaub, 's sind Blutegel." „Dummer Kerl," sag' ich, „Blutegel holt man ja in der Apothek." Jetzt fallen die Dinger ab und das Blut lauft von seinen Füßen wie Wasser, ich wasch's ihm ab mit meinem Nastuch. Endlich hört es auf zu bluten und der Friedrich sagt: „Gott Lob und Dank, meine Füße thun mir gar nicht mehr weh, und sie sind so leicht, ich könnte fliegen." 's waren richtig Blutegel gewesen, die er hier umsonst bekommen und die ihm seine entzündeten Füße geheilt hatten. Fliegen konnt er nun freilich darum noch nicht, er war gar schwach und müd. „Laß mich liegen," sagt' er wieder, „jetzt ist mir's wohl und ich bin so müd, da laß mich liegen und sterben." „Jetzt erst nicht," sag' ich, „das war Hilfe vom lieben Gott; nun glaub' ich wieder, daß wir heimkommen, und wo Du bleibst, da bleib ich auch." So führt' ich ihn, es ging aber kümmerlich und wir seufzten allebeid: „Wenn wir nur Geld hätten, um ein Wägelein zu nehmen!" Ja Geld! in meinem Beutelein war gar nichts mehr und Friedrich hatte noch weniger."

„Wie kann das sein?" fragte bedächtig Oskar.

„Wie? der Friedrich hatte nicht einmal mehr einen Beutel; das ist doch gewiß noch weniger."

„Das ist das Aergste," sagte mein armer Friedrich, „daß im Gehen immer etwas Hartes an meine Füße bumbelt und mir so weh thut, und meine Hosentasche ist doch leer." „Nun laß sehen," sag' ich, da muß etwas zwischen dem Futter stecken," lang ich hinein und krabble herum in den Hosen. Löcher hatten sie genug; da komm' ich an ein langes, rundes Ding, zieh's heraus, was ist's? eine Rolle Gold, lauter französische Goldstücke! meiner Sechs! „Kerl, wie kommst du zu dem?" frag ich, „so viel hast du dein Lebtag nicht gehabt." Da fällt's dem Friedrich ein, wie er zum Tode müd und erfroren bei der Beresina niedergesunken war, hatten sie neben ihm einen Wagen mit der Kriegskasse geradezu umgeleert. O Kinder, da war das Geld wohlfeil; um viel Gold konnte Mancher sein Leben nicht mehr kaufen! „Schad' um das schöne Geld," hatte der Friedrich gedacht, schon halb im Schlaf und die Rolle eingesteckt. Davon aber hatte er nichts mehr gewußt, als ich ihn schon halb erstarrt an der Beresina gefunden und mit Gewalt mit mir geschleppt hatte, weil er immer so ein getreuer Kamerad zu mir gewesen. Jetzt rettete uns das Geld vom Tod."

„Aber hat es Euch denn gehört?" fragte Oskar.

„Fragenpeter!" schrie etwas ärgerlich der Martin. Wer wollte noch 'rausbringen, wem das Geld gehörte?" Der Bonapartle hat das Geld Scheffelweise aus dem Lande gestohlen; da durften doch zwei ehrliche deutsche Soldaten, die er da hineingeschleppt, ihr Leben erretten, mit dem; was er wegwerfen mußte. Hätt' ich sollen meinen Kameraden liegen lassen und dem Bonapartle nachspringen und ihm das Geld bringen, das er uns vorher gestohlen?" Oskar war zufrieden. „Aber die Mütze haben wir abgenommen," fuhr ernsthaft der Martin fort, „und die Hände zusammengelegt und ein stilles Vaterunser gebetet zum Danke dem lieben Gott, der uns bis dahin durchgeholfen. Und wir haben ein Wägelein bekommen und haben uns stärken können mit Speise und Trank und sind heimgekommen. Dem Herrn sei Dank dafür. O, das wißt ihr nicht, was das heißt heimkommen aus solchem Elend, daheim sein, ausruhen auf dem Bett, das die Mutter geschüttelt, — seht, Buben, seither kann ich mir ein klein wenig denken, was es heißen will, wenn in der Bibel steht: sie sind daheim bei dem Herrn."

„Sind Viele, Viele nicht wieder gekommen," hub Martin wehmüthig wieder an. „Manche Mutter weinte laut, wenn sie uns sah, die zurückkehrten, und sie an ihren Sohn dachte und nicht wußte, wo seine erstarrte Leiche lag.

"Unseres Pfarrers Sohn hatte auch mit müssen nach Rußland, — der Bonaparte hat keinen geschont, — man hielt ihn schon für verloren. Da fuhr der junge Herr eines Tags herein mit Extrapost und Trompetermusik; die hatte er von der nächsten Stadt mitgenommen aus lauter Freude über seine Errettung. Der alte Herr aber, der Pfarrer, hat an dem Lärm keine Freude gehabt: "Kannst du kommen mit Trompeten und Freudenmusik, wo so mancher Mutter das Herz bricht?" fragte er. Mit seinem Sohne, mit uns Heimgekehrten und mit den Eltern und Geschwistern von denen, die nicht wiedergekommen sind, ist der Herr Pfarrer auf den Kirchhof gezogen, wo die nicht schlafen sollten, die doch auch zu uns gehörten. Da haben wir zusammen das Lied gesungen: "Ruhet wohl ihr Todtenbeine, in der stillen Einsamkeit," und der Herr Pfarrer hat ein andächtig Gebet gesprochen für unsre todten Kameraden."

"Da hat man auch für unsern Papa gebetet," sagte Oskar leise, und faltete die Hände. "Der hat nicht all das Elend mit durchgemacht, der ist schon in der Schlacht bei der Moskwa gefallen; war ein schöner, starker Mann," sagte Martin.

"Aber hör', Martin," meinte Oskar, "es ist doch etwas Garstiges um den Krieg; ich versteh's nicht. Warum schießen denn die Leute einander mit Fleiß todt? und was hilft sie's nachher, wenn sie sich Hände und Füße abgeschossen haben, oder gar den Kopf?"

"Ach Fragenpeterle, das kann ich Dir nicht sagen," sagte Martin; "das müssen die großen Herrn mit einander ausmachen."

"Etwas Prächtiges muß es sein um den Krieg!" rief Hans mit

funkelnden Augen, wenn die Trompeten schmettern, die Fahnen flattern und die Trommeln schallen, und wenn man so drauf und drein stürmt! Da muß es erst schön gewesen sein, Martin, in der Schlacht, wo man Dir Deinen Fuß abgeschossen hat?"

„Erstaunlich schön," sagte Martin trocken, „will Euch das ein andermal erzählen."

„Das will ich wieder nicht wissen," sagte Oskar.

„Ja freilich, Du gibst eben einen Federfuchser," sagte Hans geringschätzig.

Dieser Streit wiederholte sich vielfach bei den Brüdern, je mehr Oskar seinen Widerwillen gegen das edle Kriegshandwerk an den Tag legte. „Nicht wahr, Martin, er ist ein Hasenfuß?" fragte Hans als er unter Martins Anleitung eine kleine Kanone losbrannte mit wirklichem Pulver, und Oskar ängstlich die Hand vor die Augen hielt und sich fest an den alten Soldaten klammerte, während Hans herzhaft loskrachen ließ. „Herr Ladner hat gesagt, man könne die Augen einbüßen, wenn Pulver zur Unzeit losgehe," entschuldigte sich der Kleine.

„Laß ihn machen," sagte begütigend Martin, der ihn doch sehr lieb hatte, wenn er auch keinen künftigen Helden in ihm sah. „Es gibt auch oft Solche, bei denen die Courage erst später aufwacht. Sie erzählen, der Wellington, wißt Ihr, der große englische General, der geholfen den Bonaparte 'nausjagen, der sei während der ersten Schlacht, wo er dabei war, unter einen Tisch gelegen und habe geschlafen. Wo's gilt, Buben, das ist das Rechte, nicht gerade blind dreinschlagen, und dann — es müssen auch Leute dableiben, die daheim zum Rechten sehen; was sollten denn die Soldaten essen, wenn sie wieder kommen, wenn niemand indeß das Land gebaut hätte."

„Martin, ich werd' Offizier," war bei Hans der Schluß jeder Unterhaltung.

„Und ich werd' nicht," sagte der Kleine; „ich mag nicht die Leute mit Fleiß todtschießen, und mich selber mag ich auch nicht todtschießen lassen."

Trennung.

Manches Jahr war über Schloß Hochheim hingegangen, seit Hans seine kleine Kanone losgebrannt, und gar vieles war anders geworden. Der alte Herr Baron ruhte im Grabe, sein stilles Leben war stille erloschen; seine alten Diener allein, und seine Schwiegertochter und Pflegerin, die junge Baronin, hatten um ihn getrauert, in der Welt hatte man kaum mehr gewußt, daß er noch lebe. Tiefer war das Leid, als auch die junge Frau bald nachher einer Krankheit erlag und die Söhne, so eben im beginnenden Jünglingsalter ganz allein auf der Welt standen. Der Schwoleschehrsmarte saß gar selten mehr auf der steinernen Gartenbank, es war ihm da oben zu betrübt. Wenn er sich auf der Bank vor seinem Häuschen sonnte, so besuchte ihn wohl hie und da Oskar, der regierende Baron und fragte: „Wie geht's euch, Martin?" „Erträglich, gnädiger Herr," war die Antwort. Sonst wußten sie nicht viel miteinander zu reden; an Kriegsgeschichten hatte Baron Oskar ja nie besondre Freude gehabt, und von der Knabenzeit redete er auch nicht gern; es war da ein wunder Fleck in seinem Herzen, — er war im Unfrieden von seinem Bruder geschieden.

Noch bei gesunden Geisteskräften, gleich nach seines Sohnes

Tode, hatte der alte Baron über sein Gut verfügt. „Da das Gut zu klein ist, um zwei Familien standesgemäß zu ernähren," bestimmte er, „so soll es meinem ältesten Enkelsohne, Hans von Hochheim, zum Eigenthum bleiben, unter der Bedingung, daß er seinen beständigen Wohnsitz auf demselben nimmt; denn ein solcher Besitz kann nur gedeihen und erhalten werden unter den Augen des Herrn. Mein zweiter Enkel, Oskar, wird Kriegsdienste nehmen, wie immer die zweiten Söhne unseres Hauses gethan; sein Bruder hat ihm jährlich eine anständige Summe zu bezahlen, damit er als Offizier standesgemäß leben kann."

Dieses Testament, von dem niemand vorher gewußt, war aufgesetzt worden, ehe man die Eigenthümlichkeit der beiden Knaben erkannt. Hans war in die Kriegsschule gekommen und sollte eben als Offizier eintreten, Oskar studirte allgemeine Wissenschaften und Landwirthschaft, als erst nach dem Tode der Mutter des Großvaters letzter Wille gefunden und eröffnet wurde.

Das gab nun einen langen und bösen Streit. Hans wollte Offizier bleiben und doch das Gut behalten und verlangte, Oskar solle jetzt auch Soldat werden. Oskar wollte das nicht, aber er erklärte sich bereit, das Gut mit dem Bruder zu theilen.

In einem langen theuren Prozesse wurde das Gut dem Baron Oskar zugesprochen, falls Hans nicht Lust hätte, den Soldatendienst aufzugeben. Kein Freund, kein Verwandter war da, der bei den Brüdern zum Frieden gerathen hätte, wohl aber neidische und böse Zungen, die sie noch gegen einander aufreizten. Hans glaubte fest, daß der Bruder nur darum nicht Soldat geworden sei, daß er ihn um das Gut bringe, und er schied von ihm in bittrem Groll und Unfrieden.

Er wollte nicht im Vaterland Offizier werden, wo jetzt überall Friede war. „Ich habe nichts mehr, das mich an die Heimath bindet," sagte er; „ich will hingehen, wo es Ernst ist;" und er nahm Dienste bei Rußland, wo eben der Krieg mit der Türkei ausgebrochen war.

Oskar war nach vollendeten Studien heimgekehrt auf Schloß Hochheim; er hatte eine junge Frau heimgeführt, schön und gut, wie seine Mutter gewesen war; zwei liebliche Mädchen spielten auf dem Rasen, wo einst Hans seine kleine Kanone abgebrannt. Unter seiner umsichtigen Verwaltung war neues Leben und Gedeihen in das Gut gekommen; Aecker, Felder und Wiesen, die zum Besitz des Herrn von Hochheim gehörten, waren die schönsten weit in die Runde, — aber eine rechte Freude war doch nicht im Hause. Baron Oskar war meist düster und schweigsam und kam nicht gern mit seinen Nachbarn zusammen; es drückte ihn schwer, daß er im Unfrieden von seinem Bruder geschieden war, daß seines Vaters Sohn, seiner Mutter Liebling, der fröhliche Gefährte seiner Kindheit nun heimathlos draußen in der Welt irren sollte.

Es war freilich des Hans eigner Wille gewesen, und Oskar glaubte in seinem guten Rechte zu sein, als er den Besitz des Gutes angesprochen. Jetzt aber dachte er oft: „Lieber hätte ich alles aufgegeben und mich nur als den Verwalter meines Bruders angesehen!" Er hatte öfter schon Hans größere und kleinere Summen zugesandt; sie waren immer wieder zurückgekommen mit der Bemerkung: „Der Herr und Erbe von Hochheim läßt sich nicht mit Almosen abspeisen." „Es ist kein Segen in unsrem Thun," seufzte er bei dem kleinsten Mißgeschick, das im Haus, auf dem Felde, oder beim Vieh sich ereignete, und seine Frau litt schwer unter diesem Druck auf ihres Gatten Seele.

Krieg und Frieden.

Es war im Spätherbst des Jahres 1847. Der reiche Obstsegen war eingebracht, eine Fülle prachtvoller Aepfel und Birnen; der Wein aber war sauer und schlecht, auch die Ernte war gering; viel bittre Noth und Armuth, Unzufriedenheit und Unruhe unter den Leuten. Baron von Hochheim that so viel er konnte, um der Noth zu wehren; aber er selbst war wieder schwer bedrückt von den Klagen, denen er nicht helfen konnte, und der alte Seufzer kam wieder: es liegt kein Segen auf unsrem Thun.

Im Schlosse selbst war freilich keine Noth und Sorge, obgleich die Baronin alle Ueppigkeit vermied, um den vielen Armen noch besser helfen zu können. Es war einer der ersten kühlen Spätherbstabende, und draußen brauste ein gewaltiger Sturm; in dem schönen hohen Wohnzimmer aber war es behaglich warm; eine große Hänglampe verbreitete mildes, klares Licht von der Decke: die kleinen Mädchen hatten eine niedliche Puppengesellschaft auf dem Tisch aufgestellt, und der Hampelmann des kleinen Bruders kam hie und da etwas ungeschickt in die feine Puppenvisite; die Baronin strickte ein paar bunte schottische Strümpfe für den Kleinen; der Baron im warmen, bequemen Schlafrock saß im Lehnstuhl und las ihr vor; die schöngemalten Rouleaux waren herabgelassen, während draußen Wind und Regen an die Fenster schlug. „Ah, heute ist's gut daheim sein!" sagte Baron Oskar, indem er sich behaglich in seinem Stuhl dehnte.

Heimkehr.

Da trat Franz ein, ein alter Bedienter, der noch unter dem seligen Baron gedient hatte und winkte seinem Herrn. "Herr Baron, im Wirthshause drunten sei ein kranker Offizier angekommen, der sich noch in der Nacht weiter führen lassen wollte, als er den Namen des Orts hörte; dem Wirth kam er bekannt vor und er ließ den alten Schwoleschehrsmarte holen, daß er den Herrn ansehen soll; der aber schickt einen Buben herauf und läßt Euer Gnaden sagen, daß der fremde Herr kein Andrer sei als Euer Gnaden Herr Bruder; aber 's scheint, er wolle nicht bleiben —." "Schnell meinen Rock, meine Stiefeln, — Adeline, bitte, laß die schönsten Zimmer rüsten, — ich muß sogleich..." rief der Baron und rannte ganz außer Fassung umher. "Aber ich bitte Dich, Lieber, was ist's?" fragte erschrocken die Baronin. "Mein Bruder!" rief Oskar in höchster Bewegung, und der alte Franz theilte der gnädigen Frau alles mit, was er selbst wußte.

Frau Adeline war ruhiger und besonnener als ihr Gemahl. "Ich gehe mit Dir," sagte sie bestimmt; gab rasch die nöthigen Befehle wegen der Zimmer; beruhigte die aufgeregten Kinder, die nicht wußten was vorging, und stand in einen warmen Mantel und Pelz gehüllt schon neben ihrem Gemahl, als dieser in seiner Hast und Bewegung immer noch nicht recht in seine Stiefeln kam. "Wir bringen ihn gewiß, lieber Oskar," sagte sie mit ihrer lieben, sanften Stimme und ging mit ihm hinaus in Nacht und Regen.

Auf dem harten Kanapee der etwas unsaubern Nebenstube der Dorfschenke lag in seinen Mantel gehüllt finster der fremde Offizier.

Die Suppe, welche ihm die Frau Wirthin nach bestem Wissen gekocht, und der Wein, den ihm der Wirth von seinem besten gebracht, standen noch unberührt vor ihm.

„Es ist gewiß nicht möglich, Euer Gnaden, heut noch weiter zu fahren," versicherte ihm auf's Neue der Wirth; „wir wollen morgen mit dem frühesten sehen...." „Schon gut, lassen Sie mich allein," sagte ungeduldig der Fremde und wickelte sich, als der Wirth abtrat, mürrisch finster in seinen Mantel.

Es war wirklich Hans von Hochheim, der nach vielen abenteuerlichen Kriegszügen in das deutsche Vaterland zurückgekehrt war und den ein Zufall, wie wir Menschen sprechen, so nahe seiner alten Heimath gebracht hatte. Nicht hieher hatte er wollen, wenn ihn auch oft in seinem wilden, unsteten Leben ein tiefes Heimweh angewandelt hatte nach seiner friedlichen Jugendheimath; er kam mit dem alten Groll im Herzen und dachte in einer größeren Stadt der Umgegend einen Advokaten zu suchen, mit dessen Hülfe er vielleicht den alten Prozeß mit seinem Bruder wieder aufnehmen könnte; da hatte er auf der letzten Station die Post verfehlt und der Kutscher, den er gedungen, hatte ihn nach langem Irrfahren ohne weiteres hier abgeladen mit der Versicherung, daß er bei dem Unwetter das müde Vieh nicht weiter plagen könne.

„Da soll ich liegen in einer erbärmlichen Schenke, nicht weit von meiner Väter Schloß," knirschte er, und wandte sich unmuthig auf die Seite als die Thür aufging und ein blühender, kräftiger Mann an der Seite einer schönen anmuthigen Frau eintrat.

Er erkannte diesen Mann im Augenblick, so lang es auch war, seit er ihn zuletzt gesehen; er wußte, daß es sein Bruder war, noch ehe dieser ihm die Hand bot und freundlich sagte: „Bruder Hans, wir kommen, um Dich zu grüßen und Dich abzuholen in Deine alte Heimath." „Ich habe keine Heimath mehr," sagte Hans, sich finster abwendend, „der Baron von Hochheim läßt sich nicht als Bettler aus Gnaden aufnehmen."

„So komm in Dein Eigenthum!" bat Oskar innig; „ich habe neben allem Glück keine rechte Freude, keinen Frieden gekannt, so oft ich daran dachte, wie Du fremd und feindlich in der Ferne weilst; o, wenn ich gefehlt, so verzeih mir und komm mit uns, meine Frau bittet mit mir."

Adelinens sanftes, holdseliges Gesicht sah ihn unter Thränen an, auch sie bot ihm die Hand an und sagte liebevoll: „O kommen Sie, bringen Sie uns und unsern Kindern Segen und Frieden wieder!" Wo blieb der Trotz und Ingrimm des feindlichen Bruders, mit dem er sich geschworen hatte: „keine Macht der Erde soll mich da hinauf bringen;" wie Schnee an der Sonne thaute sein verhärtetes Herz auf von den liebevollen Worten, dem innigen Tone der Geschwister, und als Oskar nochmals seine Hand ausstreckte und im alten gemüthlichen Ton der Knabenzeit rief: „Wie, alter Hans, trutz' nicht, gib Deinem Kleinen nach!" Da wurde sein Auge feucht; er schlug ein, er richtete sich auf, er ließ sich von Adelinen sorgsam wie von einer zärtlichen Schwester in seinen Mantel hüllen und verließ am Arme der Geschwister die trübselige Schenke.

Das Zimmer war warm und die Lampe strahlte hell oben in dem teppichbelegten Wohnzimmer, wo der müde Krieger im besten Schlafrock seines Bruders auf den weichen Sopha gebettet war; aber wärmer noch schlugen die Herzen und heller glänzten die Augen der

Geschwister, die sich endlich wieder gefunden. Adeline saß zu Häupten des Sopha's, ihre Hand in der des neuen Bruders; unten saß Oskar und schaute glückselig seinen ‚Alten' an, der sich behaglich dehnte und seit lange keiner so guten Ruhe mehr erfreut hatte, Ruhe von außen und innen.

Alma und Julie, die zwei Töchterlein, trippelten geschäftig hin und her und rüsteten das Theegeräth auf das zierliche Tischchen am Sopha, glücklich, daß sie etwas für den merkwürdigen Onkel thun konnten, der aus dem Kriege kam; der kleine Junge schleppte den schweren Säbel des Onkels. „Na, Bursch, wohin willst du?" fragte der. „In Kjieg," sagte vergnügt der Kleine. „So, so, wie heißt du denn?" „Hans, wie Onkel, der im Kjieg ist!" rief der Kleine, der jetzt entdeckt hatte, daß man den Säbel auch als Reitpferd benützen könne. „Hans," sagte überrascht halblaut der Onkel; „so war ich also nicht ganz vergessen bei Euch?" „Da sieh, Onkel, weißt Du noch, daß Du das bist?" fragte die kleine Julie, und brachte ein Bild, auf dem Hans als Kind gemalt war, damals schon als kleiner Krieger mit Säbel und Patrontasche; das Bild war sorgfältig mit einem Kranze von Epheu und Lorbeer umgeben. „Ihr Gedächtniß ist grün geblieben, lieber Schwager," sagte lächelnd Frau Adeline; „wir hofften immer, daß Sie noch mit Ihren Lorbeern hieher zurückkehren werden, um bei uns zu ruhen." „Ja, meine Lorbeern," sagte der Soldat mit bitterm Lachen, „weiß ich doch kaum, wofür ich sie erworben." „Nun, alter Hans," sagte der glückliche Oskar, „nun sollst Du uns aber auch erzählen von Deinen Thaten, und wo in aller Welt Du gewesen bist; ich habe ja in den letzten Jahren gar nichts

mehr von Dir erfahren können." „Ja, das gibt eine lange Ge=
schichte," sagte Hans; „das geht nicht so auf einmal. Wo ich war?
Ueberall, wo es Krieg gab; in Rußland, in Polen, in Spanien, in
der Schweiz, wo der Krieg aber nicht der Rede werth war; bei den
Tscherkessen; es duldete mich nirgends, wo es Ruhe war und Friede;
den Oberstenrang habe ich mir im Tscherkessenkrieg geholt." „Ja,
Onkel, man sieht Dir's recht an, daß Du im Krieg gewesen bist,"
sagte Alma ernsthaft; und es war wahr. Onkel Hans hatte einen
steifen Arm, ein ausgeschossenes Auge und auf den Füßen schien
er auch nicht mehr recht rüstig zu sein. „Ich habe genug für eine
Weile," sagte er mit einem tiefen Seufzer. „Nun ruhst Du aus bei
uns," sagte Oskar wieder seelenvergnügt, und reichte ihm die Hand
über den Tisch.

Es bedurfte keines langen Zuredens mehr. Ueber die Seele des
Kriegers kam hier, nach langem, rastlosem Herumtreiben ein Gefühl
von Frieden und Behagen, wie er es vielleicht nie in seinem Leben
gekannt. Später führte ihn der Bruder hinauf in die schönen bequemen
Zimmer, die die freundliche Adeline für ihn bereitet hatte. Da stand
das schneeweiß gedeckte Bett und eine schön gestickte Decke davor; ein
gutes Ruhebett zur Seite, auf dem er bei Tag seine müden Glieder
ausstrecken konnte; allerlei freundliche Kleinigkeiten zum Schmuck des
Zimmers, die die kleinen Mädchen herbeigetragen hatten; alles zu=
sammen that ihm unendlich wohl; er gab dem Bruder herzlich die
Hand und sagte aus tiefster Seele: „Gottlob, ich bin daheim."

Neue Thaten.

Kein Prinz und kein König in ganz Europa kann besser verpflegt werden, als Onkel Hans es war in seines Bruders Hause. Die Dienerschaft hatte gelernt, die Befehle des „Herrn Oberst" vor allem zu respektiren; die Kinder waren glücklich und vergnügt, wenn sie dem Onkel einen kleinen Dienst thun konnten; Julie trug ihm seine Pfeife nach; Alma, die schon recht hübsch lesen konnte, las ihm schöne Geschichten vor; Frau Adeline aber pflegte und hätschelte ihn und kochte ihm Leibgerichte, als wäre er ein Kind und kein schlachtgewohnter Soldat.

An manch traulichem Abend erzählte er seine Kriegserlebnisse von den Sensenmännern in Polen, von dem wilden Bergvolk der Tscherkessen, von den Kämpfen, die das schöne Spanien verheert. Die Kinder merkten wohl auf; aber den Mädchen ging's wie früher dem Oskar, sie konnten nicht begreifen, warum man denn solche Kriege führe, warum die Leute sich todtschießen und todtstechen und warum sie sollten nachher besser daran sein, wenn ihre Männer erschlagen seien und ihre Felder zerstört; der kleine Hans der wollte freilich fortwährend in „Krieg", aber der verstand von allem nicht viel. Den besten Zuhörer fand der Onkel am Schwoleschehrsmarte; der war glückselig, wenn der Herr Oberst manchmal in seinem Häuschen einkehrte, das er jetzt nicht mehr verlassen konnte, und ihm erzählte. „Ja, ja," sagte er oft lachend, „der Hans hat damals nicht umsonst so herzhaft die Kanone abgebrannt; Respekt aber auch vor unsrem jungen gnädigen Herrn, ein rechtschaffner Herr und gut gegen die Armen; er ist auch recht am Platz da, wo er ist."

Krieg und Frieden.

Eh noch der Frühling des Jahres 1848 kam, ehe Baron Hans sich hatte besinnen können, was er denn mit seiner wiedergestärkten Kraft beginnen wolle, ging's mit einemmale stürmisch her in der Welt. Die Franzosen hatten ihren König fortgejagt und fast zugleich ging an allen Enden und Orten ein Sturm los. Die erste Furcht war, daß das ungestüme Franzosenvolk, nicht zufrieden mit der Unruhe in seinen eigenen Grenzen, noch einbrechen wolle in die Nachbargegenden. Auf einmal, kein Mensch wußte woher, erscholl an mehr als dreißig Orten zugleich der Ruf: Vierzigtausend Mann französisches Gesindel ist über den Rhein gebrochen, sengt, plündert und metzelt; rette sich wer kann!" Das war ein Schrecken allenthalben; von allen Orten kamen Flüchtige, Weiber, Kinder. Manche behaupteten, sie haben schon brennen sehen; wer noch etwas zu verlieren hatte, versteckte und verscharrte es; der Schmied im Dorfe drunten bei Hochheim vergrub sogar seinen Ambos, die dicke Wirthin ihr getrocknetes Obst. Die kampffähige Mannschaft sollte gesammelt und gerüstet werden, um dem Feind entgegen zu ziehen. Da wachte in Onkel Hans der Soldat wieder auf, und er erbot sich, mit der Mannschaft, die im Dorf aufgeboten werden konnte, dem Feind entgegen zu ziehen. So ernst die

Sache schien, so mußte er doch lachen, als er die Waffen übersah, die auf den Platz geschafft wurden. Ein paar alte Büchsen, eine Vogelflinte, ein krummer Husarensäbel, zwei Hirschfänger, das war alles. Die Schmiede aber schmiedeten Sensen die ganze Nacht hindurch. „Das ist eine furchtbare Waffe in der rechten Hand," versicherte Baron Hans und die Leute sahen mit maßloser Bewunderung, wie geschickt er alles angriff und die ungeübte Schaar der Kampflustigen ordnete. Der Schwoleschehrsmarte half als Unteroffizier, obgleich er mit seinem hölzernen Fuß leider nicht mitziehen konnte. Baron Oskar wollte auch mit; aber auf die Bitten seines Bruders und seiner Frau entschloß er sich, zum Schutz der Frauen und Kinder im Schloß zu bleiben. Das Schloß war eine wahre Kinderbewahranstalt worden; jedermann schickte seine Kleinen herauf, weil sie da doch geschützter waren; man breitete im großen Salon alle entbehrliche Betten auf den Boden; da schlief das kleine Volk durcheinander, nachdem sie lange nach ihren Müttern geschrieen hatten und mit süßer Milch beschwichtigt worden waren.

Sonst schlief niemand im Dorf und im Schloß in dieser Nacht; einige Weiber vergruben ihre kleinen Schätze; andre kochten gar große Kessel voll Knödel, weil sie dachten, wenn die furchtbaren Franzosen nur genug zu essen fänden, so würden sie nicht gar zu schrecklich sein. Der kleine Hans im Schloß wollte gar nicht in's Bett; er wollte durchaus auch in Krieg mit dem Onkel und „kleine Französlein todtstechen." Die Mädchen waren auch sehr aufgeregt über all das Neue und Ungewohnte; endlich ließen sie sich doch bewegen zu Bette zu gehen, nachdem sie zu ihrem Nachtgebet noch das Gebetlein gesprochen, das die Mutter den kleinen Hans gelehrt hatte.

Du lieber Vater im Himmel mein,
Laß ja den bösen Krieg nicht herein;
Gib, daß der liebe Frieden
Uns immer sei beschieden.

Früh vor Tag zog Oberst von Hochheim ab mit seiner Schaar in ihrer abenteuerlichen Bewaffnung; er sah sie wehmüthig an, diese frischen, kampfbereiten Bursche, von denen keiner hatte zurückbleiben wollen. Er wußte wohl, wenn es Ernst würde, wenn sie mit geübten Soldaten oder mit großer Uebermacht zusammenträfen, daß er dann wohl nicht Einen zurückbringen werde. „Und wenn ich selbst bleibe?" fragte er sich. „Nun, ein rechter Offizier fällt freilich nicht gern im Kampf gegen Raubgesindel, aber es ist ja dann für meine alte Heimath, nachdem ich so lang und so oft gekämpft nur für Fremde; so sei's denn drum in Gottes Namen, ich weiß kaum, warum ich bisher gelebt und gekämpft; so weiß ich dann doch, warum ich sterbe."

Schloß Hochheim war nach der Anweisung des Obersten verbarrikadirt worden; unten am Fensterlein stand der Schwoleschehrsmarte mit einem Gewehr bewaffnet. „Wenn man meinen Stelzfuß nicht sieht, so seh ich noch ingrimmig genug aus," versicherte er, indem er seinen Schnurrbart strich; „und französisch hab' ich auch gelernt in meinen Feldzügen, das ist die Hauptsache: Couchez vous, filous, retirez vous, il y a noch zehntausend Bataillons comme moi; ihr werdet sehen, wie sie laufen!"

Vom frühen Morgen an stand Baron Oskar mit dem besten Fernrohr auf dem obersten Boden des Hauses; es war ihm bang vor dem Anblick der brennenden Dörfer, des wilden Kampfgetümmels;

er hatte seine Waffen unten bereit gelegt, aber er war nicht sehr gewandt in ihrer Führung; zum erstenmal bereute er, daß er nicht mehr Zeit verwandt auf das Waffenhandwerk. Frau Adeline hielt unten Betten und Binden bereit, wenn man Verwundete bringe, und Oskar dachte mit tiefer Trauer, wie schmerzlich es wäre, den kaumgefundnen Bruder wieder zu verlieren. Die heraufgeflüchtete Kinderschaar hatte aber bereits der Franzosenangst vergessen und tummelte sich glückselig in dem Schloßgarten, obgleich noch gar kein Frühlingswetter war.

Aber es blieb merkwürdig still und ruhig draußen; kein Rauch stieg auf als friedlicher Hüttenrauch; kein Schuß wurde gehört; die Weiber im Dorf, die nicht ihre Franzosenknödel selbst essen mußten, kochten allmälig zu Mittag, die Kinder durften im Schloß zu Gast essen.

Nachmittags um drei Uhr endlich erscholl das Geschrei: „Jetzt kommt er, der Franzos kommt!" es ging an ein Rennen und Laufen und Verstecken. „'s ist nichts," rief der Gänsefritz, der vorn am Dorfe Wache stand, „'s ist nichts, sie sind's selber."

Ja, sie waren's; etwas langsam, matt und müde; aber glied= ganz und unversehrt sammt Büchsen, Dreschflegeln und Sensen, unter der Anführung ihres Obersten zogen die tapfern Landeskinder wieder ein. „Was ist's? wo ist der Franzos? habt ihr nicht gefochten?" frug alles in höchster Begier, sogar die Kinder rannten vom Schlosse herunter. „Nichts ist's," versicherte der Schultheiß, der auch mit gezogen war, während Baron Hans in aller Stille dem Schlosse zu= ging. „Wo wir hinkamen, hieß es allenthalben, ja freilich, der Fran= zose kömmt, und doch wußte niemand, wo er war, immer weniger, je weiter wir kamen. Da schickte der Herr Oberst endlich nach allen

Seiten reitende Boten aus, die kamen alle zurück: es sei überall ruhig, größter Friede. So sind wir denn umgekehrt."

Da mußten denn die Weiber noch einmal kochen, und sie thaten's gern, zumal da in jedes Haus ein Krüglein guter Wein aus dem Schloßkeller geholt werden durfte.

Oben legte Baron Hans seinen Tschako, seinen Degen und seine Feldbinde schweigend auf den Tisch und sprach mit bitterem Lächeln: „Ist's ein Spott des Schicksals, daß mein letzter Feldzug gegen nichts war? eine reine Lächerlichkeit!" Adeline legte sanft ihre Hand auf seinen Arm und sagte freundlich: „Lassen Sie sich das nicht reuen; Sie haben es in gutem Ernste gemeint und sind uns wie ein Engel in der Noth erschienen. Sollen wir hadern mit dem lieben Gott, daß er Kampf und Blut von uns gewendet? Es kommen gewiß noch Zeiten, wo das Vaterland rechte Männer und rechte Arme braucht!"

„Ja wollte Gott, ich dürfte diesen schartigen Degen noch für mein Vaterland ziehen! ich bin es müde, nur zu kämpfen um des Krieges willen; es ist das ein wüstes Thun!" sagte der Oberst wieder beruhigter.

Ja, es kamen noch allerlei Zeiten; Zeiten, wo nicht die Franzosen zu fürchten waren, sondern die eignen Landeskinder; wo nicht nur die Bedrückten riefen nach ihrem guten Recht, nein, wo auch die Schlechten und Arbeitsscheuen dachten, wohlfeil zu Gut und Genuß zu kommen, wenn sie einfach theilten mit den Reichen.

Auch auf Schloß Hochheim stürmte ein Haufen unzufriedner Freischärler; der Oberst aber und der alte Stelzfuß vertheidigten allein mit ein paar guten Flinten, mit denen sie aus dem Fenster schossen,

so ritterlich das Schloß, daß die Bursche unverrichteter Sache ab=
zogen, in der Meinung, da droben sei ein ganzes Regiment Sol=
daten, was man hauptsächlich der Uniform des Obersten zu danken
hatte und dem ganz furchtbaren Geschrei des Martins, der brüllen
konnte wie zwanzig.

———

Von seinem Anrecht an den Besitz des Schlosses wollte Hans
nichts mehr wissen. „Ich hab's so besser," versicherte er, „ich darf
mir's wohl sein lassen bei Euch und habe keine Sorge um die Ver=
waltung." Er nahm im Vaterland Militärdienste, weil er nicht
unthätig bleiben wollte, brachte aber die meiste Zeit bei seinen Ge=
schwistern auf Hochheim zu, wo ihm immer so von Herzen wohl
war. Da schreibt er seine Erlebnisse auf, und sucht mit namenloser
Mühe die versäumten Studien nachzuholen, die Kenntnisse zu sammeln,
die er so oft schmerzlich vermißt hatte.

Der alte Martin ist zur Ruhe gegangen; er wurde auf Veran=
staltung des Obersten mit Trompetenmusik und Trommelschlag in
allen militärischen Ehren begraben.

Der nun großgewachsene Hans hat noch einen jüngern Bruder
bekommen. Welcher von den Beiden einmal in „Krieg" will, ist noch
nicht bestimmt; inzwischen folgen sie dem Rath des Onkels, der nicht
müde wird, sie zu ermahnen: „Lernt etwas Tüchtiges, Bursche. Euer
erster Krieg sei immerhin eine Römerschlacht; habt ihr einmal die
Sprache der alten Feinde erobert, so macht herzhaft weiter, daß ihr

tauglich werdet zu Krieg und Frieden." Frieden halten unter sich, herzlichen, brüderlichen Frieden, das haben sie von Vater und Mutter gelernt und das Haus blüht und gedeiht dabei.

Der Oberst aber bewahrt noch sorgsam seinen Degen auf, bis er ihn einmal ziehen darf für ein einig deutsches Vaterland.

Emma's Pilgerfahrt.

Daheim.

Kein lieblicheres Fleckchen Erde als das Dörflein Kühlenbronn. Es liegt in einem Waldthale fast versteckt von der Welt; wenig Reisende, keine Eisenbahn und kein Telegraph haben den Weg dahin gefunden. Die Häuser, noch mit Stroh und Schindeln gedeckt, liegen etwas zerstreut; vor jedem ein kleines Gärtchen; etwas struppige Gärtchen, ich muß gestehen; statt mit ordentlichen Zäunen meist mit einer Dornhecke eingefaßt, an der etwas zerrissene Wäsche hängt; ein paar Ringelblumen und rothe Nelken sind der ganze Blumenflor.

Nur eines der Häuschen zeichnete sich früher vor allen andern aus und erschien mit den weißen Mauern, den grünen Fensterläden und Gardinen fast wie eine Feenheimath unter den schlichten Bauernhäusern. Das Gärtchen war mit einer Rosenhecke eingefaßt; es hatte neben den sorgfältig angelegten Gemüseländern zierlich gepflegte Blumenbeete mit einer Fülle und Herrlichkeit von Rosen, Nelken, Levkojen und Astern, wie man sie kaum in einem Waldthale suchen würde. Auch eine kleine Laube war da, und auf der schattigen Bank sah man gar oft und viel die junge Fee dieses lieblichen Besitzthums, Emma, das Töchterlein der verwittweten Frau Schulmeisterin, sitzen;

ein schlankes, blondes Mädchen, deren freundliches Gesichtchen für Alle, die vorübergingen, einen herzlichen Gruß hatte.

„Ein Sträußle, Emma! Jungfer Emma, ein paar Blümlein!" hörte man fast den ganzen Tag von Kindern, die staunend die immer blühende Flora des Gärtchens betrachteten; und Emma hatte für Alle etwas: gemeine Ringelblumen und Pfingstnelken für gedankenlose Kinder, die sie doch bald wieder wegwarfen; feine Sträußchen von Rosen und Immergrün für Bräute oder Konfirmanden, und das Gärtchen war unerschöpflich; es wurde immer reicher vom Geben; die allerschönsten Sträußchen aber trug Emma selbst, wenn sie an der Mutter Seite zur Kirche in's obere Dorf ging.

Die alte Frau Schulmeisterin, wie sie im Dorfe hieß, obwohl sie eben noch nicht so alt war, war aus dem Orte gebürtig, die Tochter des gar alten Schulmeisters. Sie war jung in die Stadt gekommen zu einem Onkel, der Kaufmann war; aber sie hatte ein unüberwindliches Heimweh nach ihrem Heimathdorfe behalten, und als sie einem jungen Lehrer ihre Hand gab, war ihre erste Bitte an ihn, daß er sich um die Lehrerstelle zu Kühlenbronn bewerben möge; der Lehrer willigte ein; er war schmächtig und blaß; seine Braut versicherte ihn, daß er da gesund werden müsse.

Dem war nun freilich nicht so: er blieb kränklich, und nur zehn Jahre lang war der jungen Frau vergönnt, sich ihres Glückes in der alten Heimath zu freuen; ihr Mann wurde immer schwächer trotz der gesunden Waldluft, siechte hin und starb, als Emma acht Jahre alt war. Die Schulmeisterin war nicht arm; ihr Vater schon hatte Wiesen und einen Waldantheil erworben. Sie wußte in der weiten Welt kein Plätzchen, wo sie hätte sein mögen, als Kühlenbronn.

Als sie die Schullehrerwohnung verlassen mußte, erwarb sie das nette Häuschen, das sich früher ein Holzschnitzer erbaut hatte, und nistete sich da ein mit ihrer Emma. Und Emma hatte hier eine glückliche Heimath, eine fröhliche, sonnige Kinderzeit; sie begriff nie, warum der Onkel Kaufmann, der einzige Bruder ihrer Mutter, so großes Mitleid mit ihr hatte und von der Mutter verlangte, sie solle wenig=stens um des armen Kindes willen ihre Güter im Dorfe verkaufen und in eine Stadt ziehen.

Sie war gar kein armes Kind; sie hatte Alles, was ihr Herz wünschte; sie hatte ihr freundliches Häuschen, ihr schönes Blumen=gärtlein; sie hatte ein niedliches Spinnrad und ein zahmes Stärchen und Gespielen genug. Es war ein feines Töchterlein, die kleine Emma; die Dorfkinder behandelten sie fast wie ein Prinzeßlein und waren vergnügt, wenn sie nur mit ihnen spielte. Auch wußte nie=mand so schöne Spiele anzugeben wie sie; sie war nicht zufrieden mit dem einfachen Haschen und Versteckens. Bald zogen die Kinder als Räuberbande durch den Wald, und Emma war eine fremde Gräfin, die gefangen und nachher wieder befreit wurde; bald waren sie eine Zigeunerhorde und machten sich Lager auf der grünen Waldwiese oder versteckte sich Emma in dem Gemäuer einer alten Burgruine, die auf einer benachbarten Anhöhe stand, und schwebte hervor als gespenstisches Burgfräulein und zeigte ihnen Stellen, wo sie nach Schätzen graben mußten. Solche Spiele gingen freilich nur an Sonn= und Feiertagen an; Werktags haben Dorfkinder selten so viel freie Zeit; aber auch an Werktagen setzte sich Emma mit ihrem Strickzeuge zu den größeren Mädchen, die ihre kleinen Geschwister hüten mußten, erzählte ihnen Geschichten und führte die kleinen Schreihälse im Wägelchen. Alle Kinder kannten sie und streckten ihr die Aermchen entgegen, weil sie für alle ein Lächeln und ein freundliches Wort hatte.

Onkel Kaufmann hatte es für Unrecht gehalten, daß seine Schwester im Waldthale blieb, weil die Kleine da ja gar nichts lernen könne; Frau Beate aber meinte, sie soll nur einstweilen Alles recht begreifen, was hier zu lernen sei, dann werde für das andere schon Rath werden. Sie hatte damit so Unrecht nicht, zu lernen gab es einstweilen genug. In der Schule lehrte man allerdings nur Bibelgeschichte, Lesen, Rechnen und Schreiben; aber der Lehrer war gar ein freundlicher, geschickter Mann, der gern das Töchterlein seines Vorgängers mehr als das Gewöhnliche lehrte, da sie mit ihren klugen, hellen Augen eine so gute Zuhörerin war. Frau Beate galt im Dorfe für ein Wunder von Geschicklichkeit; von ihr konnte Emma nicht nur Stricken, Nähen und Spinnen lernen, sie verstand auch gut zu kochen, die besten Krankensüppchen, heilsame Salben und Kräutersäfte zu bereiten und wurde für einen halben Doktor angesehen. Was aber Emma vor Allem von ihr lernte, eine Kunst, die alle Wissenschaft der Welt aufwiegt, das war: ihr kleines Tagewerk anzusehen und zu treiben als einen Gottesdienst, mit herzlicher Freundlichkeit zu jedem Dienste bereit zu sein, den sie auch dem Geringsten erweisen konnte, und mehr an die Freude Anderer als an die eigene zu denken.

Es ist das eine große, schwere Kunst, die mancher in seinem ganzen Leben nicht lernt, für Kinder oft am Schwersten, die so sehr geneigt sind, ihren Wunsch, ihr Vergnügen für die Hauptsache anzusehen; wer sie aber erlernt hat, für den ist sie mehr werth als Gold und Edelsteine, denn sie erwirbt, was sich nicht um Gold kaufen läßt: Gnade bei Gott und den Menschen.

Emma war freilich kein Engel von Natur, bei dem sich die Uebung jeder Tugend von selbst gegeben hätte: sie wäre oft unendlich lieber im Blumengärtchen geblieben, als daß sie Suppe zu einem kranken Weibe getragen hätte; es geschah ihr blutsauer, wenn sie in ein liebes Buch vertieft saß und die Mutter sie zur Arbeit rief; sie hätte viel lieber geweint als gelacht, wenn sie lustig zum Spiel abziehen wollte, und die Mutter rief: „halt, Emma, ich habe der Nachbarin versprochen, daß du ihr das kleine Gretchen hütest, weil sie in die Stadt mußte." Aber was sie noch nicht freudig aus Herzenslust thun konnte, das that sie doch willig aus Gehorsam, und siehe, es ward ihr leichter und leichter; der freundliche Dank derer, denen sie helfen konnte, die stille Zufriedenheit der Mutter wurden ihr viel süßer als eine Stunde eigenen Vergnügens, von der am Ende doch eine leise Reue bleibt, wenn man eine Pflicht darüber versäumt hat.

Was kann ein Kind thun? fragt man oft. Ein Kind kann gar wenig, es ist wahr, es kann wenig helfen, wenig arbeiten, wenig Geld verdienen, es kann die Sorgen der Eltern nicht verstehen und nicht theilen. Und doch hat ein Kind, jung, schwach, unwissend wie es ist, eine königliche Macht: es kann Segen, Frieden, Freude in das Herz und Haus seiner Eltern bringen. Kaum kann ein Menschenherz so verhärtet, kaum eines so traurig sein, in das nicht ein Strahl der Freude fällt über ein wohlgerathenes Kind; und eine Freudenthräne aus der Mutter Auge, ein Dankgebet, das aus des Vaters Herzen steigt für ein gutes, gehorsames Kind, ist eine edle Perle, die noch über das Grab hinaus ihren Glanz bewahrt.

Der neue Zögling.

Eine halbe Stunde vom Dorfe entfernt, auf einer kleinen Anhöhe, wo sich gegen die Stadt zu das Thal etwas erweitert, stand ein hübsches, schloßähnliches Gebäude, in der Gegend das Schlößchen genannt. Es hatte einem alten Geschlechte gehört, von dem nur noch entfernte Abkömmlinge lebten. Die Güter, die zu dem Schlößchen gehörten, waren verpachtet worden bis auf den Garten, welcher daran stieß, — zu dem Gebäude selbst hatte sich kein Abnehmer gefunden, es stand unbewohnt; der Notar aus der Stadt hatte zu sorgen, daß es in baulichem Zustande blieb.

Eines Tages sahen die Leute Thüren und Fenster des Schlößchens geöffnet; der Notar kam mit einigen Handwerksleuten, um ein paar Zimmer wieder in wohnlichen Stand setzen zu lassen.

„Na, was gibt's, Herr Notar?" fragte der Schultheiß von Kühlenbronn, der vorbeiging; „wollen Sie das Schlößchen verkaufen, oder bekommen wir wieder eine Herrschaft hieher?"

„Nicht gerade," sagte der Notar, „nur ein junger Herr, der Baron Arthur von Stein, eigentlich der künftige Erbe des Schlößleins und all der schönen Güter, die die Herrschaft noch im Auslande hat, soll mit seinem Hofmeister hieher kommen."

„Wie alt ist denn der junge Herr?"

„O ein Jahr zwölf oder vierzehn."

„Kommt mir aber sonderbar vor, was soll denn der hier? Solche Buben, mit Respekt zu sagen, denn ein Bub' ist er doch noch, schickt man ja sonst in ein Gymnasium oder so wohin."

„Ach, ich glaube, es hat mit dem jungen Herrn seine eigene Bewandtniß," sagte der Notar; „es muß da nicht recht richtig sein," indem er mit dem Finger an die Stirn zeigte, „der Herr Baron, sein Onkel, schreibt mir, er werde schwerlich je im Stande sein, die Verwaltung seiner Güter zu übernehmen, — man wolle jetzt sehen, was Stille und Landluft für eine Wirkung auf ihn haben."

„So, Stille und Landluft," sagte der Bauernschultheiß, der ein gescheidter Mann war, im Weitergehen, „und wenn der junge Herr nicht ganz recht im Kopf wird, so erbt der Onkel und seine Kinder Alles, ja, — ja!" und für sich hinbrummelnd ging er langsam weiter.

Große Anstalten waren nicht zum Empfange des Erben getroffen worden; zwei Zimmer für ihn und den Hofmeister waren gelüftet und hergestellt, im Garten ein paar Gänge vom Gras gereinigt; Pferde brachten sie scheint's nicht mit.

Nach wenigen Wochen schon hielten sie in aller Stille ihren Einzug. Es war zuerst eine große Wichtigkeit für die Dorfbewohner, das lang unbewohnte Schlößchen wieder geöffnet zu sehen; aber man gewöhnte sich bald daran, da in der That wenig von den neuen Bewohnern zu sagen war.

Ein Bedienter war mit dem Hofmeister und dem jungen Baron gekommen; ein Mädchen vom Dorfe besorgte die Hausarbeiten, der Hofmeister, ein junger Mann, studirte viel für sich und machte Ausflüge in der Gegend, seinen Zögling überließ er meist sich selbst.

Bald sagte man im ganzen Dorfe davon, daß der vornehme junge Herr nicht seinen rechten Verstand habe. Arthur sah zwar gesund, rothwangig und stark aus, aber sein ausdrucksloser Blick, sein immer gleiches Lächeln zeigten, daß es ihm an geistigem Leben fehle; auch war er nicht lustig und lebendig wie andere Kinder; er konnte oft stundenlang dasitzen und gedankenlos mit einem Pferdchen oder sonst etwas spielen, das für viel jüngere Kinder war. Eigensinnig war er nicht, wie Blödsinnige sonst oft sind; er sah jedermann freundlich an; wenn sie Leuten begegneten und der Hofmeister leise zu ihm sagte: „Arthur, zieh’,“ so zog er höflich sein Sammtkäppchen ab.

Kühlenbronn hatte keine eigene Kirche, der Pfarrer wohnte im oberen Dorfe.

„Sie haben eine schwere Aufgabe,“ sagte dieser, als der Hofmeister mit dem jungen Baron einen Besuch bei ihm machte.

„Nicht eben schwer, mehr langweilig,“ sagte dieser; „mit Unterricht ist bei dem Knaben rein gar nichts zu machen, meine Geschäfte könnte jeder Kammerdiener versehen; es ist nur der Form wegen, daß ihm bis zu seiner Volljährigkeit ein Hofmeister gehalten wird, damit den Baron, seinen Vormund, kein Vorwurf trifft, als sei etwas an ihm vernachläßigt worden.“

„War er von Kindheit auf so?“

„Ich glaube; er soll als kleines Kind schwer an Gichtern gelitten haben. Seine Eltern natürlich wollten nicht glauben, daß ihr einziger Sohn, der Erbe ihrer Güter, blödsinnig sein soll, auch nach ihrem frühen Tode hoffte man lange noch, es sei langsame Entwicklung; später kam er in eine berühmte Heilanstalt für Blödsinnige, aber es hatte keinen Erfolg, als daß er ein Bischen äußere Manieren annahm. Es zeigt sich keine Fassungskraft, auch keine Aeußerung des Seelenlebens bei ihm, kein Weinen, kein herzliches Lachen, nur das blöde Lächeln, das immer auf seinem Gesichte steht. Ein Glück ist nur, daß er gutartig ist und nicht abschreckend in seinem Aeußern; — ich schicke mich, so gut ich kann und behalte viel Zeit zu meinen Studien."

In der That, das Aeußere des Knaben war eher einnehmend als abstoßend, und es war herzbeweglich, dieß schöne junge Gesicht zu sehen, das ausgeschlossen war von Leid und Liebe und Freude des Menschenlebens, nur empfänglich für Eindrücke, die auch ein Thier fühlt.

Die Kinder des Dorfes empfanden das nicht. Anfangs betrachteten sie den feingekleideten Knaben mit gewissem Respekt oder mit Scheu; als er aber häufig ohne den Hofmeister herumging, als er bei ihren Spielen oder Geschäften stehen blieb mit seinem blöden Lächeln: da fingen sie an, ihr Gespött mit ihm zu treiben, wie sich leider gerade bei Kindern oft eine unbegreifliche Rohheit gegen Geistesschwache findet. „Der Adur kommt, der Adur!" war immer ein Zeichen zu Unfug und Muthwillen; „Adur zieh!" schrieen sie ihm zu, und der arme Knabe zog gutwillig sein Sammtmützchen. Wenn dann zur Linken, zur Rechten, vor ihm, hinter ihm, der Ruf erscholl, von unbändigem Gelächter begleitet, so daß er nicht wußte, wohin sich wenden, dann brach er am Ende wohl in heftige Wuth aus und rannte auf die Neckenden los; diese Jagd aber war eben der Hauptspaß: mit lautem Geschrei sprangen die Jungen davon, versteckten sich in Ställe, auf Heuböden und schrieen wieder zu allen Lücken heraus: „Adur zieh!" Kam nun einmal der Hofmeister oder der Bediente vom Schloß zu solchem Unfug, so setzte es wohl ein paar Ohrfeigen für die, die man erwischen konnte; auch wurden in der Schule große Strafen auf Wiederholung dieser Unarten angesetzt, im

Ganzen aber nahm sich doch niemand ernstlich des armen Jungen an, und der rohe Spaß begann immer wieder von Neuem.

Emma hatte großes Mitleid mit dem armen Arthur, obgleich sie eine gewisse Scheu vor ihm fühlte. Oft bat sie die Dorfkinder, ihn in Ruhe zu lassen, und sie mochte gar nicht mehr so gern mit ihnen spielen, weil sie ihr das nicht zu liebe thaten.

Sie war auch nicht mehr so spiellustig wie früher; der Onkel Kaufmann, der oft lange nicht an seine Schwester und Nichte dachte, hatte sie ganz unerwartet mit einer Sendung schöner Bücher erfreut, und sie hatte ein köstliches Leseplätzchen entdeckt, wo sie von nun an am liebsten ihre Freistunden zubrachte. Dieß Lesekabinet war ein Rasenplätzchen am Bachufer unter einer schattigen Erle; da wehten so sanfte Lüftchen, das Bächlein murmelte, die Bienen und Käfer summten um sie herum, das Ufergebüsch rauschte leise, — für einen Traurigen und Müden wäre es ein liebliches Schlummerplätzchen gewesen; aber Emma war nicht traurig und nicht müde. In den Büchern, die ihr der Onkel ohne sonderliche Auswahl geschickt, Märchen, Gedichte, Geschichte und Geschichten, gingen ihr neue Welten auf: ferne Zeiten, fremde Lande, allerlei bunt wechselnde Lebensgeschicke, — das alles lebte sie durch auf dem grünen Rasenstückchen am Erlenbache.

Eben saß sie recht vertieft in ein schönes Buch, das dazu noch hübsche, farbige Bilder hatte, als sie hinter sich im Gebüsche rauschen hörte. Sie drehte den Kopf und fuhr ein klein wenig zusammen, als der blöde Arthur vom Schloß hinter ihr stand; sie hatte immer eine leise Scheu vor ihm empfunden, und gerade jetzt war's ihr ganz und gar ungeschickt, unterbrochen zu werden. Aber sie hatte doch auch tiefes Mitleid mit dem elternlosen Kinde, so arm in all seinem Reichthum, und wie er so schüchtern stehen blieb und zu ihr hinüber sah, fiel ihr ein Wort ihrer Mutter ein: „versäum' nie eine Liebe, die Du einem andern erweisen kannst; keine Arbeit und kein Vergnügen freut dich nachher so, als eine Liebe und Freundlichkeit, mit der Du ein Herz erfreut hast."

So sah sie denn vom Buch auf, obgleich die Geschichte darin eben wunderschön war, und winkte ihm herzukommen; langsam, fast ängstlich näherte sich der verschüchterte Knabe, Emma zeigte ihm ein schön gemaltes Bild in ihrem Buch und lockte ihm wieder; er setzte sich endlich neben sie, betrachtete mit einer Art von Wohlgefallen die farbigen Bilder, obwohl er nicht viel davon zu verstehen schien; ohne daß er es deutlich fühlte, that ihm die Nähe eines freundlichen, liebevollen Wesen wohl, er fühlte diese Freundlichkeit wie ein krankes Vögelein die Sonne, mit unbewußtem Behagen. Seit seiner Mutter Tod hatte er keine Liebe mehr erfahren; man war ihm nicht hart begegnet, man hatte versucht, ihn zu unterrichten, aber recht lieb gehabt hatte ihn niemand mehr.

Emma hatte bald ihre anfängliche Scheu überwunden im Mitleid mit dem armen Knaben; seine Unwissenheit, als sie versuchte ihm das Buch zu zeigen, war ihr fast spaßhaft; er sprach langsam und deutlich, wie man ihn in der Heilanstalt gelehrt hatte, aber er behielt durchaus die Namen der Gegenstände nicht; „das ist ein Baum und das ist ein Haus," erklärte ihm Emma, aber er verwechselte es zehnmal wieder und deutete auf das verkehrte: „das Haus, das Baum." Emma aber wurde nicht ungeduldig, sie führte ihn vor einen wirklichen Baum, ließ ihn anfühlen, schüttelte ihn endlich, und da es ein Bäumchen mit Holzbirnen war, prasselten ihm einige auf den Rücken; das begriff er nun mit kindischem Lachen, wie man es selten von ihm gehört hatte, und von da an sagte er, so oft er einen Baum sah, mit Lachen: „das Baum, das Rücken klopft."

Arthur wäre wohl lange noch bei Emma geblieben, wenn ihn nicht der Diener vom Schlosse zum Abendessen gesucht hätte; er schien sich ungern von seiner neuen Gefährtin zu trennen und wandte den Kopf ein paarmal nach ihr um. Das wunderte den Diener, man hatte noch nie bemerkt, daß Arthur an jemand Anhänglichkeit gezeigt hatte, seit man ihn vor sieben Jahren gewaltsam von dem Sarge seiner Mutter losgerissen, — doch der Bediente hatte sich nie viel darum bekümmert, was der junge Baron trieb; in der Stadt war es ihm und seinen Genossen ein geheimer Triumph gewesen, daß vornehmer Leute Kinder auch so dumm sein könnten; hier war er verdrießlich, daß er, ein so gebildeter Mensch, der sich Jean le Cocq nannte, obgleich er eigentlich Johannes Gokeler hieß, sich allein unter den ungebildeten Dorfleuten herumtreiben solle; der junge Baron hatte seines Erachtens nichts nöthig, als daß man ihn gut kleidete und gut fütterte bis zu seinem Tode.

Am nächsten Tage hatte Emma ein hübsches ABC-Buch mit Bildern mitgebracht, das sie von ihrer Kindheit her noch sorgfältig verwahrte; sie hatte richtig vermuthet, daß ihr großer Schüler sich auch heute wieder einfinden werde, und wirklich, er kam fast zur gleichen Stunde wie gestern; zuerst wieder etwas schüchtern, bald aber wurde er zutraulicher und zeigte ihr einen Baum mit sichtlichem Vergnügen „das Baum." Emma nickte ihm freundlich zu, sie zeigte ihm ein neues Bild und wiederholte ihm seine Benennung, bis er sie selbst wußte; sie zeichnete ihm das Bildchen auf ein Blatt Papier vor, so gut sie es konnte, und war verwundert, daß er es hübsch nachzeichnen konnte: eine Geschicklichkeit, die sich manchmal bei schwach= sinnigen Kindern findet.

So bildete sich das Zusammentreffen der Kinder allmählig zu einer Lehrstunde, die bald Emma kein Opfer mehr kostete; die rüh= rende Anhänglichkeit des einsamen Knaben mußte ihr wohl thun, und es war eine wunderbare Freude, wenn sie fühlte, daß es ihr gelungen war, ein Lichtfünklein in dieser verschlossenen Seele zu wecken.

Emma hatte natürlich der Mutter von ihrem neuen Zögling erzählt; die Schulmeisterin belauschte einigemal die Kinder; es war gar nett, wie Emma so geduldig und freundlich war und mit wie viel Vertrauen und Liebe der arme Knabe zu seiner jungen Lehr- meisterin aufsah.

Die gute Frau hatte immer tiefes Bedauern mit dem Kinde gefühlt und sie machte sich in der Stille oft ihre Gedanken darüber, daß man bei einem so reichen, vornehmen Kinde nicht mehr versuche, seinen Geist aufzuwecken; sein Gesicht war, wenn auch einfältig im Ausdruck, doch nicht wie das eines völlig Blödsinnigen.

Das war nun freilich eine unheimliche Geschichte. Arthurs ein= ziger Verwandter war Baron von Stein, sein Onkel; dieser war nicht reich und hatte viele Kinder: wenn Arthur früh starb, oder wenn er nicht selbst die Güter verwalten konnte, so fielen sie an den Onkel.

Wie der Notar gesagt, war der Knabe in den ersten Lebens= jahren schwer krank gewesen und er konnte, auch als er wieder gesund war, nicht sprechen und lernen wie andere Kinder. Seine Mutter allein wollte nicht glauben, daß ihr einziges Kind blödsinnig sei. „Habt nur Geduld," sagte sie, „gewiß gelingt es meiner Liebe noch, ihn aufzuwecken!"

Aber die gute Mutter starb und der Onkel wurde Arthurs Vormund. Niemand weiß, ob er so gewissenlos war, daß er wünschte, das Kind solle nicht zu Verstand kommen, oder ob er wirklich glaubte, es sei ihm nicht zu helfen.

Arthur wurde in eine Anstalt für Blödsinnige gebracht; hier aber, unter Kindern von abschreckendem Aussehen, die zum Theil ganz stumpf und thierisch waren, wurde es viel schlimmer mit ihm und er entlief.

Man schickte ihn in eine Schule; hier, unter kräftigen, lebhaften Kindern wurde Arthur nur blöder und scheuer. „Mit dem Buben ist nichts zu machen," sagte der Onkel, „am Besten ist, man schickt ihn auf das Schlößchen nach Kühlenbronn und gibt ihm einen Hofmeister mit, dort kann er seine Lebtage bleiben; die Güter kann er ja doch nie übernehmen."

Dem Hofmeister sagte man, er habe nur zu sorgen, daß dem Knaben kein Leid geschehe. Er war nicht gewissenhaft und hatte keine Liebe zu dem Kinde; es war ihm lieb, daß er Arthur konnte seiner Wege gehen lassen, er machte seine Besuche und kleine Reisen in der Nachbarschaft und bekümmerte sich wenig um seinen Zögling.

In dem Verkehr mit Emma sah er ein Spiel, das er dem Blödsinnigen wohl gönnen mochte; da Arthur gegen alle Welt so scheu und blöde blieb wie zuvor, ahnte er gar nicht, wie durch die anspruchlose Herzenswärme eines Kindes ganz leise und allmälig die Rinde um die Seele des Knaben schmolz.

Emma war durch ihre Bemühungen um Arthur immer mehr von dem Verkehre mit den Dorfkindern los geworden. Sie fand ohnehin weniger Freude an lauten Spielen, seit sie älter wurde, und seit die Vorbereitung zu der Confirmation begonnen hatte. Mit aller Innigkeit eines jungen, frischen Herzens nahm sie die heilige Lehre des Evangeliums auf; sie hatte seither mit der Mutter gebetet, mit der Mutter in Gottes Wort gelesen, aus frommer Gewohnheit und kindlichem Gehorsam ihrer Vorlesung aus frommen Büchern ge= lauscht, auch wenn ihre Gedanken nicht immer folgen konnten. Jetzt aber ging ihrer Seele ein eigenes neues Leben auf; sie fühlte, daß der Heiland, den man sie von Kind auf lieben gelehrt, auch ihr Heiland, ihr Erlöser sei, und sie ahnte, was es heiße, den guten Kampf des Glaubens zu kämpfen und berufen sein zu einem unver= gänglichen, unverwelklichen Erbe.

Dies neue Leben keimte so still in ihrer jungen Seele, sie konnte mit niemand davon reden; aber sie fühlte oft einen innern Frieden und eine Seligkeit, die sie aller Welt hätte mittheilen mögen. Aber sie hatte gehört, daß Gott den Unmündigen geoffenbart, was er den Weisen und Klugen verborgen habe, und sie fühlte doppelten Eifer den armen Arthur zu dem Herrn zu führen, der die Kinder zu sich gerufen.

Was sie ihm aus dem Religionsunterrichte mittheilen wollte, verstand er zuerst nicht recht; aber er behielt leicht Liederverse und kurze Sprüche, und schien Freude daran zu finden. Die Mutter bewahrte eine alte Bibel auf mit schönen, gemalten Bildern: das Erbe eines Ahnherrn, der Pfarrer gewesen; es war das Heiligthum des Hauses, das Emma nur an hohen Festen hatte sehen dürfen; sie erlangte end=

lich von der Mutter, daß sie ihr dies Kleinod anvertraute. Wenn sie Arthur die Bilder zeigte und er so still und aufmerksam zuhörte, so meinte sie oft, er müsse innerlich schon mehr verstehen davon, als er aussprechen könne.

In der nächsten Lehrstunde beim Pfarrer kam Emma eine Weile vor den Andern und begann schüchtern: „Lieber Herr Pfarrer, haben Sie nie mit dem jungen Baron Arthur gesprochen?"

„O ja, Kind, er war hier mit seinem Hofmeister, es ist Schade um einen so wohlgebildeten Knaben; ein Glück, daß er wenigstens leiblich gut versorgt werden kann."

„Lieber Herr Pfarrer," fuhr Emma fort, „ich meine, er ist gewiß nicht so blödsinnig, wie man glaubt; er weiß und versteht Vieles, und — gewiß, Herr Pfarrer, was Sie ihm vom lieben Gott sagen, würde er alles verstehen lernen."

„Ich glaube, daß du dich täuschest, Kind," sagte der Pfarrer, ein stiller, einfacher Mann, der in langer Zurückgezogenheit von der Welt auch nicht an ihre Ränke und Tücken glauben gelernt hatte; „sein Hofmeister versichert mich, daß von keinem Unterrichte bei ihm die Rede sein könne. Was meinst du, du einfältiges Mägdlein, daß nicht mit dem Erben so großer Güter schon Alles versucht worden ist, seinen Geist zu wecken? — Ich will übrigens mit dem Hofmeister reden und einen neuen Versuch mit dem Knaben machen," setzte er hinzu.

Etwas beleidigt, daß man Mißtrauen in seine Angaben setze, kam der Hofmeister auf die Bitte des Pfarrers mit seinem Zögling; die Herrn befragten den Knaben über allerlei, auf verschiedene Weise. Aber es schien, daß nur Emma's freundliche Augen, ihre sanfte Stimme den Schlüssel zu seiner Seele hatten; bei den Männern blieb er stumm, wurde ängstlich und verlegen, und der Pfarrer sah bestätigt, daß das Mädchen sich geirrt hatte.

So gingen die Lehrstunden der Kinder wieder in der Stille fort; sie waren für Emma eine wirkliche Freude, für den Knaben aber die Quelle einer tiefen innerlichen Glückseligkeit, von der Keines einen Begriff hat, das mit klarem Geiste unter treuen, liebenden Herzen aufgewachsen ist. Das Rasenplätzchen im Erlengebüsche war für Arthur die ganze Welt; er schmückte es auf alle Weise, er ruhte da am liebsten, auch allein, wenn Emma bei der Mutter war; da konnte er stundenlang auf dem Rücken liegen und zum klaren blauen Himmel hinaufschauen, wo ihn Emma gelehrt hatte, einen guten Vater und eine ewige Heimath zu suchen, und traumartige Gedanken, die er noch nicht aussprechen konnte, zogen durch seine Seele wie Lichtwellen, die mehr und mehr die Dämmerung seines Innern zertheilten.

Im Herbste wurde Emma confirmirt, Arthur sah sie wenig in diesen Tagen; an dem Sonntage aber, wo sie mit ihrer Mutter von der ersten Communion zurückkam, suchte sie ihn wieder an dem alten Plätzchen; da saß er, still und traurig mit dem Buche, mit dem er ohne Emma noch immer nicht viel anzufangen wußte.

Mit all der stillen, friedevollen Seligkeit in ihrem Herzen, faßte sie auf's Neue ein tiefes Erbarmen, wenn sie dachte, wie niemand dem armen Knaben hier helfen wolle zu dem Lichte, in dem sie nun so glücklich war; wie sollte sie, ein schwaches Kind, allein das angreifen? Da kam aber eine innige Zuversicht über sie; „Gott will nicht, daß jemand verloren werde," tönte es in ihrer Seele so zuversichtlich. „Komm, Arthur, wir wollen beten," sagte sie sanft zu ihm, und zum erstenmale kniete sie unter freiem Himmel nieder, und sie betete still aus der Tiefe ihres kindlichen Herzens, daß Gott auch diese Seele zu sich rufen, ihr auch hier schon das Licht des Geistes möge aufgehen lassen und ihr die Schönheit und Seligkeit eines gottgeweihten Lebens klar machen möge. Arthur kniete still an ihrer Seite, es durchwehte ihn ein heiliger Schauer; er wußte wohl seine Gedanken nicht in Worte zu fassen, aber sein Herz betete mit, und es gibt ein Ohr, das den leisesten Seufzer vernimmt.

Der Abschied.

Die Abende wurden länger, die Tage kühler; Emma konnte immer seltner an das Erlenplätzchen kommen, obgleich Arthur in Sturm und Regen noch sich dort einfand und stundenlang auf sie wartete. Allmälig konnte sie ihn bewegen, mit ihr in der Mutter Stube zu kommen; an dem behaglichen runden Tische, bei dem trauten Oellämpchen neben dem Spinnrädchen der Mutter wurden die Lectionen wieder fortgesetzt; die Mutter mischte auch hie und da ein Wörtchen drein und suchte dem Schüler nachzuhelfen. Arthur war gerne da, aber — mit dem Lernen wollte es doch nicht recht mehr gehen, seit sie nicht mehr allein waren: er wurde wieder still und scheu; nur wenn manchmal Emma das Strickzeug weglegte, sich in den alten, ledernen Lehnstuhl setzte, der im Dunkel hinter dem Ofen stand und ihm rief: „komm, Arthur, ich erzähl' Dir was!" so setzte er sich eilig auf einen hölzernen Schemel zu ihren Füßen, und lauschte auf ihre Worte mit einer athemlosen Begier, die zeigte, daß sie doch ein Interesse in ihm anregten.

Der Pfarrer hatte früher Emma gesagt: „sieh, so lang der Knabe kein rechtes, herzliches Lachen kennt, so lang er nicht weinen kann, so lange ist auch sein Geistes- und Gemüthsleben nicht wach." Nun hatte sie ihn schon manchmal wirklich und herzlich lachen hören; geweint hatte er aber noch nie, wenn er auch schon traurig ausgesehen; — es war ihr oft, als sei nur noch Eine Mauer zu durchbrechen, um das klare Licht des Bewußtseins, des Erkennens in seine Seele bringen zu lassen; und sie hatte niemand, der dazu helfen könnte! Weil der Pfarrer so viel Gewicht darauf gelegt hatte, daß Arthur noch nie Thränen vergossen, so meinte sie nun immer, wenn er nur weinen könnte, so wäre schon etwas gewonnen. Sie erzählte ihm die traurigsten Geschichten, so traurig, daß sie selbst weinen mußte, — er sah sie auch recht betrübt dabei an, aber eine Thräne sah sie nie in seinem Auge.

Ach, die arme Emma sollte bald genug ernstlichen Grund zum Weinen bekommen! Ihre Mutter wurde krank, so ernstlich, daß Emma bald all ihre Zeit an ihrem Bette zubringen mußte, in großen Sorgen und viel innerer Herzensnoth, da der Arzt weit entfernt war und selten kam.

Auch Arthur mochte nicht mehr draußen sein; er kam täglich herunter, setzte sich in eine Ecke des Zimmers und sah nach dem Krankenbett gegenüber, eifrig bemüht, Emma alles zuzutragen, was die Kranke wünschte; wenn ihm Emma von der Krankheit der Mutter erzählte, hörte er betrübt und aufmerksam zu, aber er weinte nie.

Er weinte nicht, als die Kranke schlimmer und schwächer wurde, als er Emma bitter schluchzend am Bette knieen sah, als die Mutter die Hand auf ihr Haupt legte und leise sagte: „Gott segne dich, mein Kind, und lasse dir's wohl gehen, du hast mich nie betrübt;" er weinte nicht, und doch war Emma, als er sie so traurig ansah, als verstehe er all ihr tiefes Leid, und nur dies Band, das letzte Band, das seinen Geist hielt, wolle nicht springen!

Die Erde begann wieder zu grünen und die Veilchen blühten, als man von dem kleinen Häuschen den Sarg wegtrug, in dem die Mutter, Emma's einziges und liebstes Gut, zu Grabe getragen wurde. Der Onkel war aus seinem fernen Wohnorte gekommen, um seiner Schwester das letzte Geleit zu geben und sich des ganz verwaisten Kindes anzunehmen. Viele Dorfbewohner folgten der Leiche, zuletzt auch Arthur, still, mit gefalteten Händen; er konnte noch nicht recht begreifen, was es war, er schaute wieder traurig und verwundert auf Emma, die ihr Gesicht tief in das weiße Tuch verbarg und sich kaum aufrecht halten konnte, als man den Sarg versenkte, — aber er weinte nicht.

Er folgte Emma, als sie mit dem Onkel in das verödete Haus zurückkehrte; aber der fremde Mann machte ihn schüchtern, er wagte nicht einzutreten.

„Mein liebes Kind," sagte andern Tags der Onkel zu Emma, „deine Betrübniß ist sehr natürlich; aber ich denke, es ist das Beste, dich sobald als möglich von diesem Orte loszureißen, wo dich Alles traurig macht. Den Verkauf der Sachen hier will ich in Bälde besorgen lassen; du kommst zunächst mit mir, es muß jetzt etwas Ernstliches für deine Ausbildung geschehen, damit du im Stande bist, dir später selbst fortzuhelfen."

Emma's Pilgerfahrt. 193

„So soll ich nicht mehr hieher kommen, gar nie mehr?" fragte Emma erschrocken.

„Was solltest du hier noch thun?" fragte der Onkel verwundert; „es wäre klüger gewesen, deine Mutter hätte früher schon ihre Anhänglichkeit an dies Nestchen aufgegeben, schon um deinetwillen. Kann ja wohl sein, daß sich's später einmal schickt, einen Besuch hier zu machen; jetzt ist's das Gescheidteste, so rasch als möglich aufzubrechen; Zeit ist Gold für mich. Pack heute deine Sächlein zusammen, nur nicht allzuviel, wir haben nicht überflüssig Raum bei mir zu Haus; morgen früh um sieben reisen wir ab."

Die arme Emma war ganz betäubt von diesem plötzlichen Befehle. Sie hatte seit der Mutter Krankheit und Tod sich noch gar keine klare Vorstellung von ihrer Zukunft gemacht, — sie hatte sich etwa gedacht, sie werde nun eben allein, ganz allein in dem Häuschen bleiben, ihr Gärtchen pflegen, mit Arthur lesen und zur Kirche gehen wie sonst; jetzt war's ihr, als ob ihr Leben entzwei ginge mit dieser Trennung.

Arthur saß unter dem Erlengebüsche früh am Morgen des andern Tages, als Emma seit langem wieder zu ihm kam. Sie kam nicht von ihrer Mutter Hütte her, sie war so frühe schon im obern Dorfe gewesen und hatte von dem Pfarrer Abschied genommen; auch hatte sie ihn gebeten, sich doch Arthurs anzunehmen, wenn sie nicht mehr da sein würde, und noch einmal zu versuchen, ob er nicht auch gegen ihn vertraulicher werde.

Nun kam sie mit ihrem leisen, leichten Tritte, bei dem sich immer des Knaben Gesicht aufheiterte, und bot ihm freundlich ihre Hand.

„Kommst Du jetzt wieder, Emma, und ist der schwarze Mann fort, der bei Dir war?" fragte Arthur.

„Der schwarze Mann ist mein Onkel," sagte Emma, „und — Arthur, lieber Arthur, ich muß mit ihm und fort von hier," setzte sie zögernd hinzu; „ich kann nicht mehr zu Dir kommen."

„Du, fort? ganz fort?" fragte Arthur wie betäubt; einen so lebendigen Ausdruck der wahrsten Betrübniß hatte Emma nie auf seinem Gesichte gesehen. „Emma, ist das denn wahr? wie ist das denn?" und fast angstvoll blickte er sie an, so daß ihr weiches Herz ihr weh that.

„Ich gehe fort, Arthur," sagte sie wieder mit sanfter Simme, „und ich weiß nicht, wann ich wieder komme; aber der Vater im Himmel bleibt bei Dir, immer, immer, wenn Du ihn auch nicht siehst, und er hört Alles, was Du mit ihm sprichst. Sage ihm nur Alles, was Dich betrübt, und sprich auch mit Andern, wie Du mit mir gesprochen hast, wenn ich nicht mehr bei Dir bin; Arthur, lieber Arthur, gib mir noch die Hand! Gott behüte Dich, leb' wohl!"

Und sie schied von ihm, nicht wie ein Kind von einem Gespielen, nicht, wie man von einem Freunde scheidet, — fast wie eine Mutter von einem Kinde geht. Ein kleines Mütterlein war sie ja für ihn geworden in all ihrer kindlichen Einfalt und Anspruchlosigkeit. Das Herz that ihr so weh, und hätte sie nicht vom Häuschen her den Ruf des Onkels gehört, sie hätte sich nicht losreißen können.

Arthur hatte ihr stumm die Hand gegeben, er folgte ihr von ferne, als sie sich losriß; eine gewaltige Bewegung, wie er sie nie empfunden, ging durch seine Seele: ihm war, als sollte er laut aufschreien, und doch wollte er, daß keine Seele einen Laut von ihm höre; — Niemand beachtete den Knaben, als Viele noch grüßend den Wagen des Onkels umringten, der in einiger Entfernung von dem Häuschen hielt, um der weinenden Emma Lebewohl zu sagen; Emma allein sah ihn, wie er unbewegt an der Thüre des Häusleins lehnte und dem Wagen nachsah, so lange er konnte.

Eine Stunde darauf ging der Pfarrer in Amtsgeschäften durch das Dorf. Es war still auf den Straßen, da die meisten Leute draußen mit Feldarbeit beschäftigt waren. Wie er an dem Häuschen der Wittwe vorüberging, hörte er laut und heftig schluchzen; er trat näher und erkannte den jungen Baron, der auf der Schwelle saß, — er hatte das Gesicht in die Hände verborgen und weinte, weinte heiß und bitterlich.

„Was haben Sie, lieber Arthur?" fragte überrascht und bewegt der Pfarrer in einem liebevollen Tone, der aus dem Herzen kam.

„Emma ist fort," sagte Arthur zu ihm aufschauend mit einem Blicke, der noch durch die Thränen klarer war, als der Pfarrer je einen von ihm gesehen. „Sie werden darum nicht verlassen sein," sagte mitleidig tröstend der Pfarrer.

„Nein," sagte Arthur einfach, „der Vater im Himmel ist bei mir."

Wie ein Wunder klangen dem Pfarrer diese Worte, so einfach und doch mit klarer Zuversicht gesprochen, von den Lippen des Blödsinnigen. War ein Wunder geschehen? Hatte Emma doch recht gehabt, oder hatte das tiefe Leid um den Verlust seiner einzigen Freundin das letzte Band zerrissen, mit dem sein Geist noch gebunden war?

Eine tiefe innige Theilnahme mit dem Knaben ergriff ihn; er beschloß, sich sein mit ganzer Seele anzunehmen. „Kommen Sie mit mir, Arthur," bat er freundlich, „ich will Ihnen von Emma erzählen." Der Herzensinstinkt, die rechte Liebe zu dem Verlassenen, die allein den Schlüssel zu diesem verschlossenen Garten hatten, waren mit Einemmale in ihm erwacht, und staunend sahen die Leute den blödsinnigen Baron und den Pfarrer wie Vater und Sohn Hand in Hand in's Pfarrhaus hinauf gehen.

Der Eintritt in die Welt.

Emma hatte einmal gelesen, daß in der Reihe der Planeten vier Sterne sind, so klein, daß man glaubt, sie seien Theile Eines Sternes, der durch eine gewaltige Umwälzung einmal zersprengt worden sei, und sie hatte sich's damals in ihrer kindlichen Einfalt gar traurig gedacht, wenn auf einem Theile vielleicht Eltern, auf dem andern die Kinder geblieben seien, die nun nie und nimmermehr wieder zusammenkommen könnten.

Fast war ihr jetzt, als sei sie auch auf so einem gespaltenen Stern, und der andere Theil, auf dem die Heimath ihrer Kindheit stand, sei durch eine unermeßliche Kluft von ihr getrennt. So gar nichts hörte sie mehr von dem stillen Kühlenbronn, so ganz und gar anders war hier alles, als sie es gewöhnt gewesen war.

Als Kind hatte sie gar oft und viel gewünscht, einmal den Onkel besuchen zu dürfen, damit sie auch eine große Stadt sähe; die Mutter hatte ihr's auch versprochen, hatte aber ein Jahr wie das andere sie vertröstet: „warte nur, Kind, ich gehe selbst mit dir, für dich allein ist die Reise zu weit," und Jahr für Jahr war sie nicht dazu gekommen, — so sah denn Emma die große Stadt, das Haus des Onkels, die Tante und ihre Vetter und Basen zum erstenmale.

Sie war nicht ungütig aufgenommen worden, nur hatte man überhaupt fast gar nicht Zeit, sie aufzunehmen.

„Hier bringe ich Dir die Waise meiner Schwester," sagte Herr Nägelbach zu seiner Frau, als er spät am Abend mit der betrübten Emma von der langen Fahrt ankam.

„Schön, gut, mein Kind," sagte diese, eine stattliche Dame, nicht so elegant, als Emma sich die Tante gedacht; „da, Gustav, Oskar, Elise, Paulinchen, grüßt die Cousine, Lisette, bring Thee, Marie, Schinken für den Herrn! So, Lieber, schön, daß Du kömmst, der Buchhalter hat dreimal gefragt. Also Deine gute Schwester ist todt? Ein großer Verlust für dich, mein Kind, leg' doch deinen Hut ab! Recht gut, daß die gute Frau nicht lange zu leiden hatte, auch für Dich, Lieber: so konntest Du doch gleich das Leichenbegängniß besorgen, zweimal zu reisen wäre fast nicht möglich gewesen. So, Kind, trink Thee, Lisette, sieh nach im Gastzimmer und rüste ein Bett; das Unschlitt wird noch oben sein zum Lichtergießen, das thust Du bei Seite; entschuldige, Lieber, aber ich muß den Schneider draußen sprechen wegen Elisens Kleid, diese Leute sind nur noch bei Nacht zu haben."

So ging es fort bei der Tante in Einem athemlosen Zuge; Emma hätte nicht nöthig gehabt, bange zu sein, was sie reden solle, — sie wäre gar nicht zu Worte gekommen, wenn sie noch so viel gewußt hätte.

Es fand sich, daß im Gastzimmer auch die Bettstellen abge=
schlagen waren, da Tante sie nach einem neuen Recepte selbst poliren
wollte; so bekam Emma endlich nach Mitternach ein Ruheplätzchen
auf einem Sopha, wo sie aber früh am Tage wieder aufgestöbert
wurde, da eben in dem Zimmer, wo sie lag, der Fußboden braun
gewichst werden sollte.

Madame Nägelbach, Emma's Tante, wurde allgemein bewundert
als eine überaus praktische, vielseitige Frau, und Emma, an das stille
Wesen, an die äußerst ruhige, gleichförmige Thätigkeit ihrer Mutter
gewöhnt, kam anfangs gar nicht zu sich selbst vor Erstaunen, daß
ein einziger Mensch so viel und so vielerlei thun und denken könne.
Wenn sie morgens vor Tag die Tante mit Mannsstiefeln durch das
nasse Gras im Garten schreiten sah, um selbst Obst aufzulesen, weil
es ihr die Dienstboten nicht pünktlich genug machten, und dieselbe
Tante Abends dann im rauschenden Seidenkleide mit einer prachtvollen
Blondenhaube, die sie selbst gestickt hatte, in Gesellschaft ging, konnte
sie kaum glauben, daß das noch die nämliche Person sei.

Den Hauptwerth einer Hausfrau setzte die Tante darein, daß
Alles im Hause selbst gemacht werde; nicht nur selbst gesponnen und
genäht, selbst gebacken und selbst geschneidert, nein, es sollte auch im
Hause selbst geschlachtet, Lichter gezogen und Seife gemacht werden.
Sie brannte selbst die Weinfässer aus, sie ließ unter ihrer Anleitung
die Magd Versuche im Ofenputzen machen, da es ihr der Hafner
nicht recht machte; sie kaufte selbst Leder und nahm den Schuster in's
Haus, um, den Knaben wenigstens, die Stiefeln unter eigner Aufsicht
machen und flicken zu lassen. Die Mädchen, die mußten allerdings
elegante, gekaufte Stiefelchen tragen; denn die Tante wußte recht

wohl, was zu einer eleganten Dame gehörte und verstand Geheim=
nisse der Toilette, von denen Emma in ihrer ländlichen Einfalt nie
etwas geahnt hatte. Sie färbte auch selbst Kleider und Bänder,
stellte große Seidenwäschen an und hatte Schwefelkasten, wo Stroh-
hüte sebst gebleicht wurden.

Dem Onkel rechnete sie beständig vor, wie groß der Gewinn
von ihren Unternehmungen sei. So sehr dieser aber die Thätigkeit
und den unternehmenden Geist seiner Frau bewunderte, meinte er
doch in der Stille, der Vortheil sei so gar groß nicht: um all diese
Leistungen auszuführen, brauchte sie doch wieder eine Menge Diener=
schaft oder strengte die Leute, die sie hatte, übermäßig an; was bei
ihren Versuchen zu Grunde ging, das natürlich nahm sie nicht mit
in Berechnung. Auch wurde trotz ihrer Umsicht doch gar oft das
Eine über dem Andern vergessen; während sie Möbelpolitur, Tinte
und Stiefelwichse fabricirte und Maisstroh schleißen ließ, um Ma=
tratzen daraus zu machen, fraßen die Mäuse das Unschlitt im Gast=
zimmer, und die Katze brachte ihre Jungen in die Gastbetten, die
ohne Bettstelle herumgeschoben waren. In lauter Bestreben, Alles
recht schön geordnet, vortheilhaft und bequem zu machen, kam man
gar nie zur Ruhe und fester Ordnung; außer dem prachtvollen Salon,
der in unverrückter Herrlichkeit mit Sammtmöbeln, prachtvollen Fuß=
decken und krystallenem Kronleuchter prangte, waren alle Zimmer
in beständiger Bewegung, da der Tante immer eine noch bequemere,
vortheilhaftere Einrichtung einfiel. Man wußte nie, ob nicht heute
das Speisezimmer zur Schlafstube, das Schlafgemach zum Kinder=
zimmer wurde; und Emma, die bis dahin in der ungebrochenen Ruhe,
dem immer gleichen Frieden ländlicher Einsamkeit gelebt hatte, bei der

in der Mutter Haus nie ein Stuhl anders gestanden war, als sie ihn von frühester Kindheit an gesehen, ward ganz schwindlig und sie ging herum wie im Traume, bis sie sich in diesen ruhelosen Wechsel nur etwas gefunden hatte.

Ihre jungen Vetter und Bäschen sah sie gar selten; die Tante hatte ihre Kinder im allgemeinen lieb, wenn sie ihr gerade einfielen; aber für gewöhnlich waren sie ihr höchst unbequem und immer im Wege. Die Knaben waren zwischen den Schulstunden zu einem Lehrer vermiethet, der ihre Arbeiten leitete und sie in Ordnung hielt; Abends nahm sie der Turnlehrer in Empfang, der sie auch in's Bad begleitete, — sie kamen höchstens zum Schlafen nach Hause. Die Mädchen gingen in's Institut bis zum Abend, dann machten sie einen französischen Spaziergang mit einer Sprachlehrerin und brachten den Abend bei einer Miß zu, die englische Leseabende hielt. Der Vater meinte, sie sollten wenigstens etwas von den häuslichen Talenten ihrer Mama profitiren; aber diese fand es gar zu ungeschickt, sie zu unterrichten; sie that Alles in der Hälfte Zeit viel besser, als es die Mädchen unter Anleitung ausführten, und so war es bis jetzt noch zu keinem Cursus in der Häuslichkeit gekommen. Emma, so wenig sie an solche gewaltige Thätigkeit gewöhnt war, hatte doch eine geschickte, flinke Hand und ein aufmerksames Auge, zu sehen, wo es fehlte, daneben den herzlichen guten Willen, sich nützlich zu machen; so erlangte sie bald die Gunst der Tante, die überhaupt eine gutmüthige Frau war, und wurde viel mehr als die eigenen Töchter von ihr verwendet.

Der Onkel aber hielt für nöthig, daß sie etwas Tüchtiges lerne, um als Erzieherin selbst ihr Fortkommen suchen zu können; er mochte oft fürchten, sein Haus könne nicht auf die Länge eine sichere Heimath für sie bleiben, — so wurde sie noch in eine höhere Töchterschule geschickt. Am Lernen fand Emma große Freude, so viel sie auch noch nachzuholen hatte; ihr Unterricht, ihre Bücher waren ihr der einzige Ruhepunkt inmitten des rastlosen Treibens, das sie umgab; ihr Geist war ein gutes, rein gehaltenes Land; in einfachen Freuden und der Uebung einfacher Pflichten aufgewachsen, nicht zerstreut durch eine endlose Folge stets neuer Unterhaltungsbücher, war sie gewohnt, was sie für recht hielt, auch ganz und mit voller Seele zu thun. So waren ihre Fortschritte überraschend, und die Schule und ihre Aufgaben wurden ihr nicht zur Last, nein, zu einer Quelle des Glücks.

Wenn sie nur auch etwas von der alten Heimath gewußt hätte! Es gab tausend kleine Dinge, die sie interessirt hätten, und Arthur vor Allem; o wie verlangte sie's zu wissen, wie es ihm erging, ob seine Seele wieder in die alte Nacht zurückgefallen oder ob es dem Geistlichen gelungen sei, sie zu wecken.

Was sie dem Onkel darüber sagte, das hielt der für kindische Einbildung. „Den Baron überlaß Du immerhin seinen Verwandten," meinte er; „die werden schon wissen, was mit ihm anzufangen, in unserer Zeit gibt es Anstalten für Alles; ein kleines Mädchen wie Du hat noch nie einen Kretin gescheidt gemacht!"

„Aber, Onkel, wenn nun seinen Verwandten gerade daran liegt, ihn unmündig zu erhalten?"

„Ach was, das machen wir nicht aus; das sind übertriebene Geschichten, wie sie in Büchern stehen, und wenn etwas Wahres daran ist, so wär's erst schlimm, sich darein zu mischen; ich will davon nichts."

Das Besitzthum ihrer Mutter war verkauft worden, und sie hörte, daß der Pfarrer auf eine andere Stelle versetzt sei; — so war sie wie mit der Wurzel ausgerissen aus der Heimath ihrer Kindheit, und nur noch wie ein Traum schwebte ihr oft und oft das ferne Mutterhaus vor, das Plätzchen im Erlenschatten und der stille Knabe, der sie mit so herzlicher Freude begrüßt hatte.

Beinahe zwei Jahre brachte Emma im Hause des Onkels zu, recht übungsreiche Jahre: die Tante wußte ihre Freistunden gehörig auszunützen, Vetter und Bäschen machten sich ihre Gefälligkeit zu nütze, und fast schien es, als ob Bäschen Emma nicht eine Person für sich, sondern nur zum Ausfüllen aller denkbaren Lücken da sei.

Es schadete ihr aber nichts; das viele Umtreiben im Haus und Garten erhielt ihre Wangen frisch und roth, die allzu eifriges Studium vielleicht gebleicht hätte. Sie hatte die goldene Regel ihrer Mutter nicht vergessen: „Gib lieber Alles auf, als eine Liebe, die du Andern erweisen kannst!" Sie besann sich nie, ob dieses oder jenes Geschäft unter ihrer Würde sei, — ihre Gefälligkeit wurde vielleicht hie und da mißbraucht, aber sie wurde gesucht und vermißt, sie wurde geliebt, und es ist schon viel werth, sich auf der Welt nöthig zu wissen.

Bei dem Unternehmungsgeiste der Tante waren natürlich ihre Beschäftigungen gar mannigfaltig; Emma wußte ihnen meist eine heitere Seite abzugewinnen.

„Emma, Kind, ich lasse diesmal meinen Flachs selbst hecheln, es ist viel vortheilhafter; du solltest aber dabei bleiben, damit mir der Hechler keinen Flachs stiehlt," sagte einmal die Tante, — nun, Emma setzte sich gutwillig mit ihrem Strickzeuge zum Hechler, der sehr verdrießlich über diese Aufsichtsbehörde war, und ließ sich von ihm von seiner Frau und Kindern, von seinem Gewerbe und Lebenslauf erzählen, bis er ganz munter und zutraulich wurde und nachher sagte, das sei die bräbste Jungfer, die er noch gesehen. Sie wachte die Nacht durch bei der Obstdörre, weil die Nacht vorher die Magd hatte den ganzen Obstsegen verbrennen lassen, und sie fand es schön, die mondhelle Sommernacht auch einmal ganz und voll zu genießen, obschon sie gegen Morgen bedeutend fröstelte; auch copirte sie dem Onkel unendlich langweilige Handelsbriefe, als ein Commis krank war. Sie war zu Allem willig und war Allen lieb, aber — daheim war sie doch nicht, sie konnte nicht recht mit dem Herzen anwachsen; es war dazu gar nicht Raum und Zeit in dem endlosen Getriebe von Geschäften, Unternehmungen und Vergnügen, wenn man die steifen Gesellschaften, bei denen alle Pracht des Hauses entfaltet wurde, so nennen konnte.

Nach zwei Jahren sagte ihr der Onkel, daß er bei einem Geschäftsfreunde in der französischen Schweiz eine Stelle als Bonne für sie erfahren habe, wo sie vollständig des Französischen mächtig werden könnte; im Gedanken an ihre Zukunft halte er für Pflicht, sie davon nicht zurückzuhalten. Emma nahm die Stelle an und machte sich im Stillen Vorwürfe, daß ihr die Trennung von ihren einzigen Verwandten nicht schwerer werde; aber es war einmal so, sie sah die Fremde noch ganz im lockenden Reize einer jugendlichen Phantasie; recht zur Heimath war ihr das Haus des Onkels nie geworden, und die Schweiz war von jeher das Land ihrer Sehnsucht gewesen, das herrliche, majestätische Schweizerland mit seinen silberhellen Gletschern und tiefblauen Seen, seinen freien, kräftigen, treuherzigen Menschen. Viel, viel leichter verließ sie des Onkels Haus, als ihre erste Heimath.

Erste Probe.

So war denn Emma in dem schönen Schweizerland; recht verwundert, daß nicht von allen Seiten ewige Schneeberge auf sie herabschauten, daß nicht da und dort Lawinen niederdonnerten und Gemsen und Steinböcke vorüber sprangen.

Die Stadt, wo sie eine Stelle in einer reichen Kaufmannsfamilie hatte, war noch nicht so tief im Herzen der Schweiz gelegen; doch war die Gegend immer noch schön für ein offnes Auge und ein genügsames Herz.

Auch die Menschen fand Emma etwas anders als sie sich vorgestellt; sie hatte lauter ganz biedere, treuherzige Menschen erwartet, die ihr überall mit Gruß und Handschlag entgegenkämen. So war's denn doch nicht, und sie fand bald, daß wenn nicht der Rang, so doch der Reichthum hier einen bedeutenden Unterschied machten.

Dann mußte Emma zum erstenmal hier lernen, was dienen heißt; bei Onkels war sie doch Verwandte im Hause gewesen, — die gute Emma, die sich eben in der Stille beklagte, daß man so großen Unterschied unter den Menschen mache, fühlte sich dann ihrerseits wieder bitter gekränkt, daß sie mit der übrigen Dienerschaft in der Küche speisen sollte.

Die Küche war hübsch und reinlich, viel schöner als manche Stube, die sie daheim in Kühlenbronn gesehen hatte, die Dienerschaft des Hauses anständig; sie hatten die Leichtigkeit und den natürlichen Anstand, der sie als Stammverwandte des nahen Frankreichs bezeichnet, — aber es wollte Emma zu Anfang doch schwer werden, sich ganz den Dienstboten gleich zu stellen. Sie trat mit der Miene einer beleidigten Königin unter die muntre Dienerschaft, so oft sie zu Tische gerufen wurde. Die Leute aber lachten das kleine deutsche Mädchen aus, die sich so hoch über sie denken wollte, und so fühlte sich Emma weder im Zimmer noch in der Küche recht daheim. Mit den ältern Kindern hatte sie fast nichts zu thun, als sie anzukleiden und ein wenig deutsch mit ihnen zu lesen; sie hatte geglaubt, Lehrerin, Erzieherin zu werden, — jetzt war sie nur Kindermädchen. Die Besorgung des kleinsten Kindes, das man ihr übergab, wurde ihr schwer; sie hatte darin keine Erfahrung; sie verging fast vor Angst, wenn Madame Brochat, die Dame des Hauses, einmal dabei war, wenn sie das Kind wusch und ankleidete; auch schrie bei solchen Gelegenheiten der kleine Aimé gerade wie besessen. Ihr Liebling, ihr einziger Trost und ihre Freude war die kleine Suzon, ein allerliebstes Schwarzköpfchen von zwei Jahren. Wie oft, wenn sie sich so ganz verlassen und zurückgesetzt fühlte, nahm sie das Kind auf den Schooß, sah in seine wunderbaren dunklen Augen, ließ sich von dem weichen Sammthändchen streicheln und weinte bittersüße Thränen des Heimwehs nach dem lieben Mutterhause. Suzon war ein stilles Kind, keine kleine Plaudertasche wie die meisten jungen Französlein; aber

sie hatte so tiefe, stille Augen, daß es Emma war, als könnte das
Kind sie ganz verstehen, und sie erzählte ihr Alles von dem stillen
Dörfchen ihrer Kindheit, von ihrer guten Mutter, von dem armen
Arthur, den sie hatte verlassen müssen, — vielleicht verstand das
Kind nichts als ihre nassen Augen; aber Emma war schon getröstet,
wenn sie die Kleine liebkoste und leise sagte: „arme Emma."

Aber Suzon wurde krank, während Herr und Madame Brochat
mit den ältern Kindern auf einer Reise nach Italien abwesend waren.
Eines Abends, als Emma mit ihr und dem Kleinen vom Spazier=
gang zurückkehrte, legte Suzon das Köpfchen an ihre Brust und sagte
leise: „Emma, mein Kopf thut mir so weh und mein Herzlein, aber
sag's der Mutter nicht, sonst wird sie traurig." Emma brachte das
Kind zu Bette, bei dem bald heftiges Fieber und ein betäubter, be=
wußtloser Zustand eintrat. Viele Tage und Nächte dauerte das Lei=
den, und Emma war in großer Herzensnoth, da man nicht genau
wußte, wo die Eltern zu finden seien; sie pflegte das Kind mit großer
Treue, und wenn sie sich einmal auf den Befehl des Arztes zur Ruhe
legte, so rückte sie ihr Bett dicht an das der Kleinen und hielt ihr
heißes Händchen in der ihren. Suzon litt nicht viel und war immer
still und geduldig, meist in einem schlummerähnlichen Zustande; es
war eine gar stille Zeit. Auf Anordnung des Arztes war der kleine
Aimé mit einer besonderen Wärterin in ein Hinterzimmer gebracht
worden, so war Emma ganz allein mit der Kranken. Wie vieles
lernt man anders ansehen in der Stille eines Krankenzimmers, wie
unbedeutend erschienen Emma all die kleinen Aergernisse und Krän=
kungen ihres Alltagslebens, wie innig ward ihr jetzt in der tiefsten
Einsamkeit die Nähe und Liebe Dessen kund, der verheißen hat: „Ich

will Euch trösten, wie Einen seine Mutter tröstet." Arbeiten konnte sie wenig neben der Kranken; auch Bücher, sonst ihr liebster Genuß, sprachen sie nicht an in der innern Sorge und Bangigkeit ihres Herzens, ihre Bibel war ihr einziger Trost, und wie Vieles lernte sie jetzt erst verstehen! „Des Menschen Sohn ist nicht gekommen, daß er ihm dienen lasse, sondern daß er diene," wie bedeutsam wurde ihr diese Stelle, die noch von der Mutter Hand besonders bezeichnet war. O, wenn nur ihre liebe kleine Suzon wieder gesund würde, wie gern wollte sie sich dann in Alles fügen, wie zufrieden sein inmitten aller Einsamkeit und Entbehrung!

Es sollte nicht so sein. Früh am Morgen, als Emma sich über das Bettchen des meist schlummernden Kindes beugte, schlug dieß seine großen, dunklen Augen wieder klar und voll zu ihr auf und lächelte: „Liebe Emma." Emma hielt das für Genesung und umschlang das Kind mit Freude; das Köpfchen aber sank schwer auf ihre Schulter, der Athem wurde kurz und heiß, und als der Arzt eintrat, hielt Emma eine Leiche in den Armen.

Sie legte leise, leise das Kind auf's Kissen, ein so heiliger, tiefer Friede lag auf den lieblichen Zügen; sie konnte nicht weinen und jammern, ihr war, als habe sie mit der ganzen Welt abgeschlossen und möchte immer und immer hier Wache halten bei dem schlummernden Engel.

Die Eltern, die sie so angstvoll und schmerzlich herbeigesehnt hatte, hatten endlich einen der vielen abgesandten Briefe erhalten und kamen in großer Eile, eben noch recht, um die Leiche ihres Kindes zu sehen. Es war Emma in diesen letzten Tagen gewesen, als ob das Kind ihr ganz allein gehöre: sie fühlte eine schmerzliche Eifersucht, als nun Mutter und Vater allein noch mit ihrem Jammer bei der Leiche weilten. Die Mutter wollte sich nicht trösten lassen; wäre sie da gewesen, Emma würde ihr durch ihre treue Pflege des Kindes lieb geworden und näher gekommen sein; jetzt, so sehr auch der Arzt Emma's Sorgfalt und Aufopferung rühmte, brach sie doch immer wieder in den Jammerruf aus: „O mein armes Kind, und deine Mutter hat dich nicht einmal pflegen können! unter Fremden bist du gestorben!" und Emma fühlte sich bitter gekränkt.

Die Leiche war vorüber, und Alles im Hause fing wieder an, seinen gewohnten Gang zu gehen. Emma versuchte ihre Pflichten mit Freudigkeit zu erfüllen, aber es wurde ihr unbeschreiblich schwer, es war ihr, als sei alle Freude ihres Lebens mit dem Kinde fort.

Ueber's Meer.

Auf ihren Spaziergängen mit den Kindern war sie manchmal mit drei Damen zusammengetroffen, die gewöhnlich auf derselben Promenade ausruhten, die der Spielplatz der Kinder war, — es war eine Engländerin mit zwei Töchtern. Die eine der jungen Damen, die beide etwas lang und schmal waren, zeichnete beständig, die andere las, die alte Dame that gar nichts, und so unterhielten sie sich in großer Stille zusammen; die Lesende allein sah hie und da vom Buche auf, wenn sie Emma mit den Kindern deutsch reden hörte. Einmal

Emma's Pilgerfahrt.

ließ sie eines ihrer Bücher liegen, Emma brachte es ihr nach, und da sie gesehen, daß es ein deutsches Buch war, so übergab sie es ihr mit einigen deutschen Worten; die Miß verneigte sich graziös und sagte: „danke."

Emma hatte jenen kleinen Zufall lange vergessen, zumal da die Damen abgereist waren und sie nichts mehr von ihnen hörte, als eines Tages Herr Brochat gebeten wurde, in dem ersten Gasthofe des Ortes eine fremde Dame zu besuchen. Es war die Engländerin, die ihn für einen Deutschen hielt und ihn fragte, ob er die „deutscher Görl"*) in seinen Diensten nicht mit ihr und ihren Töchtern nach England lassen wolle? Herr Brochat wußte lange nicht, was er für einen deutschen Kerl habe; als er endlich erfuhr, daß damit Emma gemeint sei, willigte er sehr gern ein, sie zu entlassen. Seine Frau wünschte zu dem Kleinen eine Kindsfrau, zu den größeren Mädchen eine Gouvernante, die aus einer Pension käme; und so erfuhr Emma, daß sie als Gesellschafterin und deutsche Vorleserin bei Miß Gladstone angestellt sei, noch ehe man sie recht befragt hatte, ob die neue Verwendung auch nach ihren Wünschen sei.

Es that ihr weh, daß man sich so leicht von ihr trennte und über sie verfügte, wie über eine Sache; aber doch freute sie sich mit der Freude der Jugend über einen Wechsel der Scene, ein neues Land, eine neue Sprache, und sie sah es als Erlösung an, von hier fortzukommen, wo sie verloren hatte, was allein ihr Herz erfreute.

---

*) girl, görl ausgesprochen, heißt Mädchen auf englisch.

Emma hatte sich vorgestellt, daß alle reisenden Engländer Lords und Ladies seien von unermeßlichem Reichthum und in prächtigen Schlössern und Landhäusern wohnten. Sie war etwas enttäuscht, als sie fand, daß Mrs. Gladstone die Wittwe eines Apothekers von mäßigem Vermögen sei. Sie war gereist, um zu ersparen, und hatte eben deßhalb länger in einer unbedeutenden Gegend der Schweiz zugebracht, weil es dort wohlfeiler zu leben war, und doch immer noch die Schweiz.

Die Cottage*), wo sie mit ihren Töchtern lebte, war sehr klein, stand aber in einem anmuthigen Dorfe, das Emma an ihre liebe Heimath erinnerte. Von all den Wundern und Herrlichkeiten, die sie sich in dem fremden Lande vorgestellt, sah sie nun freilich nichts; doch war es eine friedliche, freundliche Umgebung, nur langweilig, unendlich langweilig; sie kam nie zu dem Gefühl, einen rechten Beruf zu haben und sehnte sich oft nach dem schreienden kleinen Aimé; das war doch noch Leben gewesen! Im Hause der Mrs. Gladstone ging Alles nach der Uhr, Alles auf die Minute, so genau, daß Emma sich selbst nur wie ein Uhrwerk vorkam. Punkt neun Uhr wurde gefrühstückt; in den früheren Morgenstunden wurde erwartet, daß Emma nicht ihr Zimmer verlasse, weil es den Morgenschlummer der Mrs. Gladstone stören könnte, die Großes leistete im Schlafen. Punkt zehn Uhr stand man vom Frühstückstische auf; Miß Jane zeichnete und Miß Ellen nahm eine deutsche Lection bei Emma; um elf Uhr nahm Jane die Lection und Ellen spielte Klavier; um zwölf Uhr spielte Jane und Ellen zeichnete; um ein Uhr ging man spazieren

---

*) Hütte, kleines Landhaus.

unter allen Umständen und bei jeder Witterung, mußte aber Punkt drei Uhr zu Hause sein, wo die beiden Schwestern französische Lection hatten; um vier wurde gespeist, gerade bis fünf Uhr, wo dann Emma deutsch vorlesen, aber mitten im Satze das Buch schließen mußte, wenn es sechs schlug. Nun spielten die zwei Schwestern zusammen, hörten auch inmitten eines Taktes auf, wenn es sieben war; die übrigen Stunden bis zum Thee waren regelmäßig in das Studium verschiedener Wissenschaften getheilt, von denen Emma kaum den Namen wußte. So lange die Schwestern allein beschäftigt waren, hatte Emma die Verpflichtung, der Mama Gesellschaft zu leisten; die Unterhaltung war nicht schwer, wenn Mrs. Gladstone nicht mehr selbst sprach, so schlief sie meistens ein.

Die Schwestern befanden sich gut bei dieser regelmäßigen Tagesordnung; auf Emma lastete sie wie Blei. Sie wurde nicht ungütig behandelt, aber kühl und fremd; es fehlte ihr das Gefühl, sich nöthig und nützlich zu wissen; sie wußte, daß sie bei den Mädchen war, weil es jetzt für fashionabel galt, deutsch zu studiren, daß aber die Schwestern gerade so mit einander lesen könnten wie jetzt, wenn sie nicht mehr da wäre.

Eine große Erleichterung kam in dieß regelmäßige Leben in der Gestalt eines langen, dünnen Cousins, eine noch größere, als dieser sich als Bräutigam der Miß Jane herausstellte. Die angenehmste Abwechslung von Allem aber dünkte es Emma, als ihr Mrs. Gladstone mit aller möglichen Rücksicht eröffnete, daß Ellen der Symmetrie wegen einen andern Cousin heirathen werde, daß ihre Dienste deßhalb entbehrlich seien, daß sie aber, wenn sie Lust habe, bei Mrs. Brown als Lehrerin und Aufseherin ihrer Kinder eintreten könne.

Emma war sich seither undankbar erschienen, daß sie sich in einem so geregelten Hause nicht glücklich fühle; jetzt erst, an der überschwenglichen Freude und Dankbarkeit, mit der sie die neue Aussicht erfüllte, sah sie doch, daß sie kein undankbares Herz hatte.

Im Missionshause.

Zu der Mrs. Brown hatte sie von jeher eine stille Liebe gehabt. Der Garten der alten Dame grenzte an die langweilige steinerne Terrasse, auf der Mrs. Gladstone und ihre Töchter jeden Tag eine gemessene halbe Stunde zubrachten, und mit leisem Neide hatte Emma oft das fröhliche Treiben der Enkel und die heitere alte Großmama gesehen.

Mrs. Brown hatte nämlich eine bunte Sammlung von Enkelchen um sich. Einer ihrer Söhne war Offizier in Indien, eine Tochter war an einen Militärarzt in China verheirathet, die andere hatte einen deutschen Missionär in Afrika, die dritte einen Schiffskapitän in Australien; der jüngste Sohn war Pfarrer in England gewesen und hatte ein feines blondes Töchterlein hinterlassen.

All die Kinder dieser Söhne und Töchter hatte Frau Brown zu sich genommen; Enkelchen aus allen fünf Welttheilen: kleine Chinesen, Indier und Afrikaner; es war ein Gewimmel ohne Gleichen, und

Emma hatte sich nicht über zu große Regelmäßigkeit zu beklagen, sie wußte oft gar nicht, wo ihr der Kopf stand unter den kleinen Browns, Walters, Fizgeralds und wie sie alle hießen. Aber der unverwüstliche gute Humor der Großmama half ihr glücklich durch, wo ihre eigene Kraft erliegen wollte.

Viel regelmäßigen Unterricht konnte freilich Emma hier nicht ertheilen; es waren der Kinder gar zu vielerlei an Alter und Fassungskraft, und wenn die kleinen Walters, die Kinder des Deutschen, Renald Brown und Richard Fizgerald ordentlich zum Unterrichte beigetrieben waren, so mußte man Roger und Samuel, die kleinen wilden Indier von einem Baume schütteln, und waren diese zum Sitzen gebracht, so kam Joseph Blairwell gesprungen und schrie: der wilde Georg wolle das kleine blonde Aennchen, den Liebling Aller, selbst im Boote fahren und werde sie bei dieser Gelegenheit wahrscheinlich in's Wasser werfen. So hatte Emma, die Großmutter und zwei Mägde fast den ganzen Tag zu laufen und zu rennen, bis man nur das kleine Volk zusammenbrachte; dann gab es wieder so viel zu nähen und auszubessern, daß alle Hände dazu nöthig waren, und für den Unterricht blieb wenig Zeit übrig.

So lange die Mehrzahl der Kinder jung und klein war, ging das schon. Die Großmutter war eine verständige, heitere und fromme Frau, die aus dem Schatze ihrer reichen Lebenserfahrung vieles zu guter Stunde den Kindern mittheilte, was die Bücherweisheit aufwog; daneben ward der Körper der Kleinen stark und gesund in dem frischen, freien Leben in Garten und Feld. Emma sah sich von Anfang ganz wie die älteste Tochter des Hauses behandelt; alle Geschäfte wurden gemeinsam berathen und gethan, und wie einer guten Tochter nichts schwer wird, das sie der Mutter zu Liebe und Hülfe thun kann, so blieb sie auch hier unverdrossen bei einem oft wirklich schweren Tagewerk.

Da kam aber eines Tages Walter, der Missionär, der Mann von der Tochter der Frau Brown, aus Afrika zurück, — allein, in Trauer; seine Frau war den Beschwerden des Klima's erlegen, seine Gesundheit selbst war so leidend, daß er in sein Vaterland zurückkehren wollte, um dort eine Pfarrstelle anzunehmen. Frau Brown hatte von ihrer Tochter Abschied für's Leben genommen, als sie sie mit dem Manne ihrer Wahl in jene glühende Zone ziehen ließ, — ihr Schmerz war ein sanfter.

Marie und Lydia, die zwei Töchterlein, die ihre Mutter kaum gekannt, waren so reich im neuen Besitze des Vaters, daß sie kaum begriffen, was der Tod der Mutter bedeute; — sie suchten nun eben die Heimath der Mama am Sternenhimmel, statt wie bisher auf der Landkarte. Aber Herr Walter sah bald, daß die Erziehung dieses gemischten Kinderhäufchens, darunter fünf wilde Knaben, kein Werk für eine alte Frau und ein junges Mädchen sei. Er brachte die vier größten Jungen in eine Kostschule unter; Emma bat er, wenn er seine Heimath in Deutschland gegründet habe, seine Kinder hinüber zu begleiten und als Erzieherin bei ihnen zu bleiben.

Frau Brown mußte dem Schwiegersohne Recht geben; ihr selbst war mehr die Verantwortung als die Last, die ihr durch die Kinder erwuchs, oft schwer aufgelegen, und sie freute sich, Emma wieder gut und sicher unterzubringen, wenn auch ihr und Emma das Scheiden schwer wurde, und sie mit herzlichem Leid die Auflösung ihres bunten

Haushaltes anſah. Blieben ihr doch noch drei Mägdlein und ein kleiner dicker Chineſe zu Freude und Sorge.

Im Pfarrhauſe.

So ſah ſich denn Emma wieder im deutſchen Vaterlande, wo ſie glücklich mit ihren zwei Pfleglingen ankam. Herr Walter kam ihnen entgegen; er hatte die gewünſchte Stelle erhalten und führte ſie in ein altes, großes Pfarrhaus, deſſen äußere Umgebung freund⸗ licher war als das Haus ſelbſt, das mit allerlei zuſammengekauften Möbelſtücken nicht halb ausgefüllt war.

Ein großer Garten lag vor dem Hauſe, und Emma konnte ihre alten Gartenkünſte, die ſie daheim bei der Mutter gelernt hatte, nun nach Herzensluſt ausüben; es war eine Luſt, ſie und die Mäd⸗ chen ſo eifrig pflanzen, begießen, jäten und graben zu ſehen.

Ueberhaupt war ſie hier faſt mehr Haushälterin als Lehrerin, und ſie befand ſich gut dabei. Den Unterricht der Töchter über⸗ nahm zum großen Theile der Vater ſelbſt, und Emma, obwohl nun lange über die Schuljahre hinaus, freute ſich, hier auch wieder Schülerin ſein zu dürfen.

Sie hatte nur ein junges, unerfahrenes Mädchen aus dem Dorfe zur Hülfe und ſegnete jetzt tauſendmal die Schule der Tante, ohne die es ihr nicht möglich geweſen wäre, ſich auf einmal wieder in

Haushaltungsgeschäfte zu finden. Sie fand bald wieder Freude an diesem natürlichsten Elemente der Frauen, machte große Kochstudien mit den Mädchen, ließ sich von erfahrenen Bäuerinnen im Brodbacken unterrichten, und zweifelte gar nicht, mit ihrer Lust und Liebe zur Sache sich einmal noch als vollendete Haushälterin zu sehen. Nur die Besorgung der Wäsche fiel ihr schwer. Zum Glücke war der Pfarrer hier nachsichtig und wurde nicht ungeduldig und nicht unglücklich über ein schlecht gefaltetes und gebügeltes Hemd; aber Emma wurde es oft siedend heiß, wenn Frau Pfarrer Sommer aus der Nachbarschaft, die hie und da zum Besuche kam, ihren scharfen, prüfenden Blick durch alle Räume des Hauses schweifen ließ.

Die Kinder hingen mit großer Liebe an ihr, und sie lebte wieder auf im Gefühle, eine Heimath zu haben, wo sie nöthig und nützlich war, wo man sich freute, wenn sie kam, und sie vermißte, wenn sie ging, — sie ward wieder jung mit den Kindern und forderte nichts von der Zukunft.

Eines Morgens saß sie in der Laube und studirte emsig in einem Kochbuche, das sie sich von ihren Ersparnissen gekauft hatte als der Pfarrer, von einer kleinen Reise zurückgekehrt, zu ihr trat. „Ich habe Ihnen etwas zu sagen, liebe Fräulein Emma," hub er an; „etwas, das Sie, die treue Freundin meiner Kinder, das nächste Recht haben zu wissen." Etwas erstaunt, mit dem Herzklopfen, das uns bei jedem feierlichen Eingange einer Rede befällt, hörte Emma ihn an. „Ich habe beschlossen, meinen Kindern wieder eine Mutter zu geben, eine Pflegerin für meine schwache Gesundheit zu gewinnen," fuhr er fort; „Fräulein Louise Stahl, die Pflegetochter des Herrn Pfarrers Sommer, will diese Aufgabe übernehmen, und in drei

Tagen hoffe ich sie den Mädchen als meine Braut vorstellen zu können. Ich zweifle nicht, daß Sie mir darin beistehen werden, der Kinder Herz der neuen Mutter geneigt zu machen, da Kinder oft seltsame Vorstellungen von einer Stiefmutter haben."

„Gewiß," sagte Emma ernstlich und bot ihm glückwünschend die Hand; doch war sie froh, daß er ging, da sie nicht gern gezeigt hätte, wie schmerzlich ihr wieder klar wurde, daß sie fremd und heimathlos auf Erden sei.

Sie war so zufrieden und glücklich hier gewesen! sie hatte sich gar keine andere Zukunft denken können, als daß sie aus der Lehrerin allmälig die Freundin und Gefährtin ihrer Zöglinge werde, und daß sie so in schwesterlicher Eintracht mit einander hinleben werden. Wie hübsche Plane hatten sie und die Kinder zusammen gemacht, wie sie noch einmal die Großmama Brown in England besuchen und nach Deutschland holen wollten! Nun war Alles aus und sie mußte den Wanderstab wieder zur Hand nehmen und eine neue Stätte suchen.

Ihr Herz war so voll und schwer, sie hätte sich nur bitterlich ausweinen mögen; und als sie von ferne die Mädchen kommen sah, da fühlte sie sich recht geneigt, ihnen jetzt gleich zu sagen, daß sie sich trennen müßten, und all ihr Herzeleid in die weichen Kinderseelen auszuschütten. Schon wollte sie sie mit wehmüthigem, schmerzlichem Tone zu sich rufen, da fiel ihr ein, ob sie wohl so die Bitte des Vaters erfülle, die jungen Herzen der neuen Mutter geneigt zu machen? Sie nahm sich zusammen, sie wollte lieber ihr Kämmerlein suchen, um sich zu fassen, und da fand sie den Einen Freund, dem wir jederzeit unser Herz ausschütten dürfen, das heilige Wort in dem

für jedes Leid im Voraus Trost bereit liegt: das alte, schöne Bibel=
buch mit den Bildern, die ihr einst die Mutter gezeigt, mit denen
sie dem Armen Arthur einst die verschlossene Heimath aufzuthun ver=
sucht hatte; — sie hatte es noch nie vergeblich geöffnet.

Zwei Sprüche waren es dießmal, die sie im Sinn und im
Herzen trug, als sie mit klaren Augen wieder herabstieg zu den
Kindern: „Wir haben hier keine bleibende Statt, aber die zukünftige
suchen wir," und: „Nun suchet man Nichts an den Haushaltern,
denn daß sie treu erfunden werden," und in diesen beiden fand sie,
was sie brauchte, Trost und Kraft.

Mit selbstvergessener Freundlichkeit suchte sie den Kindern den
Gedanken an die zweite Mutter lieb und schön zu machen; und so
wohl ihr die Thränen thaten, die sie beim Gedanken der Trennung
an sie vergossen, so hielt sie sich fest und ließ ihr Herz nicht weich
werden. Sie versicherte sie heiter, sie sei gewiß, daß es ihr gut
gehen werde; auch hoffe sie, sie später wieder besuchen zu können, um
zu sehen, ob sie ihr Ehre machen. Sie ließ sie hübsche Arbeiten an=
fangen, um die neue Mutter damit zu überraschen; sie selbst that
ihr Bestes, das Haus und die Kindergarderobe in guten, ordentlichen
Stand zu setzen, um der neuen Frau einen freundlichen Eindruck
zu geben.

Der Pfarrer brachte seine Braut, und Emma konnte sich
freuen, in ihrer freundlichen Weise neben großer Bestimmtheit und
Klarheit die Bürgschaft zu finden, daß sie ihre Lieblinge in gute
Hände gebe. Die Braut war freundlich und rücksichtsvoll gegen sie;
niemand sagte ihr eine Sylbe, daß sie um eine andere Stelle zu
sehen hätte, aber nur, weil das sich eigentlich von selbst verstand.

Ihr Onkel war gestorben, die Verwaltung ihres kleinen Erbguts war in die Hände eines fremden Vormunds übergegangen, der ihr nur durch Briefe bekannt war; da sie aber niemand sonst kannte, bat sie diesen schriftlich, ihr für eine Stelle zu sorgen. Er schrieb ihr alsbald, wie er sich freue, so bald ihren Wunsch erfüllen zu können; er habe durch die Zeitung eine sehr gute Verwendung für sie gefunden, eine Stelle als Erzieherin bei der jüngsten Tochter der Baronesse v. W., die für gewöhnlich einen hübschen Landsitz in Schlesien bewohne. Emma zweifelte, ob sie die zu dieser Stelle erforderlichen Eigenschaften und Kenntnisse habe; aber die guten Zeugnisse, die sie von ihren verschiedenen früheren Stellen einsandte, entschieden die Baronesse zu ihren Gunsten.

Die Einladung, mit zu der Hochzeit zu fahren, lehnte sie dankend ab; aber sie schmückte die kleinen Brautjungfern, so lieblich sie konnte, mit weißen Kleidern und Rosenknospen. So lange der Pfarrer und seine junge Frau auf der Reise waren, ordnete sie das ganze Haus und räumte zu großem Vergnügen der Kinder die hübschen neuen Geräthe ein, die vorausgeschickt worden waren. Am letzten Tage schmückte sie noch alle Zimmer mit Rosenguirlanden und Blumensträußen, dann legte sie ein paar herzliche, schriftliche Abschiedsworte an den Pfarrer und die Schlüssel, die sie treu verwaltet, in die Hand des ältesten Töchterleins. Beim Abschiede von ihren Zöglingen durfte sie ja wohl ihren Thränen den Lauf lassen; sie wußte, daß der große Abschiedsjammer der Kinder bald gestillt sein würde; aber es that ihr wohl, so geliebt worden zu sein.

So schied sie still von dem Orte, der ihr zur Heimath geworden war; sie hatte zu viel Wechsel erfahren, um noch mit der Lust und Hoffnung der Jugend der neuen Lage entgegengehen zu können, sie hatte nur Eine Hoffnung in der Seele, die Eine, die nicht trügt: Der Herr wird's wohl machen.

Neue Proben.

Ein anderes Stück Leben war es, das sich jetzt vor Emma's Blicken aufrollte, und ein Glück für sie, daß sie nicht mit glänzenden Hoffnungen in die neue Stelle eingetreten war, denn hier am wenigsten fand sie, was sie verlassen hatte, und was sie am sehnlichsten suchte, — eine Heimath für ihr Herz.

Die Familie bestand aus der Baronesse, einer etwas mageren, ältlichen Dame, die den Sommer auf einem Landgute zubrachte, das ihr ein reicher Vetter unentgeltlich vermiethete, nur um so viel zu ersparen, daß sie den Winter anständig in der Stadt leben konnte. Julie und Valerie, die beiden älteren Fräulein, von denen eine hübsch und einfältig, die andere häßlich und gescheidt war, waren in gewisser Art sehr genügsam: sie zehrten an einem Gedanken durch's ganze Jahr, und dieser Eine Gedanke waren — sie selbst. Pauline, Emma's Zögling (keine wurde mit einem deutschen Namen genannt), war einfältig, träge und ein verzogenes Mutterkind. Wie oft dachte Emma mit Seufzen an den einfachen Unterricht, den sie einst dem blödsinnigen Arthur gegeben! Dort war ihr doch eine herzliche Begierde, ein kindlicher guter Wille entgegengekommen, während Paulinens langweiliges, verdrossenes Gesicht all ihren Lehreifer lähmte. Sie versuchte anfangs was sie konnte, um den Eifer des Mädchens zu beleben, aber sie fand für alle Fächer dieselbe schläfrige Verdrießlichkeit; schon die langsame, unwillige Bewegung, mit der Pauline ihren Atlas oder ihr Buch hervorzog und ihren Stuhl zurecht rückte, machte sie selbst müde, und die Lectionen, von denen sie auch nicht die mindeste Frucht sah, wurden ihr zur täglichen Qual.

Diese Qual wurde vielfach erleichtert, da Pauline fast jeden Tag ein anderes Leiden hatte. Einmal stand sie mit Kopfweh auf, den andern meinte sie, es sei ihr fast wie wenn ihr Zahnweh wieder kommen könnte, am dritten war ihr schlecht im Allgemeinen und den vierten Tag eröffnete sie mit der Bemerkung: „ich weiß eigentlich gar nicht, wie mir's heute ist;" für alle diese großen Leiden und Beschwerden suchte sie bei der Mutter um einen Ferientag nach, der auch meist ohne Anstand bewilligt wurde.

So hätte Emma viel freie Zeit gehabt, wenn sich's nicht bald gezeigt hätte, daß sie fast mehr zur Kammerjungfer der älteren Fräulein als zur Gouvernante der jüngsten berufen war. Eine Gouvernante mußte man haben, das erforderte der Anstand; da es aber bei den sehr beschränkten Mitteln der Baronesse nicht möglich war, die sonst erforderliche Anzahl von Dienstboten zu halten, so mußte auf eine gedacht werden, die noch andere Aemter in sich vereinigen könne, und da aus Emma's Zeugnissen hervorging, daß sie in verschiedenen Leistungen erfahren war, so erhielt diese den Vorzug, da sie auch keine hohen Ansprüche an Gehalt machte.

Beim Eintritt in das Landhaus der Baronesse war zur Seite

der verschlossenen Thüre ein Klingelzug mit der vornehmen Inschrift: „Domestiken-Glocke"; wer aber daran zog, der bekam unter allen Umständen nur Einen Domestiken zu Gesicht: bestehend in einer alten Magd, die Köchin und Zimmerjungfer zugleich war, auch nebenher die Geschäfte des Gärtners versah, vom ganzen Hause gefürchtet, obgleich wegen ihrer nützlichen Eigenschaften sehr geschont und geschätzt. Da war es natürlich sehr erwünscht, daß Emma auch bei allen häuslichen Geschäften, Bügeln, Kleidermachen ꝛc. hilfreiche Hand leisten konnte. Sie hätte es gerne gethan, sie war ja daran gewöhnt, wenn sie nur durch einige Güte und Vertraulichkeit ermuntert worden wäre. Aber die Baronin hatte ihren Töchtern streng eingeschärft: „Personen unseres Standes in beschränkten Vermögensverhältnissen können sich gar nicht genug hüten, ihrem Range nichts zu vergeben; heben sich dann die Glücksumstände, so braucht man nicht erst wieder mühsam seine Stellung wieder einzunehmen und sich loszumachen von unpassender Vertraulichkeit." So bewahrten denn die Fräulein ihre Stellung, zumal seit sie gehört, daß Emma vom Dorfe und eine Schulmeisterstochter sei; wenn sie mit ihnen und für sie arbeitete, so war ihr Platz an einem entfernten Tischchen, nie wurde ein Wort an sie gerichtet außer den nöthigen Anweisungen; freilich war die Unterhaltung der Schwestern oft leer und geistlos genug, um sie nicht lüstern darnach zu machen. Aber allein war sie eben wieder, so allein, wie fast nie in ihrem Leben; selbst in dem einförmigen Tagewerk bei der Mrs. Gladstone hatte sie doch alle Tage Ein Gebet mit der Familie vereinigt; hier hielt es die Dame des Hauses für Seelenadel, wenn sie bei jeder unbezahlten Rechnung immer hochmüthiger wurde, und die arme Emma dachte, wie sie schon manchmal gedacht:

dieß ist jetzt die schwerste Prüfung, die mir vorgekommen. Sie kämpfte aber ritterlich, aufrecht zu bleiben in gutem Muthe, und wenn die Kälte, der sie begegnete, auch ihr Herz zu verkühlen drohte, so dachte sie an ein Wort der seligen Mutter, der sie einmal bei einem Kinderzwiste geklagt hatte: „aber, Mutter, das kann ich wirklich nicht wissen, ob ich meine Feinde liebe, wie der Heiland will." „Versuch' zuerst, ob Du aufrichtig für sie beten kannst!" hatte ihr die Mutter gesagt, „die Liebe kommt dann wohl schon." So versuchte sie denn für die zu beten, die nicht mit ihr beten wollten; ihr Herz war dadurch ruhiger, sie fühlte sich nicht mehr erniedrigt und wurde sich wieder inniger ihres Kindesrechts an eine Heimath bewußt, die für jede Einsamkeit auf Erden trösten kann.

Eines Tages war große Bewegung im Hause: ein Brief einer Cousine war angekommen, die sich vor zwei Jahren verheirathet hatte, und die nun die beiden älteren Fräulein zu sich auf ihr Schloß einlud.

Das Schloß der Cousine war ziemlich entlegen und die Reise etwas umständlich; aber die Cousine war sehr reich, die Gelegenheit, dort neue, vornehme Bekanntschaften zu machen, war sehr lockend, die Einladung wurde mit Freuden angenommen, nur fragte sich, wie man ein recht anständiges Auftreten dort möglich machen sollte; denn es verstand sich von selbst, die jungen Fräulein mußten als sehr wohlhabend gelten. Da wurde denn die ganze Garderobe auf den Platz geschafft, man beschrieb Kleiderstoffe von neuen Kaufleuten, die noch gern Kredit gaben, die Mama opferte ihr schweres Seidenkleid und gab eine Blondenhaube zu Manschetten her; „wir müssen nur bald erklären, daß wir Geschmack für's Einfache haben," sagte Valerie,

„natürliche Blumen im Haar tragen und Morgenspaziergänge machen, das läßt gut, und man erwartet dann weniger Eleganz." Emma erhielt aus der Beute, die man von dem neuetablirten Kaufmanne machte, ein hübsches Mousselinkleid; überhaupt wurde die Familie mit Einemmale viel freundlicher und artiger, und Emma kannte nun die Welt genug, um zu vermuthen, daß das seine besonderen Gründe haben könnte.

„Was würden Sie dazu sagen, Mademoiselle Emma" (Fräulein wollte nicht heraus gegen eine Schulmeisterstochter) fragte die Baronin, „meine Kinder nach Schloß Krausniz zu begleiten? es wäre eine sehr angenehme Reise und ein reizender Aufenthalt dort."

„Aber Pauline?" fragte Emma ganz verblüfft über die unerwartete Ehre.

„O, die arme Kleine," sagte die Mutter, „ist wieder so angegriffen (die arme Kleine wälzte sich allerdings jetzt um acht Uhr noch in tiefem Negligé auf dem Sopha), ein wenig Ferien wird ihr nicht schaden."

Mit halb bösem Gewissen dachte Emma, daß sie seither fast lauter Ferien gehabt. „Aber — ich bin nicht eingeladen," stammelte sie.

„O, das kommt nicht in Frage," sagte die Dame mit vornehmem Lächeln, „es ist meinen Töchtern freigestellt, Begleitung mitzubringen; rüsten Sie sich nur, meine Liebe, brauchen Sie etwas von Ihrem Gehalte?" Emma hatte nämlich in neun Monaten, seit sie hier war, noch keinen Gehalt eingenommen; da sie aber noch einen kleinen Vorrath von dem Abschiedsgeschenke des Pfarrers her hatte, so wagte sie nicht, es zu sagen und meinte, sie reiche wohl noch. So ward nun ohne Weiteres angenommen, daß sie mitreise, obwohl sie sich noch nicht so recht in die Ehre finden konnte.

Die Sache war, daß die Cousine den Fräulein geschrieben, sie würden wohl thun, ihre eigene Bedienung mitzubringen, da sie viele Gäste erwarte; da sie nun nicht im Besitze einer Kammerjungfer waren, sollte Emma in der Geschwindigkeit aus der Erzieherin in eine solche verwandelt werden. „Für eine Schulmeisterstochter noch Ehre genug," meinte die Baronin, „man sagt ihr jedoch vorher nichts davon, das gibt sich von selbst."

Am Ziele.

Früh am Morgen, eh die Schloßbewohner sich erhoben hatten, saß Emma in der Laube des schönen Gartens, der Schloß Krausniz umgab. All die verschiedenen Bilder ihres wechselvollen Lebens zogen an ihr vorüber, wie sie so allein, allein mitten in einem Hause voll fröhlicher Menschen in der thauigen Morgenfrische dasaß. Sechszehn Jahre waren es, seit sie die stille Heimath zu Kühlenbronn verlassen; eine irdische Heimath hatte sie seit der Mutter Tode nicht mehr gefunden, und sie fühlte sich oft so innerlich müde, daß ihr das Leben manchmal nur als eine Aufgabe, nicht als eine Gabe erschien.

Allein und doch nicht ganz allein, wie es in dem alten Liede

heißt, war sie hier; ihren treuesten Begleiter, das alte Bibelbuch des
Ahnherrn, hatte sie bei sich, so sehr auch die jungen Baronessen
über den großen lästigen Band gelächelt und gespottet hatten. Sie
wußte ja wohl, der Segen des Gotteswortes war nicht gerade an
dieses Buch gebunden; aber für sie lag so unendlich viel in dem alten
Buche mit den einfältigen Bildern: die dunkle Erinnerung an den
Vater aus den frühesten Kindertagen, an die stillen Feierstunden mit
der Mutter, die lichten Morgenstunden mit dem armen Arthur, an
all die herrlichen trostreichen Stellen, die ihr oft in den trübsten
Stunden Trost gebracht; — der goldene Faden der treuen Führung
Gottes, der sich durch ihr ganzes Leben zog.

Sie fühlte sich auch jetzt wieder mehr als je des Trostes und
der Stärke bedürftig, auch jetzt wieder hatte sie einen stillen Kampf
mit sich zu kämpfen.

Die Reise hatte sie mit den jungen Damen auf verschiedene
Weise, in immer aufsteigender Linie gemacht. Von dem Landhause
aus waren sie in einem schauerlichen Rumpelkasten von Kutsche, die
in einer alten Remise verfaulte, mit Ackergäulen bis zur nächsten
Station gefahren; von dort mit dem Eilwagen bis auf eine Stunde
vor Schloß Krausniz, wo sie der elegante Wagen des Gutsherrn
abholte.

Beim Einsteigen hatte Valerie der Julie zugeflüstert: „Setz Dich
breit hin!" hatte in Eile den Rücksitz mit Schachteln, Shawls und
den runden Morgenhüten bedeckt und sagte nun sehr freundlich zu
Emma: „Liebe Emma, Sie würden gewiß auf dem Bocke Platz
nehmen; es ist wirklich kaum der Mühe werth, die Sachen da noch
zu packen, und auf dem Kutschersitz ist es so luftig, so angenehm."

Emma fand diese Reiseweise nicht sehr nach ihrem Geschmacke, doch fügte sie sich darein.

Als ihnen bei der Ankunft die Dame des Hauses entgegenkam, war sie etwas schüchtern und gespannt, wie man sie denn vorstellen werde. Sie hätte sich die Sorge ersparen können, man stellte sie gar nicht vor. Die jungen Damen hüpften herab und umarmten die Cousine; im Hineingehen in's Haus drehte Valerie noch den Kopf und rief gnädig: „Bitte, Emma, sorgen Sie für das Gepäck!" Emma hörte noch, wie sie zu der Cousine sagte: „Sie sind wohl so gut und lassen unserem Mädchen unser Zimmer anweisen." So wußte sie also mit einemmale, wozu man sie mitgenommen, und wurde mit diesem Anfang so gänzlich zu dem Gesinde gewiesen, daß jeder Versuch, sich eine andere Stellung zu geben, unmöglich gewesen wäre. Sie war gewöhnt, Dienste aller Art zu leisten; sie hätte sich auch zu diesem verstanden, wenn man sie darum gebeten, ihr die Verlegenheit vorgestellt hätte, in der sich die Damen wirklich befanden. Aber das falsche Spiel, das man mit ihr getrieben, brachte sie auf; all ihr Selbstgefühl empörte sich, und als sie Nachts, nachdem sie tausend kleine Demüthigungen von den impertinenten Kammerzofen anderer fremden Damen erlitten, nachdem sie in schweigender Herzensbitterkeit den Fräulein beim Entkleiden geholfen, endlich in dem schmalen Kämmerlein, das man ihr angewiesen, zur Ruhe kam: da brach der Sturm ihrer Gefühle los, und sie beschloß, dießmal sich nicht Alles gefallen zu lassen. Sie machte verschiedene Plane, wie sie sich rächen wollte für die Täuschung, mit der man sie als Freundin und Gesellschafterin hieher gelockt, um sie nun als Magd zu mißbrauchen. Sie dachte daran, in die versammelte Gesellschaft zu treten und den Da=

men die Wahrheit zu sagen, indem sie ihnen für immer ihre Dienste
aufsagte; — sie dachte sich die schönsten Briefe aus, die sie schreiben
wollte, voll von beleidigter Würde. Aber dazwischen fiel ihr ein, was
oft die Mutter gesagt, wenn sie im Begriffe war, einen raschen
Schritt zu thun: „Kind, schlaf vorher drüber." Müde genug war
sie, um darüber schlafen zu können, und im Entschlummern schwebte
ihr ein sanftes, holdseliges Angesicht vor, dessen mildes Lächeln wie
Balsam in die Wogen ihres empörten Gefühles fiel.

Dieß schöne, sanfte Angesicht, das sie heute zum erstenmal ge=
sehen, war das der Dame des Schlosses. Emma hatte sie nur einen
Augenblick bei der Ankunft erblickt und später, als sie im Vorüber=
gehen einige freundliche Worte zu ihr sprach; aber dieser kurze Anblick
hatte ihr das Ideal einer Edelfrau gezeigt, wie es von Kindheit auf
vor ihrer Seele geschwebt hatte. Die Dame war jünger als Emma,
und die durchsichtige Zartheit ihrer Gesichtsfarbe, ihre weiche, bieg=
same Gestalt gab ihr ein fast kindliches Aussehen, und doch fühlte
Emma, daß sie vor dieser Frau sich freudig neigen, in williger
Demuth ihr jeden Dienst erweisen könnte; — der Adel auf dieser
Stirn war der ächte Adel von Gottes Gnaden, der Adel einer reinen,
fleckenlosen Seele, rein und hoch im demüthigen Gefühle ihres Kindes=
rechts zu dem Herrn aller Herren. Und mit der natürlichen, sanften
Freundlichkeit ihres Wesens paarte sich die Anmuth, die Leichtigkeit
der Formen, welche die Gewöhnung an edle Sitte, die rechte Bildung
gibt; wenn die bloße Erscheinung dieses edlen Bildes Emma sanfter
stimmte, so war ihr auf der andern Seite wieder doppelt schmerzlich,
daß sie durch die Stellung, die man ihr angewiesen, von jedem nähe=

ren Umgange mit ihr ausgeschlossen war: — ihr Zorn zerfloß in Thränen, in denen sie bald einschlummerte.

Ein schräger Sonnenstrahl aus dem schmalen Fensterspalt, der von hoch oben ihrem Kämmerlein das einzige Licht zuführte, erweckte Emma zu neuem Gefühl des Unrechts, das ihr geschehen war. Sie stieg auf einen Stuhl, um das Luftloch zu öffnen; ein herrlicher Strom frischer Morgenluft quoll ihr entgegen und lockte sie in's Freie.

Im Hause war Alles noch todtenstill, bis auf einen alten Diener, der die Thüre öffnete und Emma verwundert anstarrte, wie sie, mit ihrer großen Bibel unter dem Arme, in den Garten hinausschlüpfte, den sie schon gestern auf der Rückseite des Schlosses entdeckt hatte.

Es war ein herrlicher Garten mit laubigen Gängen, weichen, grünen Grasplätzen und reichen Blumenbeeten; Emma fand bald eine offene Laube, in die sie sich mit ihrem Kleinod setzte, um hier im Freien die Andacht zu halten, die sie in der Aufregung des Abends versäumt hatte. So schön und hell wie der Morgen war's noch nicht in ihrem Herzen: es wogten trübe, bittere Gefühle darin. Wenn sie dachte, welche Demüthigungen ihr der Tag noch bringen konnte, wie ihr vielleicht selbst dieser stille Genuß der Frühstunde im Garten als Anmaßung aufgerechnet werde; so brachte sie eben nicht den rechten Sinn mit zum Bibellesen. Aber die Mutter hatte sie einmal so herzlich ermahnt: „Thu's doch, Kind, thu's auch mit unwilligem Herzen! je ferner du dem Vater bist, desto nöthiger hast du ihn zu suchen."

So suchte sie ihn denn, und er ließ sich finden; sie versenkte ihre Seele in das heilige Bild Dessen, der nicht gekommen, daß er ihm dienen lasse, sondern daß er diene. Ihr Herz wurde stille und ihr Auge klar, wenn sie in seinem Dienste war; was lag daran, welche Dienste sie den Menschen leistete, konnte nicht der geringste edel werden durch den Sinn, in dem sie ihn that? In diesem Augenblicke schien ihr die Pilgerfahrt nicht so mühsam, das Ziel nicht mehr so hoch und schwer erreichbar. Aber weil sie die Schwäche ihres eigenen Herzens kannte, so bat sie Gott zuversichtlich und kindlich, ihr auch noch eine Stätte auf Erden anzuweisen, wo ihr Herz sich daheim fühlen könnte, und auf's Neue tauchte das liebliche Angesicht der schönen Herrin des Schlosses vor ihr auf.

Sie erhob sich, um durch den immer noch sehr stillen Garten einen Gang zu machen. Köstlich erquickend umwehte sie die Frühluft, umdufteten sie die Blumen, und sie hatte noch einmal zu kämpfen mit einer leisen Regung von Neid gegen die Glücklichen, denen all diese Herrlichkeit zu eigen gehörte, die sie nur verstohlen genießen durfte.

Der Ton einer Glocke weckte sie aus ihren Träumen; sie fürchtete, sich sehr verspätet zu haben, und wollte eilig in das Haus zurückkehren. Aber es brauchte lange, ehe sie in den verschlungenen Gängen die Laube wieder fand, wo sie ihre Bibel gelassen hatte. Sie erschrak, als sie in der Laube einen Mann sitzen sah, über das Buch gebeugt, dessen Blätter er mit höchster Aufmerksamkeit durchsah. Er erhob sich, als er Emma's Schritte hörte — es war ein schöner, fein gekleideter Mann. „Gehört Ihnen dieß Buch?" fragte er Emma, indem er ihr entgegentrat mit einer Lebhaftigkeit, die sie überraschte.

„Es ist mein Buch," sagte sie etwas befangen.

„So sind Sie Emma!" rief er tief bewegt, „die Freundin, die

Lehrerin meiner Kindheit, mein Schutzengel, der mich zum Leben aufweckte, dem ich alles danke, was ich bin und habe!"

„Arthur?" fragte Emma in höchstem Erstaunen; sie konnte es nicht fassen, und doch war ihr, als sie ihre Augen zu ihm erhob, sie erkenne in diesem männlichen Gesichte die Züge des blöden Knaben wieder.

Ein leichter Schritt rauschte hinter ihnen, und im blendend weißen Morgengewande trat die schöne Schloßfrau mit freundlichem Morgengruß in die Laube.

„Weißt Du, liebe Luzie, daß dies Emma ist?" rief ihr Arthur, denn er war der Gebieter des Hauses, freudig zu; „meine Emma, unsere Emma, von der ich Dir so viel erzählte?" und mit schwesterlichem Gruß umarmte Luzie die noch immer halb betäubte und erstaunte Emma, die nicht wußte wie.

„Luzie, Liebe, laß das Frühstück hieher bringen!" bat Arthur, „Emma begreift noch nicht, wie Alles zugeht, — so können wir ihr in Ruhe erzählen."

„Aber meine Fräulein?" fragte Emma ängstlich.

„Ah so, die Cousinen!" sagte lächelnd Luzie, „o, die müssen sich gedulden," und sie gab dem Diener, der das Frühstück bringen mußte, den Auftrag, den Baronessen zu sagen, Fräulein Emma sei bei ihr beschäftigt, sie möchten sich von Lisette, ihrer Kammerjungfer, bedienen lassen.

Es war wie ein Traum für Emma, als sie, die lange Zurückgesetzte, nun wie eine liebe, langgesuchte Schwester zwischen dem Schloßherrn und seiner Frau saß; das zierliche Tischchen mit silbernem Frühstücksgeräthe vor sich, aus dem Luzie, die Dame des

Hauses selbst, sie bediente, während Arthur ihr seine Lebensgeschichte erzählte.

Es war so, wie Emma in früheren Jahren sich oft gedacht: — nur Ein Band war noch zu sprengen gewesen, um seinem gebundenen Geiste zur Freiheit zu helfen, und es schien, daß der tiefe Schmerz der Trennung von Emma, dem einzigen Wesen, zu dem er gehörte, dies Band gesprengt hatte.

Als damals nach Emma's Scheiden der gute Pfarrer ihn gefunden in seinem Jammer und, um ihn zu trösten, ihm von Emma erzählte, da war seine Scheu geschwunden. Der Geistliche fand bald, daß Emma recht gehabt; er machte es zur Aufgabe seines stillen Lebens, ihr Werk fortzusetzen und der schlummernden Seele, die sie in ihrer schlichten Kindesweise geweckt, zum vollen Leben zu verhelfen.

Bald wurde ihm klar, daß der Onkel, in dessen Interesse es natürlich lag, daß Arthur nicht zur Herrschaft komme, schlecht genug war, absichtlich den Knaben zu vernachlässigen, um seine geistige Entwickelung, die durch frühe Krankheit auf so räthselhafte Weise gehemmt worden war, zurückzuhalten. Er hatte ihm einen Hofmeister gehalten, um der Behörde sagen zu können, es sei Alles für die Erziehung des Knaben geschehen. Ob dieser Hofmeister nur leichtsinnig und gewissenlos war, ob er mit Wissen die verbrecherische Absicht des Onkels unterstützt hatte, — der Pfarrer wollte das nicht entscheiden; aber er setzte bei dem Onkel, den das böse Gewissen scheu machte, durch, daß Arthur ihm übergeben wurde; er nahm ihn mit sich auf seine neue, von Kühlenbronn weit entlegene Stelle, und seiner rastlosen Bemühung, mit all den Hülfsmitteln unterstützt, die das große

Vermögen des jungen Barons bot, gelang es, den spät erwachten Geist noch zu voller Entwickelung und Reife zu bringen.

„Zum Gelehrten hat er mich mit aller Mühe nicht machen können," schloß Arthur seinen langen Bericht; „aber mit Gottes Hülfe ward mir so viel Licht und Kraft, daß ich mich des Lebens und seiner Schönheit freuen, daß ich meinem Besitze mit Ehren vorstehen kann und daß ich mir ein Herz gewinnen konnte, das mir das Leben unaussprechlich schön macht." Er faßte innig die Hand seiner lieblichen Frau.

„Und Dein, — Ihr Onkel?" fragte Emma.

„Ich habe ihn nur einmal wieder gesehen, als er mir den Besitz der Güter und seine Rechnungen als Vormund übergeben mußte. Er dankte Gott, daß ich schwieg, — seit vier Jahren ist er todt; mir ist in den alten Umgebungen, die mich als den blöden Arthur gekannt, immer eine gewisse Scheu geblieben; darum bezog ich das Gut, das mir hier zu Lande zufiel, und gewann hier mein liebes Weib."

„Und der gute Pfarrer?"

„Auch er ist heimgegangen, ich konnte ihm bei seinem einfachen, bedürfnißlosen Leben nichts zu Liebe thun; nur meinen tausendfachen Segen konnte ich ihm in's Grab geben.

„Wie oft habe ich gewünscht, auch Dir, liebe Emma, danken zu können! (ich kann nicht anders als Du zu Dir sagen); aber auf die Forschung nach Dir, die ich und meine Luzie anstellten, konnten wir nur erfahren, daß Du von der Schweiz nach England gegangen und von dort noch nicht zurückgekehrt seiest."

„Lange aber ist beschlossen," sagte Luzie, „daß Sie, wenn Sie einmal aufgefunden würden und nicht einen eigenen Herd gegründet hätten, als Schwester mit uns leben müssen."

„Kannst uns helfen den kleinen Arthur erziehen," sagte lächelnd der Baron; „er wird Dir, will's Gott, nicht so viel Mühe machen wie sein Papa."

Nun hätte auch Emma ihre Geschichte erzählen sollen; aber es war spät geworden. Die Gäste oben, besonders die zwei Cousinen Luzien's vergingen fast vor Neugierde zu wissen, was das zu bedeuten habe, daß Emma, die obscure Schulmeisterstochter, mit der Schloß= herrschaft allein im Garten frühstücke.

Das Räthsel wurde ihnen nicht gelöst, als Arthur bei Tische Fräulein Emma Nägelbach als seine Adoptivschwester vorstellte. Das war doch ein wunderlicher Titel! von Adoptivkindern hatte man schon gehört, von Adoptivschwestern nie. — Sie konnten es durchaus nicht begreifen, ging es doch fast Emma selbst so. Es war ihr zu Muthe wie im Traume, als Luzie, ihre neue anmuthige Schwester, sie mit sich nahm und sie bat, unter ihren Kleidern zu wählen, bis sie sich selbst neue aussuchen könne; als Luzie selbst sie Abends, statt in das enge Schlafkämmerlein mit dem Luftloche am Giebel, in zwei allerliebste, zierlich eingerichtete Zimmer führte, mit allem ausgestattet, was ihr das Gefühl einer behaglichen Heimath geben konnte: mit Büchern, Arbeitsgeräthen, Blumen. — Es ward ihr nur wieder leicht, als sie in der Einsamkeit ihr dankbares Herz vor Gott aus= schütten konnte, der das Gebet ihrer Kindheit weit über ihr Bitten und Verstehen erhört hatte.

Es war wirklich nicht möglich, den wißbegierigen Gästen klar zu machen, warum Arthur eine so brüderliche Liebe und Dankbarkeit für die arme, unbeachtete Emma fühlte; sie mußten sich damit begnügen, daß man ihnen sagte, der Baron habe in seiner Kindheit von Emma und ihrer Mutter viel Freundschaftsdienste erhalten.

Mit dieser ungenügenden Auskunft mußten die Fräulein endlich ohne Kammerjungfer abziehen und konnten auch der verwunderten Mutter daheim nichts erzählen, als daß Emma in Wahrheit im Hause des Barons wie eine Schwester geliebt und geehrt sei; daß der kleine Knabe Tante zu ihr sage, und daß zwischen ihr und Cousine Luzie das herzlichste, liebevollste Verhältniß bestehe. Auch die Mutter, so gescheid sie sonst war, konnte es nicht herausbringen, und sie besinnen sich alle Vier noch bis auf den heutigen Tag darüber.

Und Emma, die einsame, heimathlose Emma, die sich nun mit einemmale in eine Heimath voll Liebe und Frieden, voll Fülle und Ueberfluß versetzt sah? — Man sagt, es sei schwer, sich an das Glück zu gewöhnen in der rechten Weise. Das mag wohl sein; doch dürfen wir sagen, daß Emma ihr Glück mit demüthigem, dankbarem Herzen trug und durch schwesterliche Treue, durch liebevolle Thätigkeit sich zu der alten Dankbarkeit neue Liebe gewann.

Sie konnte eigentlich nie recht begreifen, daß der schöne kraftvolle Mann, der zwar in einfacher Weise, aber mit Klarheit und Umsicht seine Stellung im Leben ausfüllte, und Arthur, der arme, blöde, unwissende Arthur, ihr Zögling, ein und derselbe sei, — der Uebergang war zu plötzlich; sie grübelte nicht darüber, sie nahm das Glück und den Frieden ihres neuen Lebens, die reiche goldene Ernte, die ihr erwachsen war aus der Saat, die ihre selbstlose Herzensfreundlichkeit einst unbewußt ausgestreut, sie nahm sie hin als eine unverdiente Gottesgabe.

Man erzählte mir, die schöne freundliche Heimath des Bruders sei nicht Emma's letztes Reiseziel geblieben; der Pfarrer des Gutes, ein edler, würdiger Mann, habe sie an den eigenen Herd geführt, und Arthurs Kinder seien im Pfarrhause der Tante Emma heimisch geworden wie im väterlichen Schlosse. Ganz sicher konnte ich das nicht erfahren; gewiß aber ist, daß sie gefunden, um was sie Gott so innig gebeten, — eine Herzensheimath, und daß ihre wechselvolle Pilgerfahrt ein heiteres Ziel gefunden hat.

Die Waſſer im Jahr 1824,

oder:

Irret euch nicht, Gott läßt ſich nicht ſpotten.

Unter die fröhlichen Erinnerungen aus meiner Kinderzeit gehört der Verkehr mit den Kindern benachbarter Pfarrhäuser, mit deren Eltern die unsrigen gut befreundet waren, vor allem mit den Vettern und Bäschen gleichen Alters, deren Vater in einem Dorf an der Murr, nur eine kleine Stunde von meinem Heimathsort entfernt, Pfarrer war.

Wir machten uns gar häufige Besuche und Gegenbesuche. Ich wollte einmal als Kind den ersten Brief, den ich dem kleinen Bäschen geschrieben, gleich selbst hinüber tragen, damit sie ihn gewiß bekomme; es führte nach Steinheim ein schöner lustiger Weg über die Höhe, von der man weit hinaus in's Land sah; mit einigem Grausen eilte man an der Stätte vorüber, wo vor Zeiten der Galgen gestanden war, und äußerst fröhlich ging es in lustigen Sprüngen den letzten Hügel hinunter, wo man das Dorf vor sich liegen sah, über die Brücke, unter der die Murr, ein ziemlich zahmes und stilles Wasser, vorüberfließt, durch die wohlbekannten Gassen dem stattlichen Pfarr=
hause zu mit dem traulichen Plauderbänkchen vor dem Hause und dem zierlich gepflegten Blumengärtchen an der Seite.

Im Pfarrhaus war immer reiche Waide für die Jugend, volle

Obstgärten, lustige Tummelplätze im Freien und auf der Wiese. Wir hatten einander immer etwas zu erzählen und zu zeigen, neue Spiele zu lehren, neue Bücher auszutauschen, und gar häufig begleiteten uns am Abend Vetter und Bäschen bis nach Haus, um gleich warm den Besuch wieder heimzugeben.

Im Sommer des Jahrs 1824 war ich auch als kleines Mädchen von sieben Jahren auf Besuch bei Onkels. Es war aber kein lustiger Sommer zu einem Besuch auf dem Lande: Regen den ganzen lieben langen Tag; wenn es ausgeregnet hatte, so kam gleich wieder ein Gewitter, das neuen Regen brachte.

Wir Kinder verstanden freilich den Jammer und die sorgenvollen Gesichter nicht, mit dem die Dorfleute, die häufig zu Onkel und Tante kamen, das böse Wetter beklagten; wir wußten nur, daß wir nicht auf die Gasse konnten, und nachdem wir uns mit Puppenspielen erschöpft, standen wir oft Viertelstundenlang am Fenster und schauten zu, wie sich auf der Straße Bächlein bildeten und die Bächlein zu einem Bach wurden, in dem die Jungen Schifflein hinunter segeln ließen. Einmal aber, da wurde es zu gewaltig mit dem Regen; es goß wie mit Strömen, von allen Hügeln schoßen die Bäche nieder und die Murr, die sonst nur so still und heimlich durch die Wiesen schleicht, trat plötzlich unvorhergesehen über ihre Ufer, so daß mit einemmale das untere Dorf unter Wasser stand.

Für diesen Fall, der damals nicht so selten war, hatte man sich aber schon vorgesehen; im Schuppen des Rathhauses war das große Fleckenschiff bereit; da ruderten zwei starke Männer zu allen Häusern, welche im Wasser standen, die bedrängten Leute zu retten. Man bot ihnen zuerst die Kindlein heraus; die fürchteten sich oft vor dem

Die Waſſer im Jahr 1824.

großen Waſſer und wollten nicht gehen; oft wollten ſich zu viele Leute auf das Schiff drängen. Einer warf ſeinen Kornſack heraus; ein Andrer wollte, daß man zuerſt ſeine Kuh retten ſoll: — es war ein Geſchrei, ein Klagen, dazwiſchen Viehgebrülle, daß man faſt hätte glauben ſollen, die große Sündfluth ſei wieder hereingebrochen.

Und doch ging kein Menſchenleben verloren. Die wackern Fergen ſchafften nach und nach Alle an ſichre trockne Orte. Die Leute, deren Häuſer verſchont und nicht in Gefahr waren, thaten freundlich ihre Stuben auf für die armen Vertriebnen, ihre Ställe für das kläglich brüllende Vieh; und wir leichtſinnigen Kinder ergötzten uns wieder an den wachſenden Bächlein, an drei Mäuſen, die ſich im Garten auf einen Stein geflüchtet hatten, an einem blauen Pantoffel, der wie ein Schifflein herumſchwamm.

Das Pfarrhaus ſtand ſicher, aber in den Keller war auch Waſſer gedrungen; man hatte die Fäſſer feſtgemacht, damit ſie das Waſſer nicht lüpfen konnte. Da ließ uns der dickköpfige Chriſtoph des Nachbars Eiſele zu einer Luſtfahrt im Keller einladen, er wolle uns in einem Zuber ſchifffahren.

Heute noch wundert mich's, daß die Tante, die ſonſt ſehr vorſichtig war, ihre Einwilligung zu dieſer gefährlichen Fahrt gegeben hat, die uns Kinder höchlich beluſtigte. Das dunkle Kellergewölbe mit trübem Waſſer gefüllt, kam mir wie eine Zauberhöhle aus einem Märchen vor; das ſeltſame Fahrzeug, dem man uns anvertraute, ſchwankte heftig hin und her, während der Chriſtoph mit einem langen Kehrbeſen als Ruderſtange gewaltig herumſchiffte. Bäschen Mathilde fing an zu weinen, Vetter Franz und ich ſchlugen in die

Hände vor Freude über die seltsame Fahrt, waren vielleicht aber doch heimlich froh, als uns der Christoph an all den schauerlichen Ecken des Kellers vorüber wieder glücklich an den Stufen abgesetzt hatte.

Das Wasser im Dorfe stieg nicht mehr; aus der Kirche, die auch rings umfluthet war, konnte man das Wasser ausschöpfen und wir hatten die große Freude, am Sonntag mit dem Onkel zu Schiff in die Kirche fahren zu dürfen, wohin das Fleckenschiff nach und nach die Gemeinde brachte.

Es kamen gar betrübte Gesichter auf dem Schifflein angefahren; wenn auch die Leute ihr Leben gerettet, so hatten sie doch viel verloren auf ihren Aeckern und Wiesen, und wußten noch nicht, wie es in ihren Häusern aussah, die unter dem Wasser standen. Ein Weib sagte: Heute sollte der Herr Pfarrer über den Text predigen: „An den Wassern zu Babel saßen wir und weineten." Der Onkel aber predigte über den Psalm: „Gott ist unsre Zuversicht, eine Hilfe in den großen Nöthen, die uns getroffen haben. Darum fürchten wir uns nicht, wenn gleich die Welt unterginge und die Berge mitten in's Meer sänken 2c." Gar viele Augen wurden naß, und viele Herzen gingen getröstet aus der Kirche.

Die Wasser verliefen, und die Kunde des Unglücks hatte viele Herzen aufgethan; es kamen aus der Gegend ganze Wagen voll Korn, Stroh und Heu, Beiträge an Geld, Betten, Kleider, Lebensmittel. Des Onkels obere Stube wurde ein förmliches Magazin von Vorräthen und wir Kinder freuten uns königlich, als es zur Vertheilung kam und die armen Leute mit den neugeschenkten Kleidern glückselig abzogen, weil sie in manchen Stücken reicher geworden waren, als sie vorher gewesen.

Die Waſſer im Jahr 1824.

Der Onkel aber bemühte ſich nachher eifrig um Abhilfe; das Bett der Murr wurde auf ſeine Verwendung abgegraben, ſo daß ſie auch beim ſtärkſten Regen nie mehr ſo austreten konnte.

Wer jetzt an der weißen Kirchenmauer ziemlich hoch oben ein Schifflein gemalt ſieht mit der Inſchrift: „Anno 1824 iſt das Waſſer ſo hoch geſtiegen," der wird kaum für möglich halten, daß es ſo weit hatte dringen können. Solche Waſſerzeichen von dieſem Jahr ſieht man noch faſt allerorten in unſrem Vaterlande.

In demſelben Sommer, in dem wir in Onkels Keller ſchifffah= ren durften, hat ſich an einem andern Ort des Landes eine eigen= thümliche Geſchichte zugetragen, die uns den Spruch, den ich über dieſe Geſchichte geſchrieben, in ergreifender Weiſe in die Seele ruft.

Die Nagold iſt ein Fluß am Fuß des württembergiſchen Schwarz= walds, nicht viel größer als die Murr; ein ſchöner kleiner Fluß, deſſen klare, dunkelblaue Waſſer zwiſchen waldigen Bergen durch ſanftgrüne Wieſen ziehen; ein harmloſes Flüßchen, dem niemand an= ſieht, wie gefährlich und bedrohlich es zu Zeiten werden kann.

Im Frühling, wenn der Schnee auf den Bergen ſchmilzt und die Waſſer von allen Seiten ſich ſammeln im Thal, oder im Sommer wenn heftige Gewitterregen niederſtürzen, dann ſchwillt die kleine Nagold zum gewaltigen Strom und reißt mit ſich fort, was ihr im Wege liegt, verderblich für Häuſer und Gärten.

Am Eingange eines kleinen, wohlhabenden Dorfs im Nagoldthale ſteht eine ſtattliche Mühle, deren helle Fenſter dem Reiſenden noch

lockender winken als der goldne Löwe des Gasthauses, das ihr gegen=
über steht. Rastlos wie unten das Klappern und Klopfen der Mühl=
gänge gingen oben die fleißige Hand und die flinken Füße der Frau
und der Töchter des Müllers. Die Müllerleute hatten das Haus
mit Schulden übernommen, aber im Vertrauen auf den Segen des
Herrn, der ihnen auch nicht fehlte. Das Gebot der Schrift: bete
und arbeite, hielten sie treulich in Acht. Jeden Morgen und jeden
Abend hörte man aus der Mühle einen frommen Choralgesang, und
der Hausvater betete mit den Seinigen den Morgensegen, mochte
das Geschäft so groß sein als es wollte; den Mühlkunden, die da
waren, um ihr Korn mahlen zu lassen, rief der Müller auch herein:
„Kommt nur, schadet Euch nicht, wenn Ihr ein gutes Wort auf
den Weg nehmt!" und Mancher war darunter, dem dies herzliche
Gebet wie eine Mahnung aus der verlassenen Heimath in die Seele
klang, und ihn begleitete auf seinen Alltagswegen.

Einer aber war unter den Mühlkunden, der sich nie bewegen
ließ, an der Hausandacht theilzunehmen, ein roher und frecher Gesell,
der Holzmarte genannt, der in einer zerfallenen Hütte außerhalb
des Dorfes wohnte. Wenn ihn der Müller einlud: „Marte, komm
mit herauf, es kommt ja doch noch nicht an Dein Korn," so rief er
hohnlachend: „Ich halt' mich an den Starken," und setzte sich im
Löwen mit einem Glas Branntwein an das Fenster.

So kam's denn freilich, daß er bald ein viel häufigerer Gast
in dem Wirthshaus als in der Mühle wurde. Seine wenigen, schlecht
gebauten Güter mußten ein's um das andre wegen Schulden verkauft
werden; da gab es nichts mehr zu mahlen; einen Kreuzer aber, um
ihn in Branntwein zu vertrinken, konnte er immer noch verdienen.

Die Waſſer im Jahr 1824.

Martin war Holzhauer und ein ſolcher findet in der waldigen Gegend immer guten Verdienſt; aber er arbeitete nur, wenn er mußte. Sein liebſtes Geſchäft war die Wilddieberei und was er ſo auf verbotnen Wegen endlich mit Mühe und Noth erjagt und heimlich verkauft hatte, das wurde in wenigen Stunden im Wirthshauſe vertrunken. Sein armes Weib ſuchte indeß mühſam mit Waſchen und Taglöhnen das Brod für ſich und ihr einziges Büblein zu verdienen; vom Vater hatten ſie nichts als Mißhandlungen, rauhe Worte und Flüche. Denn an Flüchen war das Wörterbuch des Martin beſonders reich; es war in der Gegend ſprichwörtlich geworden: „Er flucht wie der Holzmarte." Unter andern rohen und läſterlichen Redensarten brauchte er beſonders häufig als Betheurung: „d'Fiſch ſollen mich freſſen!" Niemand wußte, woher er den Ausdruck hatte, der ſonſt nirgends und bei Niemand gebräuchlich war.

Der regnetiſche Sommer 1824 ſchwellte auch die Flüſſe im Schwarzwald ſo ſtark wie die im Unterlande.

Unter denen, für die die Waſſerfluthen Sorge und Schrecken brachten, gehörte auch der Müller im Nagoldthale. Die Nagold war furchtbar angeſchwollen, und als an einem ſchwülen Tage nach einem heftigen Gewitter ein gewaltiger Wolkenbruch niederrauſchte, da tobte das wilde Waſſer über alle Schranken, überfluthete das ganze Thal und wälzte ſich in mächtigen Wellen gerade auf die Mühle zu.

Nie zuvor und nie hernach, bis auf den heutigen Tag, hat das Waſſer mehr eine ſolche Höhe erreicht. Der Müller hatte in der Mühle alle Vorſichtsmaßregeln getroffen, die eine Ueberſchwemmung nöthig macht. Aber die Familie hatte nicht daran gedacht, ſich zu flüchten. Nun war es zu ſpät. Alle Räume der Mühle waren von den tosenden Wassern erfüllt, die Fluth plätscherte auf der Treppe, sie drang in's Zimmer, höher, immer höher. Der Müller mit Weib und Kindern und Gesinde hatte sich bis auf den obersten Boden geflüchtet. „Die Welt geht unter, Meister!" rief entsetzt eine der Mägde. „Die Welt geht nicht unter," sagte mit festem Tone der Müller; „der Herr hat sein Wort gegeben, daß er die Erde nicht mehr durch Wasser verderben will; ob aber wir unsern Tod in diesem Gewässer finden sollen, das weiß Gott allein; machet Eure Seele bereit."

An Rettung war nicht zu denken, obwohl das Wirthshaus, von dem die Strömung ablief, fast im Trocknen stand; die Fluth war viel zu hoch und gewaltig um die Mühle, als daß ein Schiff hätte durchkommen können, selbst wenn eins in der Nähe gewesen wäre.

Im Löwen waren alle Fenster voll Zuschauer, Leute, die sich theils vor dem Wasser hergeflüchtet und die zum Theil die Neugierde getrieben, das große Gewässer zu sehen. Droben in der Mühle waren auf der Heubühne die großen Laden weit offen und mit Mitleid und Entsetzen sahen sie die Bewohner dort mit angstbleichen Gesichtern zusammengedrängt. Ein tiefes Erbarmen drang durch die rohesten Herzen; nur der Holzmartin stellte sich mit frechem Lachen, das gefüllte Branntweinglas in der Hand, an's offene Fenster und rief denen drüben zu, indem er ihnen zutrank: „Müßt Euch nur an den Starken halten!"

Alle erbebten über dieser Rohheit. Der Löwenwirth, sonst wohl ein leichtsinniger Mann, dachte mit heimlichem Grauen: „Ich wollte, ich hätte den gottlosen Gast aus dem Hause; es ist nicht gut, zu solcher Stunde mit solchem Menschen unter Einem Dache zu sein."

Der Müller drüben aber rief: „Ja, das wollen wir, wir hal=

ten uns an den Starken!" und er fiel mit all den Seinigen auf die Knice und betete mit lauter und gewaltiger Stimme, die das Rauschen des Wassers fast übertönte: „Herr, allmächtiger Gott, der Du auf dem Meere gewandelt bist und hast Wind und See bedroht, daß es stille war, Du kannst uns auch jetzt noch aus den Fluthen erretten, so es Dein heiliger Wille ist; hast Du aber beschlossen, daß wir darin unser Ende finden sollen, so führe uns durch Noth und Tod in Dein ewiges Reich!" „Amen!" tönte leise nach von bleichen Lippen.

Mittlerweile hatte die Fluth einen ungeheuren Baumstamm herbeigewälzt, der wohl zu einem stattlichen Mastbaum bestimmt gewesen; durch die Gewalt des Wassers wurde er quer vor die Mühle gespannt und eine Masse von kleinerem Holz, Heu, Stroh, Geräthe, was alles der Strom mit sich führte, hängte sich daran und bildete so in wenig Augenblicken einen Damm.

Dadurch wendete sich plötzlich der Lauf des Wassers; die ganze Gewalt des Stromes brauste auf das Wirthshaus zu, das Wasser drang zur vordern Hausthüre ein und mit dem Schreckensruf: „Rette sich wer kann!" stürzte der Wirth, der sich einen Augenblick entfernt hatte, in's Zimmer. Angstvoll drängten sich alle hinaus. An der Hinterseite des Hauses lehnte eine Leiter; wer konnte, rettete sich auf dieser; Andre kletterten über das Dach und bald war Niemand mehr im Löwen als der Martin, der halb betrunken, an keine Gefahr glauben wollte, und er machte sich daran, alle die noch halb gefüllten Gläser der Gäste auszutrinken, hob immer wieder das Branntweinglas in die Höhe und wiederholte mit lallender Zunge den gotteslästerlichen Ruf: „Nur an den Starken halten!"

Da trieben auf's Neue die mächtigen Waſſer eine Maſſe ſtarker Baumſtämme daher; mit aller Gewalt der immer wilder tobenden Fluth ſtießen ſie an die Ecke des leichtgebauten Wirthshauſes: mit furchtbarem Krachen brach ein Theil der Wände ein und der Strom drang in alle Räume.

In der Mühle drüben, von der ſich die Waſſer allmählich verliefen, lagen Alle noch in ſtillem Dankgebet auf den Knieen.

* * *

Noch vielfach verheerend war der Strom durch's Thal gezogen, und als er ſich nach einigen Tagen verlaufen hatte, brauchte es lang, bis die armen Leute nur überſehen konnten, wieviel er ihnen geraubt und verwüſtet. Doch war in dem ganzen Thal kein Menſchenopfer zu beklagen, ſo plötzlich und unerwartet auch die Fluth an manchen Orten hereingebrochen war. Nur der Holzmartin war und blieb verſchwunden. Viele Leute wollten nicht an ſeinen Tod glauben nach dem alten Sprichwort: „Unkraut verdirbt nicht!" und ſie dachten, er treibe ſich irgendwo auf ſchlimmen Wegen herum. Der Müller nahm das arme Weib als Taglöhnerin in's Haus mitſammt ihrem Büblein, das er hoffte auf beſſere Wege zu leiten, als ſein Vater gegangen.

Viele Wochen nach der Ueberſchwemmung kam ein Fiſcher an eine ganz abgelegene Stelle der Nagold; es fiel ihm auf, wie ſich an einer ſeichten Stelle des Waſſers große Schaaren von Fiſchen ſammelten und er fuhr auf dem kleinen Nachen näher hin. Da ſah er mit Grauſen und Entſetzen den Leichnam eines Mannes, der beinahe ganz von den Fiſchen aufgezehrt und nicht mehr zu erkennen war.

Ihm ſchauderte vor dem Fund. Er ging weiter und erzählte im

Die Waſſer im Jahr 1824.

nächſten Wirthshauſe, was er geſehen. „Das iſt der Holzmarte, den haben die Fiſche gefreſſen!" rief einer der Zechgäſte, der aus Martins Dorfe war. Die Kunde verbreitete ſich; es kamen mehr Leute aus ſeinem Dorf, auch Martins Weib; als die zerſtörte Leiche an's Ufer gezogen war, erkannte ſie ihren Mann an den Stiefeln, die er noch anhatte. Sie wollten ihn am Ufer einſcharren, aber das arme Weib bat um Gotteswillen, ihm doch ein Plätzchen auf dem Kirchhof zu gönnen. Dort gruben ſie ihn dann in einer Ecke ein, ſein Grab iſt nicht mehr zu finden.

Die Mühle iſt faſt unverſehrt geblieben, und ſo lang der Müller und ſein Weib darin wohnte, hörte man nach wie vor die Stimme des Dankes und Lobes zu dem Herrn, der ſich hier im Beſchirmen wie im Beſtrafen als ein lebendiger Gott bewieſen hat.

Manch verhärtetes Herz aber wurde durch den Tod des Martins erſchüttert und gemahnt an den tiefen Ernſt der gewaltigen Worte:

Irret euch nicht, Gott läßt ſich nicht ſpotten.

Balthasars Aepfelbäume.

Das freundlich gelegene Dorf B. am Neckar zieht sich am Fuß eines ziemlich hohen steilen Hügels hin; hoch auf dem Berge sind Kirche und Pfarrhaus gelegen und schauen recht väterlich hinab auf das Dorf und weit hinaus über den Neckar in das freundliche, gesegnete Land.

Der schöne Garten des Pfarrhauses ging bis dicht an den steilen Abhang des Berges hin, und war der Stolz der Dorfbewohner; denn schöner war kein Pfarrgarten weit und breit. Er war des Pfarrers Schoßkind, seine liebste Freude und Erholung und man wußte nicht, zu welcher Zeit er schöner in Blüthe stand, ob im Frühling, wo vielfarbig blühende Krokus und dunkelsammtne Aurikeln die Beete zierten, oder zu der Rosenzeit, wo weiße und rosenrothe, gestreifte und tiefdunkle Rosen in herrlichster Fülle durcheinander blühten, bis zum Herbst, wo nach den duftenden farbenreichen Nelken die schönen bunten Astern und Georginen den freundlichen Abschiedsgruß boten.

Das Leben in der Natur und mit der Natur macht still und friedlich; so war auch der Pfarrer ein freundlicher, wohlwollender Mann, der sich seiner Pfarrkinder liebevoll annahm und immer und überall zum Frieden rieth; nur seinen Garten durfte man ihm nicht verderben! das hätte er schwer verziehen. Nicht einmal seiner lieben Frau erlaubte er gern, daß sie im Garten Blumen brach; er selbst brachte ihr jeden Samstag Abend einen duftigen, schönen Blumenstrauß, um für den Sonntag die Zimmer damit festlich zu schmücken; auch durften am Abend vor der Konfirmation alle die Kinder, die eingesegnet werden sollten, noch herauf kommen in den Pfarrgarten; da hatte die Frau Pfarrerin für jedes ein liebliches Sträußchen gebunden, aus Immergrün, frühen Rosenknöspchen, Aurikeln und Gartenvergißmeinnicht; der Pfarrer sprach dazu mit jedem ein paar herzliche Worte, die ihnen so tief zu Herzen gingen, als der Segen in der Kirche, weil er da mehr als es vor der ganzen Gemeinde anging, auf die besondre Herzensstellung und häusliche Lage jedes Kindes Bedacht nehmen konnte. Es waren viele Männer und Frauen im Dorfe, die noch in ihrer Bibel sorgfältig getrocknet das Konfirmationssträußchen von der Hand des Herrn Pfarrers aufbewahrten.

Der getreue Beistand und Gehilfe des Pfarrers bei seinen Gartenarbeiten war der alte Balthes, sein Nachbar, dessen Häuschen noch am Abhang des Hügels dem Pfarrhaus zunächst stand. Balthasar war ein geschickter Weingärtner gewesen, hatte aber jetzt seine Güter und Weinberge einem Sohn abgetreten und arbeitete nun, wie er sagte, „nur zum Plaisir." Sein Plaisir war aber, recht fleißig zu arbeiten; er hatte eine besonders geschickte Hand in Behandlung und Veredlung der Obstbäume; dieses Gebiet war ihm denn im Pfarrgarten ganz überlassen, und es war seines Herzens Freude, wenn der Herr Pfarrer im Herbst auf einem Tisch im Garten all die prächtigen Obstsorten auslegte, die er mit Hilfe des Balthasars in seinem Garten gezogen hatte. Da lagen die dunkelrothen Calvil, goldgelbe Reinetten, fein gestreifte Nelkenäpfel, dazu ganz neue feine Sorten mit wunderbarlichen Namen: Götterapfel aus der Moldau, Sommertaubenapfel und ähnliche. Auch die seltnen Rosenbäumchen durfte er mit andern Rosen veredlen, und es erschien den Leuten ein wahres Wunder, wenn auf einem Stämmchen rothe und gelbe Rosen wuchsen. Nur in Einem Punkte hatten der Pfarrer und Balthes manchmal Streit miteinander: der Pfarrer wollte alles recht hübsch gleich vertheilt, immer passende Blumen, Sträuche und Bäume einander gegenüber; des Balthes Grundsatz aber war: „nur nichts umkommen lassen!" und er pflanzte seine jungen Schößlinge oder Rosenableger oft an recht ungeschickte Orte, nur damit sie doch ja nicht verderben sollten.

Einmal waren auch neue, schöne Aepfelstämmchen angekommen; der Pfarrer mußte zu seinem Bedauern zu einer Disputation in die Stadt und konnte nicht selbst bei der Anpflanzung sein, er gab aber dem Balthes genaueste Anweisung, wohin er die Bäumchen setzen müsse.

„Ist alles richtig?" fragte er Abends bei der Heimkunft; „alles im Stande," sagte Balthes, der in seiner Jugend Soldat gewesen war, im Tone eines militärischen Rapports.

„Sind alle zwölf auf die rechten Plätze gekommen?"

„Alle zwölf!" berichtete Balthes; „'s sind aber mit des Herrn Pfarrers Erlaubniß fünfzehn gewesen."

„Fünfzehn!" rief erschrocken der Pfarrer; „da habt Ihr mir gewiß die drei recht ungeschickt herumgesetzt!"

„Hab' sie mit des Herrn Pfarrers Erlaubniß auf den Burzbühl gesetzt, damit sie dem Herrn Pfarrer gewiß nicht im Wege sein sollen."

„Auf den Burzbühl!" rief halb lachend, halb ärgerlich der Pfarrer; „aber, Balthes, da hinauf kommt ja niemand und wenn die Bäume einmal Aepfel tragen, so fallen sie alle den Berg hinunter!"

Der sogenannte Burzbühl war nämlich die höchste Stelle im Garten, von der aus es ganz steil den Berg hinab ging; damit niemand zu Schaden komme, hatte der Pfarrer vor derselben niedriges Gesträuch gepflanzt und jedermann verboten, in diese Gegend des Gartens zu gehen; außerhalb dieser Gesträuche nun, am äußersten Rand des Abhangs hatte Balthes die drei Bäumchen gepflanzt, aus lauter Respekt vor dem Ordnungssinn des Herrn Pfarrers.

„Mit des Herrn Pfarrers Erlaubniß," sagte er, „da oben hindern sie niemand; nutzt's nichts, so schadt's nichts; nur nichts umkommen lassen!"

„Nun in Gottes Namen! sie stehen auch wohl da oben," sagte der Pfarrer, der seinen alten Nachbar und Gehilfen ja nicht betrüben wollte. So blieben die Bäumchen stehen, wuchsen und gediehen, obgleich sie sparsameres Erdreich hatten als die andern; die Früchte waren zum Glück grün und unscheinbar, so daß sich wohl die Buben im Thal unten ergötzten, wenn hie und da ein Apfel herunterrollte, aber niemand sich angetrieben fühlte, sein Leben zu wagen, um die grünen Aepfelein zu holen.

Der Pfarrer und seine Frau waren nicht mit Kindern gesegnet; sie hatten aber darum doch ein weites, offnes Herz für die Kinderwelt, und eine fröhlichere Ferienheimath als beim Onkel Pfarrer konnte es in der ganzen Welt nicht geben. So hatte denn auch

Balthasars Aepfelbäume.

Ludwig, der Sohn von des Pfarrers jüngster Schwester, seine Herbstvakanz äußerst glückselig im Pfarrhause zugebracht. Ludwigs Eltern wohnten in der Stadt; da sah man die freie Natur und grüne Bäume nur, wenn man etwa Abends oder Sonntags spazieren ging; Obst zum Vesper holte man um einige Kreuzer bei der Apfelfrau an der Ecke und vertheilte es sorgfältig stückweise unter die Kleinen. Hier aber auf dem Lande saß Ludwig in aller Hülle und Fülle eines gesegneten Herbstes. Der Onkel hatte neben dem Ertrag des eignen Gartens noch den Obstzehnten; da kamen tagtäglich ganze Körbe voll der schönsten Aepfel, von denen sich Ludwig die allerschönsten auswählte; dann wurde er täglich in einen andern Weinberg geladen, wo er Trauben aß, nicht nur so viel er mochte, sondern so viel er konnte. Mit Balthasars Enkeln, ein paar ordentlichen, rothbackigen Buben, zog er auf ihres Vaters Baumgut, wo sie mit langen Stangen prächtige Wallnüsse von den Bäumen schlagen durften, oder ging er hinunter zum Fergen, mit dem er lange schon befreundet war; er legte sich in das Schifflein und schaute zum blauen Himmel auf, während es fein sachte über den Neckar hinüber und herüber fuhr.

Auch am Abend war's schön; da saß er zwischen der guten Tante und dem freundlichen Onkel bei der Lampe am Tisch und durfte die seltnen alten Bilderbibeln sehen, von denen der Onkel eine schöne Sammlung hatte.

Aber alles nimmt ein Ende, und so auch diese schöne Herbstvakanz. Der Vater schrieb, Ludwig solle von B. zu Fuß zu seinem Freunde, dem Amtmann zu M. gehen, der ihm versprochen, den Ludwig auf seinem Wägelein selbst zur Stadt zu bringen.

„Es thut mir leid, Ludwig," sagte Onkel Pfarrer, „daß ich eben heute in's Pfarrkränzchen nach J. muß; ich hätte dich sonst gern zum Herrn Amtmann begleitet; geh' mir nicht zu spät, damit Du noch bei guter Tageszeit nach M. kommst; behüt' Dich Gott und grüß' mir Deine Eltern; wir haben Dich gern gehabt."

Ludwig konnte dem Onkel nur die Hand geben; er hätte weinen müssen, wenn er zu sprechen versucht hätte, so schwer war ihm das Herz; der Onkel verstand es wohl und wußte, daß Ludwig nicht undankbar war. „Halt Dich gut und lern' fleißig," sagte er, indem er ihm liebreich auf den Kopf klopfte, „dann kommst Du zu Ostern wieder mit Deiner Schwester und siehst, was der Hase gelegt hat." Diese tröstliche Aussicht machte Ludwig wirklich das Scheiden leichter.

Die gute Tante wußte gar nicht, was alles sie dem Kleinen noch zu Lieb thun sollte. Sie machte ihm süße Eiermilch, stopfte sein Ränzchen voll mit Dampfnudeln, Aepfeln und Bergamottbirnen. „Trauben schicke ich euch," vertröstete sie ihn; „die könntest Du nicht tragen; aber jetzt, Ludwig, solltest Du wirklich machen, daß Du fortkommst; der Tag ist schon kurz, und auf dem Weg zwischen den Weinbergen kann man gar leicht irre gehen."

Ludwig hatte aber noch allerlei zu besorgen, ehe er sich auf den Weg machte: er mußte sich draußen im Gehölz noch einen Wanderstab schneiden für die Reise; er hatte schöne Blumen getrocknet für die Mutter, die damit hübsche Arbeiten machte, und sein Freund Gottfried hatte ihm warmen Flammkuchen versprochen und ein Aepfellaiblein, da heute Brodbacken war.

Endlich war er doch bereit und reisefertig, nahm sich ritterlich zusammen, um der Tante zu danken und auch der alten Katherine,

Balthasars Aepfelbäume.

der Hausmagd, die ihn oft wegen seiner schmutzigen Stiefel gescholten, Lebewohl zu sagen; und nun ging er mit einem stattlichen Geleite der Dorfjungen hinunter, am Fergen vorüber, da er nach M. nicht nöthig hatte über den Neckar zu fahren, durch die Wiesen bis zu den Weinbergen, wo seine Kameraden von ihm schieden.

Zuerst war dem Ludwig ganz betrüblich zu Muthe, wie er so allein seines Weges zog; dann aber dachte er an Vater und Mutter daheim, an sein Schwesterlein und an den netten dicken kleinen Bruder, an all seine Kameraden und ihre Spiele, daß er sich auch wieder recht von Herzen freuen konnte auf's Heimkommen. Ob er sich auch auf seinen Herrn Präzeptor freute und auf die Schule, das hat mir der Ludwig nie erzählt; ich hoffe aber es war so, da er doch ein braver, fleißiger Bube war.

Aber spät war er fortgekommen; das merkte er jetzt erst, wo es so bald dunkel wurde auf seinem Wege; keine Seele begegnete ihm, da hier Weinberge und Bäume schon abgelesen waren und alle Leute auf einer ganz andern Seite im Felde waren; sein Ränzchen drückte ihn, er beschloß es zu erleichtern, suchte sich ein ordentliches Plätzchen zum Sitzen und verzehrte ein paar Birnen und Dampfnudeln, was wirklich verwunderlich war, nach all dem, was er schon im Pfarrhaus geleistet hatte.

Als er fertig war und sein Ränzchen wieder zugeschnallt hatte, dunkelte es bereits ziemlich und in der tiefen Stille ringsum ward dem guten Ludwig gar bänglich um's Herz. Allerlei schauerliche Geschichten fielen ihm ein, die ihm die Buben erzählt von gespenstischen Erscheinungen gerade auf diesem Wege; nach M. hatte er wenigstens noch eine Stunde. Da wurde es stockfinster Nacht; der Himmel war trübe; es kam ihm immer gefährlicher und unheimlicher vor. Da erinnerte er sich, daß die Tante ihm nachgerufen: „Wenn's zu spät wird, Ludwig, so kehr lieber wieder um." Dieser Rath, den er im vollen Tageslichte stolz verschmäht hatte, kam ihm jetzt in der bänglichen, tiefen Abendstille immer einleuchtender vor, und er beschloß plötzlich, ihm zu folgen. Er wußte, daß oben durch die Weinberge ein näherer Weg gerade zum Pfarrhaus führte; den beschloß er unverdrossen einzuschlagen, wenn man ihn auch dort ein Bischen auslachte, — die Stube des Onkels beim Lampenschein war gar zu gemüthlich, der einsam nächtliche Weg nach M. so gar unheimlich. Zum Helden war scheints der Ludwig nicht berufen; es ist aber ein rechter, tüchtiger Pfarrherr aus ihm geworden, der gelernt hat auch dunkle Wege ohne Fürcht zu gehen.

Gesagt, gethan! Ludwig machte sich auf und lief ein gut Theil schneller zurück, als er hergekommen war; aber er fand, daß Weinbergwege nicht so leicht zu finden sind, wie er sich gedacht; bald kam er hinunter, bald herauf, es wurde immer dunkler und zuletzt wußte er gar nicht mehr, wo er war. Die Angst der Verirrten kam über ihn; bange rief er in die Dunkelheit hinaus und fürchtete sich fast vor seiner eignen Stimme, auf die niemand Antwort gab.

Jetzt lernte Ludwig was beten heißt; aus tiefster Herzensnoth bat er Gott um Hilfe, daß er ihn nicht möge die lange schaurige Nacht einsam lassen oder hinabstürzen über die Felsen, die, wie er wohl wußte, in den Weinbergen waren.

Da war ihm, als sähe er über sich ein Lichtlein, wenn das vom Pfarrhaus wäre! Um ihn her war es stockfinster; er krabbelte seinen Weg und klimmte aufwärts; es war nicht mehr das holperige Geſtäffel der Weinberge; der Boden war abſchüſſig, mühſam ging's immer aufwärts; Erde und kleine Steine rutſchten beſtändig unter ſeinen Füßen. Endlich meinte er oben zu ſein, da wich der Boden unter ihm; er wäre rücklings hinabgeſtürzt, wenn er nicht in höchſter Noth mit beiden Händen etwas Feſtſtehendes erfaßt hätte. Es ſchien ein Baumſtamm zu ſein; mit unſäglicher Mühe arbeitete er ſich an dieſem Halt hinauf, richtete ſich auf und fühlte endlich wieder feſten Grund unter den Füßen; es ging durch Geſträuch, das ihm die Hände zerkratzte; er achtete es nicht, — da ſah er das Licht wieder; — der Himmel war in dem Augenblick etwas heller; er täuſchte ſich nicht, das Licht war aus des Onkels Studierſtube! Nun nahm er ſeine letzten Kräfte zuſammen, lief bis zu der Gartenthür, die war verſchloſſen. „Tante, Onkel!" rief er, ſo laut er konnte, dann aber ſank der arme Junge übermüdet ganz erſchöpft zur Erde.

Da fand ihn die Katherine, die zum Glück noch im Hof war und ſeinen Nothruf vernommen hatte, die brachte ihn hinauf und großer Jammer war bei Onkel und Tante, als ihr liebes Büblein ſo todtmüde mit zeriſſenen Kleidern und zerkratzten Händen ohne Mütze und Ränzchen hereingebracht wurde.

Auf dem Sopha von der freundlichen Tante gepflegt, gewaſchen, mit warmem Thee erquickt, erholte ſich Ludwig bald wieder ſo, daß er ſein Abenteuer erzählen konnte; er wurde von der Tante gehörig bedauert und ſchlief bald in dem weichen Bett des traulichen Gaſt- ſtübchens feſt und ſüß, nachdem er aus voller Seele Gott gedankt für ſeine Hülfe.

Am andern Tag ſah man die Stätte ein, wo Ludwig aus ſo großer Gefahr gerettet worden war. Er war wirklich von den Weinbergen auf den steilen abschüssigen Hügel gekommen, auf dem das Pfarrhaus stand, und wäre ohne allen Zweifel hinunter gestürzt auf das Steingerölle, wo man jetzt sein Ränzchen und seine Mütze liegen sah, wenn er sich nicht an den Aepfelbäumen hätte halten und emporarbeiten können.

„Das sind Balthasars Bäume!" rief der Pfarrer mit Rührung; man mußte den Alten holen, und erzählte ihm die wunderbare Geschichte. „Gott segnet das Werk der redlichen Hand, die auch das Kleinste zu Rathe hält," sagte der Pfarrer, indem er seinem alten Freunde die Hand drückte.

Ludwig wurde mit sicherem Geleite am klaren Tage zum Herrn Amtmann und zu seinen Eltern nach Hause befördert. Die Geschichte seiner nächtlichen Verirrung und der Rettung durch Balthasars Aepfelbäume wurde bei Eltern, Geschwistern und Schulkameraden gründlich und reichlich erzählt und seine Mama schickte dem alten Balthes eine schöne Dose zum Geschenk.

Der Onkel Pfarrer und seine gute Frau liegen nun lange auf dem Kirchhof, wohin noch vor ihnen der alte Nachbar gebettet wurde; die Aepfelbäume aber, obschon nicht eben schlank und gerade gewachsen, biegen sich noch stark und vieläftig über den Abhang, und lassen ihre Früchte zum Besten durstiger Wanderer den Berg hinab rollen. Ludwig zeigt sie seinen Kindern, so oft er einen Ausflug mit ihnen macht zu der Stätte seiner Jugendfreuden und gedenkt dann immer mit dankbarer Rührung des alten Balthasar, der nichts wollte umkommen lassen.